Liebe wagt sich

Von Alica H. White

Buchbeschreibung:

Nie wieder in so einem Aufzug zum Feiern gehen! Das schwört sich Frauke, als sie mit ihren Freundinnen aufbricht, ihre Scheidung zu vergessen. Die vier Frauen lenken die Blicke auf sich, doch Frauke wäre am liebsten unsichtbar. Bis sie Elias begegnet. Lässig, sexy und unverschämt gutaussehend verschafft er ihr ein aufregendes Kribbeln, das sie zögernd anfängt zu genießen. Schon bald schwelgt sie in nie gekannten Gefühlen. An diesem Abend interessiert es sie nicht, wer Elias wirklich ist und die beiden vergessen die Zeit.

Für Elias steht fest, dass es mehr ist und er offenbart sich. Noch ahnt er nicht, dass für Frauke der siebte Himmel und die Hölle verdammt nah beieinander liegen...

Liebe wagt sich

von Alica H. White

1. Auflage, 2021

© 2021 Alica H. White
Cover: © Kooky Rooster
Unter Verwendung von Shutterstock und
Pixarbay Bildmaterial
Lektorat/Korrektorat: Kooky Rooster

Herstellung und Verlag:
BOD – Books on Demand, Norderstedt

ISBN: 9783753406725

Prolog in Bierlaune

»Das ist eine tolle Idee, das machen wir!«, Karina lächelte begeistert.

»Meinst du wirklich, Manu? Ist das nicht zu unanständig?« Lea war die Skepsis ins Gesicht geschrieben.

»Nein, nein, Lea, ich hab solch einen Busen schon zum Feiern angehabt, das ist prima angekommen!«

Die vier Freundinnen blickten noch einmal zur Bühne der örtlichen Frauensitzung. Mit verhaltener Eleganz und bescheidenem Rhythmusgefühl bewegte sich die Tanzgruppe der katholischen Frauengemeinschaft über die Bühne. Aber nicht die Professionalität der Tanzdarbietung war das Faszinierende für Frauke, sondern die obszöne Freizügigkeit der Kostüme. Die Tänzerinnen trugen riesige Plastikbrüste und kleine Teufelshörner.

Der Gesang ist wohl Playback, dachte sich Frauke gerade, als die ausgefeilte Choreographie eine Drehung vorsah. Das ermöglichte einen Blick auf prachtvolle, zum Busen passende Plastikärsche.

Frauke wohnte nun schon seit über zehn Jahren im Rheinland, entdeckte aber immer wieder neue, seltsame Karnevalsbräuche.

»Was meinst du, Lea?«, schrie sie, den Mund möglichst dicht an ihrem Ohr. »Möchtest du so ein Kostüm tragen?«

Diese zuckte nur mit den Schultern. »Lass uns das nachher besprechen!«, brüllte sie schließlich zurück und klatschte ausgelassen mit den Händen.

Also wanderte Fraukes Blick wieder zur Bühne. Mit so etwas hatte sie bei einer katholischen Frauensitzung nicht gerechnet. Überhaupt, wie hatte sie sich eine solche Veranstaltung vorgestellt? Sittsamer. Vor allen Dingen sittsamer! Manche der Beiträge konnte man nur mit Wohlwollen als unartig bezeichnen, im Grunde waren sie nichts anderes als versaut. Frauke war im evangelischen Norddeutschland aufgewachsen, dort wurde kaum Karneval gefeiert. Und wenn, dann nicht so ausgelassen wie hier. Ihre Mutter hatte ihr schon als Kind verraten: »Die Katholiken, die sind hemmungsloser, die legen eine Beichte ab und schon sind alle Sünden vergeben!«

Ob sie sich dann dafür am Aschermittwoch alle ein Aschekreuz auf die Stirn malen lassen? Mit diesem Ritual in der heiligen Messe zum Beginn der Fastenzeit soll der Mensch an seine Vergänglichkeit erinnert und zur Umkehr aufgerufen werden.

Als zwei ›Weather Girls‹ Doubles die Bühne betraten und ›It's Raining Men‹ zum Besten gaben, waren die Zuschauer endgültig nicht mehr zu halten. Etliche von ihnen kletterten auf die wackeligen Bierzeltgarnituren, mit denen die Turnhalle ausgestattet war, und brüllten. Die, die noch auf dem Boden geblieben waren, schunkelten.

Leider konnte von einem ›Männerregen‹ keine Rede sein. Zur Frauensitzung durften auch nur diese in den Saal. Natürlich waren als Bedienung, Bühnenbauer und

Band auch wenige (systemrelevante) Exemplare des starken Geschlechts zugelassen.

Frauke und ihre Freundinnen waren als Putzfrauen verkleidet. Ja, hier konnte man so etwas wagen, ein Kostüm, das unattraktiv machte.

Frauke fragte sich gerade, was bei einer Herrensitzung wohl geboten wurde, als sich Karina unterhakte und sie zum Schunkeln mitriss. Der Refrain ließ das Trommelfell vibrieren.

»Am besten grölt man mit, dann kommt mehr Stimmung auf«, verriet Manuela.

Auf jeden Fall durfte vor der anstehenden Fastenzeit, die meist nur noch aus figurtechnischen Gründen eingehalten wurde, noch einmal richtig zugeschlagen werden.

»Habt ihr Durst?«, fragte Manuela. Ohne auf eine Antwort zu warten, winkte sie lässig mit dem Arm und nickte der männlichen Bedienung zu. Der Kellner kam herangeeilt, das Tablett ausschließlich mit gefüllten Altbiergläsern bestückt. Wer hier etwas anderes als Bier trinken wollte, musste viel Geduld mitbringen. Jeder bekam von dem breitschultrigen Schönling ein Glas des dunklen, herben Gebräus zugeteilt.

»Danke! Für diese Veranstaltung braucht man wirklich einen gewissen Alkoholpegel, sonst ist das hier nicht auszuhalten!«, tönte Lea ausgelassen in die Runde, die anderen nickten zustimmend.

Dann stimmte die Band ›Die Vögelein vom Titikakasee‹ an. Da mussten, ähnlich wie beim Ententanz, lächerliche Bewegungen nachgeahmt werden. Also hob Frauke bei Sonnenschein das

Schwänzchen in die Höh. Warum auch nicht? Hier machten sich schließlich alle zu Idioten!

Schnell nahm sie noch einen kräftigen Zug aus dem Bierglas, das erhöhte die Toleranzgrenze.

Danach wurde doch tatsächlich ein ›ernsthafter‹ Sketch eingestreut. Die Stimmung ging sofort steil nach unten.

»Das ist ja wohl nicht deren Ernst, uns jetzt wieder von den Tischen zu holen«, maulte Manuela und blickte fragend in die Runde. Natürlich war sie sich der Zustimmung ihrer Freundinnen sicher.

Lea zupfte dem gerade vorbeilaufenden Kellner auffordernd am Hosenbein. Wie sollte man auch sonst die Stimmungslücke füllen? Wieder stand ein frisches Glas vor Frauke ... also runter damit.

Nachdem die Veranstaltung überstanden war, machten sie sich aufgedreht auf den Heimweg. Alle vier waren ineinander gehakt, so gaben sie sich gegenseitig Halt.

»Wie wär's, wenn wir als OP-Schlampen an Altweiber gehen? Ich kann für uns echte Kittel besorgen, dann binden wir den Busen und die Ärsche darüber.« Manuela schien von der Plastikbusenidee jetzt doch angetan zu sein.

»Also ich weiß nicht!«, gab Lea ihre Bedenken kund.

»Als sexy Krankenschwester zu gehen ist doch viel schlimmer, die laufen oft richtig nuttig rum!«

Karina blieb unbeeindruckt und schwärmte weiter: »Keiner auf der Feier, wo ich dieses Kostüm anhatte, hat mich irgendwie schräg angemacht. Davor braucht ihr keine Angst zu haben, die Jecken nehmen doch alles mit Humor! YOLO Lea, mein Neffe sagt immer You Only Live

Once, das ist so ein angesagter Spruch unter den Jugendlichen«, erklärte Manuela mit einem Augenzwinkern.

»Hm«, wirklich überzeugt klang Leas Zustimmung nicht.

»Wir werden sicher viel Aufmerksamkeit bekommen«, ergänzte Karina. »Das wird bestimmt ein Riesenspaß!«

Frauke blickte ihre Freundin kritisch an. Karina hatte leicht reden, die war ja auch glücklich verheiratet und hatte einen verständnisvollen Mann, der für jeden Spaß zu haben war. Sie war immer wieder überrascht, wie ausgelassen und tolerant hier alle Generationen miteinander feierten. Vom Kind bis zum Greis, man mochte Karneval - oder eben nicht. Karnevalsmuffel flüchteten, denn wenn die fünfte Jahreszeit erst einmal auf dem Höhepunkt war, gab es kein Entrinnen.

»Okay, was soll's!« Frauke freundete sich langsam mit der Kostümidee an, denn der Alkohol lockerte ihre Gedanken zu einem federleichten Gefühl. »Es wird vielleicht wirklich Zeit, mal wieder etwas ausgelassener zu werden.«

Alle nickten, die Kostümwahl war damit entschieden.

Kapitel 1 Unter die Haut

Elias ließ die letzten Zeilen seines Liedes ausklingen, die Gefühle hallten in seinem Herzen nach. Wie immer gab er alles, um die Menschen mit seiner Musik zu berühren. Auch diesmal war es ihm gelungen, denn die kleine Runde, die seiner Musik gelauscht hatte, war sichtlich ergriffen und löste sich nur zögernd auf. Die, die noch nichts in die geöffnete Gitarrenhülle geworfen hatten, holten dies nach, bevor sie davoneilten. Elias trat vor, um das Geld in die Tasche zu stecken.

»Mensch, Karina, ich fühle mich wirklich nicht wohl dabei. Warum können wir nicht die Hexenkostüme vom letzten Jahr nehmen?«

Elias sah auf. Die sanfte Stimme, die sich so rührend beklagte, wühlte ihn merkwürdig auf.

»Es ist doch egal, dass die langweilig sind, Hauptsache, wir fühlen uns wohl.«

Während die Frau weitertelefonierte, blieb sie stehen und kramte in ihrer Jackentasche. Das lange braune Haar glänzte, selbst bei der schlechten Bahnhofsbeleuchtung, wie Seide. Ihr ungeschminktes Gesicht wurde beherrscht von sinnlich vollen Lippen und großen braunen Augen. Die waren so von dichten Wimpern umrahmt, dass sie keine zusätzliche Farbe nötig hatten.

»Ich fand unsere Notlösung letztes Jahr schön«, sprach sie fast flehend in ihr Smartphone, während sie Kleingeld in ihrer Jackentasche gefunden hatte und eine Handvoll in die Gitarrenhülle warf.

Elias beobachtete die Menschen hier im Bahnhof genau. Das inspirierte ihn immer wieder für seine Musik. Nur wenige hatten Kleingeld griffbereit, um ein wenig zu spenden. Diese Frau gehörte sicher zu den Menschen, die auch etwas für Bettler und Obdachlose übrig hatten. Das gefiel ihm.

»Danke«, sagte er leise.

Die Frau sah ihn an und zog schüchtern die Mundwinkel hoch. Die Augen funkelten warm und mitfühlend. Ihm war, als würde etwas von ihrem Blick direkt in sein Herz dringen und von dort aus jede Zelle elektrisieren. Elias schluckte verlegen, denn so etwas hatte er noch nie erlebt. Verwirrt lächelte er zurück. Er hatte es zwar schon gehört, dass ein Lächeln unter die Haut ging, hatte es aber bisher eher in die Abteilung *Märchen und Wunschdenken* eingeordnet.

»Okay, wenn du schon alles besorgt hast … dann bis morgen«, seufzte die Frau herzzerreißend und wandte sich ab. »Ja, ich bringe die Brötchen mit.«

Das Lied vom Süßholzraspler James Blunt, *You're Beautiful,* kam ihm in den Sinn, während er der Frau hinterher sah. Als sie weiter weg war, hatte er überraschenderweise den Wunsch, dieses Lied zu singen. Das war noch nie dagewesen. Lächelnd überlegte er, ob er dieser Frau jetzt hinterherlaufen und sie ansprechen, oder das Lied anstimmen sollte.

So scheu, wie sie eben wirkte, gehörte sie sicherlich nicht zu der Sorte, die sich einfach so ansprechen ließ, also stimmte er die ersten Töne von James' Lied an und zog es durch. Bis es hieß, *And I don't think that I'll see her again, but we shared a moment that will last 'til the end*, da wurde er langsamer. Denn das bedeutete so viel wie:

Und ich glaube nicht, dass ich sie wiedersehen werde, aber wir haben einen Moment geteilt, der bis zum Ende dauern wird. Da wurde ihm klar, dass es dumm gewesen war, ihr nicht zu folgen.

Elias bekam ein mulmiges Bauchgefühl. Er war sich sicher, dass er einen Fehler gemacht hatte. Das nahm ihm die Lust, weiter zu spielen. Als er das Lied beendet hatte, packte er hastig zusammen, schulterte seine Gitarre und machte sich auf den Weg zu Tom.

Tom war sein Freund seit der Schulzeit. Er hatte sich, zum Leidwesen von Elias, freiwillig unter die Fuchtel eines zänkischen Weibes gestellt. Elias' Freigeist war Toms Laura schon immer ein Dorn im Auge. Rief der doch bei Tom einen gewissen Neid hervor, den sie gar nicht mochte. Schließlich lief Tom dann Gefahr, sich ihrer Kontrolle zu entziehen. Deshalb war der Kontakt zu seinem Freund mehr oder weniger abgebrochen.

Nun war Laura, ausgerechnet zu Karneval, auf Dienstreise und Tom verspürte den unbändigen Wunsch, mal wieder so richtig auf die Trommel zu hauen – wie in alten Zeiten. Dafür brauchte er Mittäter. Dass Elias sich für so was nur bedingt geeignet fühlte, war ihm egal. So entschied Elias, das Beste daraus zu machen und sich mit Tom ins Getümmel zu stürzen. Vielleicht konnte er ja positiv auf ihn einwirken. Mit dem geeigneten Alkoholspiegel würde er den peinlichen Trubel wahrscheinlich überleben.

Elias kaufte sich eine Bahnkarte, um zu Toms neuer Wohnung zu gelangen. Sein Freund hatte mit Laura zusammen Eigentum erworben und war dafür auf die andere Rheinseite, in das preiswertere Umland von Düsseldorf, gezogen. Hier fanden vor allem junge

Familien ein neues Zuhause, entsprechend langweilig war es dort. Na ja, was tat man nicht alles für seine Kumpels?

Doch Elias' Laune hob sich, als er die Schönheit von eben auf dem Bahnsteig entdeckte. Er musste sich zusammennehmen, um nicht auf sie loszustürmen. Die Unbekannte sah auf, als ob sie spürte, dass er sie musterte. Elias lächelte unsicher. Genau wie vorhin wich sie wieder seinem Blick aus. Seine Euphorie war gedämpft. Diese Frau durfte man nicht überfallen. Aber vielleicht hatte er nun die Möglichkeit herauszufinden, wo sie wohnte.

Er sah zu, dass er in denselben Wagen stieg wie die Schönheit. Jetzt, zur Mittagszeit, ging das recht gut. Die Bahn war nicht überfüllt. Er setzte sich etwas weiter weg, aber dicht genug, um die Unbekannte gut zu sehen. Zufrieden stellte er fest, dass sie ein paar Mal verstohlen zu ihm hinübersah. Elias gab sich alle Mühe, dass die Frau nichts von der Beobachtung merkte. Kreuzten sich trotzdem ihre Blicke, lächelte er.

Tatsächlich stiegen sie an derselben Station aus. Elias' Herz jubelte. Vielleicht hatte er ja die Chance, über Tom herauszubekommen, wer die schöne Unbekannte war. Leider war ihr Weg nicht der gleiche. Aber vielleicht war das auch gut so, sie sollte ihn schließlich nicht für einen Stalker, oder etwas Ähnliches, halten.

»Da bist du ja endlich«, begrüßte ihn Tom freudig und klopfte ihm so heftig auf die Schulter, dass er etwas zusammensackte.

»Hallo, Kumpel«, erwiderte er lässig und absolvierte das alte Handschlagritual mit seinem Freund.

»Komm rein. Wollen wir Essen bestellen? Pizza?«

»Schon wieder Pizza? Die bekomme ich so oft«, brummte Elias, während er eintrat.

»Alter, was willst du sonst? Aber bitte etwas, das man bestellen kann. Kochen werde ich für dich nicht. Ich hätte auch gar nichts Passendes hier. Schließlich bin ich froh, dass ich Lauras kalorienarmen Kochkünsten mal entkommen kann.«

»Meinetwegen, dann eben Pizza«, knurrte Elias.

»Prima«, strahlte Tom.

»Sag mal. Kennst du hier eigentlich irgendwelche Leute?«

»Wieso fragst du?«, erkundigte sich Tom, während er zum Telefon griff.

»Ach nichts, ich habe in der Bahn so eine Frau gesehen ...«

»Was sonst? Hätte ich mir doch denken können«, winkte sein Freund ab. »Hier ist Pendlerschlafstadt. Zu den konservativen Einheimischen bekommt man nur über den Schützenverein oder die Feuerwehr Kontakt. Das ist nicht so meins.«

»Okay, na dann ... ist auch egal«, erwiderte Elias mit unterdrückter Enttäuschung. Selten hatte er sich so über eine vertane Chance geärgert. Doch er schob den Gedanken wieder weg. Sie war bestimmt nicht die Frau, die einem Fremden ihre Telefonnummer gab.

»Ich habe dir mein altes Cowboykostüm herausgesucht. Ist das recht?«, fragte Tom und holte ihn damit wieder aus seinen Gedanken.

Elias zuckte mit den Schultern. »Du weißt schon, dass mir das ziemlich egal ist?«

»Warum bist du so komisch, Mann? Wegen dieser Frau, die dir vorhin begegnet ist?«

»Eher nicht. Du solltest eigentlich wissen, dass ich noch nie etwas an Karneval gefunden habe.«

»Komm schon, mach nicht einen auf Spaßbremse. Vielleicht treffen wir sogar deine schöne Unbekannte morgen wieder. So viele Frauen gehen an Altweiber auf Tour ... und die Männer müssen auf die Kinder aufpassen.«

Elias' Laune hob sich. Hatte die Schöne nicht etwas von einem Hexenkostüm erzählt? Wer weiß, vielleicht war das Schicksal ihm morgen ja gnädig.

»Okay, was willst du jetzt für eine Pizza?«

Kapitel 2 Karneval

»Also, ich weiß nicht. Ich finde, ihr habt mich dieses Jahr mit den Kostümen irgendwie überrumpelt.« Nachdenklich zog Frauke die schwarze Wimperntusche über ihre langen Wimpern.

»Blödsinn, wir haben es alle gemeinsam beschlossen«, antwortete Karina ungerührt.

»Ihr habt mich mit Alkohol gefügig gemacht und dann meine Schwäche ausgenutzt«, ergänzte Frauke unbeeindruckt.

Als sie ihre Schminkerei beendet hatte, blickte sie ihrer Freundin Manuela über den großen Badezimmerspiegel hinweg in die Augen.

Manuela verteilte großzügig einen grellen, lila Lidschatten über ihre Lider und grinste.

»Ach was«, winkte sie mit dem Schminkpinsel in der Hand ab. »Nun sei doch nicht immer so feige. Für einen guten Marktwert muss man sich auch mal etwas zutrauen. Schau dich doch an, du siehst toll aus.« Sie hielt Frauke auffordernd die geöffnete Hand hin, als Zeichen, dass sie jetzt die Wimperntusche benötigte.

Aus Manuela wurde Frauke manchmal nicht richtig schlau. Zwar gab sie sich sehr selbstbewusst, aber immer wieder ließ sie ahnen, dass viel von dem zur Schau getragenen Selbstbewusstsein Fassade war.

Geistesabwesend steckte Frauke die Wimpernbürste in die Tusche und reichte ihrer Freundin, was sie begehrte, während sie ihren riesigen Plastikbusen im Spiegel betrachtete.

»Karneval ist alles erlaubt«, raunte Lea von hinten und reichte ihr ein Glas Sekt. »Mir behagt es auch nicht so richtig, aber ich will das Beste draus machen. Nutz die Beachtung, die du zweifellos bekommen wirst, um mal wieder so richtig zu flirten. Denk an unser Motto: YOLO, **Y**ou **O**nly **L**ive **O**nce. Du lebst nur einmal. Das solltest du dir nicht nur bei diesem Kostüm zu Herzen nehmen.«

Lea fuhr sich mit beiden Händen durch die langen Haare. »Was meint ihr? Soll ich noch ein wenig Glitzerspray ins Haar geben?«

»Ein Rauschgoldengel im OP, warum nicht?«, bemerkte Karina. »Es kann absolut nicht schaden, wenn man zeigt, was man hat.« Sie drehte sich zu Lea um und zwinkerte ihr zu. »YOLO.«

Frauke verdrehte die Augen. Ihre Freundinnen waren so übermütig. Nur ihre Bedenken, was das Kostüm betraf, schienen nicht verschwinden zu wollen. Sie nahm erst mal einen tiefen Zug aus ihrem Sektglas. Gleich würde sie sich besser fühlen …

»Frauke, ich finde auch, du solltest deinen Ex jetzt langsam mal in den Wind schießen und dich endlich zu neuen Ufern aufmachen. Der Typ ist doch keinen Schuss Pulver wert. Der hat es überhaupt nicht verdient, dass du ihm so lange nachtrauerst«, sagte Karina und legte dabei aufmunternd die Hand auf Fraukes Schulter.

»Ihr habt ja recht«, seufzte Frauke und stellte ihr Glas ab, um aus ihrem glatten, langen Haar einen Pferdeschwanz zu binden. »Ich bin nur … irgendwie … völlig aus der Übung … mit dieser Flirterei …«

»Aus der Übung? Soll das dein Ernst sein? Ich stell mir dich gerade als jugendliche Flirtkanone vor und kriege einfach kein Bild in den Kopf.« Lachend schlug Lea ihr kumpelhaft auf die Schulter. »Hast du damals nicht gleich deinen ersten Freund geheiratet?«

»Na ja ...«

»Nutz deine Chancen«, ergänzte Manuela, »was hast du schon zu verlieren?«

»Pffft. Als wenn schon jemals jemand im Karneval einen vernünftigen Mann gefunden hätte«, murmelte Frauke kopfschüttelnd.

»Du willst dir gleich einen Heiratskandidaten angeln? Das kann ja wohl nicht dein Ernst sein! Konzentrier dich besser darauf, nachzuholen, was du in deiner Jugend versäumt hast.«

»Nein, Manu, ich finde, man braucht sich nicht erst mal durch alle Betten schlafen, bevor man sich bindet. Jedes Mal reibst du mir das unter die Nase!«, gab Frauke aufbrausend zurück. Blut stieg in ihren Kopf und ließ die Wangen erröten.

»Du bist nicht nur hübsch«, tröstete Karina, »du bist eine richtige Schönheit. Jonas und ich haben uns übrigens auch im Karneval kennengelernt, über Freunde.«

»Jedes Mal laufen dir die meisten Männer sabbernd hinterher. Du brauchst doch nur die ›norddeutsch Unterkühlte‹ abzulegen«, sagte Manuela und machte Gänsefüßchen mit den Fingern.

Inzwischen hatten sich alle drei Freundinnen Frauke zugewandt. Der blieb nichts anderes übrig, als zu nicken. »Ja, ja, ich weiß schon! YOLO! Möglich, dass ich schüchtern bin, aber das ist gar nicht so einfach abzulegen.«

»Na kommt«, beendete Lea die Diskussion. »Lasst uns noch was trinken.«

»Ja«, stimmte Karina zu. »Ich brauche definitiv einen höheren Pegel, um mich mit diesem Kostüm wohlzufühlen.«

Noch immer skeptisch, machte sich Frauke mit ihren Freundinnen auf den Weg zur Bahnstation.

»Oh Mann, so ein Mist! Ich kann meine Jacke überhaupt nicht zumachen«, beschwerte sich Karina.

»Das kann wohl keiner von uns«, gab Lea zurück. »Dann müssen wir eben abwechselnd die Sektflasche halten. Ich stelle mich zur Verfügung und stecke den Nachschub in meine Tasche.«

»Kommt jetzt endlich, sonst verpassen wir noch die Bahn. Ich hab noch keine Fahrkarte«, trieb Manuela die Gruppe an.

»Gib mal die Flasche, die kann noch einen Spritzer von unserem Likör-Blut aus der Spritze vertragen. Ich brauche definitiv noch ein paar Umdrehungen«, stöhnte Frauke.

Mit zügigen Schritten erreichten sie die Bahnstation. Sie ließen die Flasche mit dem aufgepeppten Sekt so lange in ihrer Runde kreisen, bis die Bahn einfuhr.

Frauke nahm besonders tiefe Schlucke und versuchte so, die neugierigen Blicke der anderen Passanten wegzutrinken.

Während der Fahrt drehten sich ihre Gespräche hauptsächlich um ihre Kinder, über die sie sich vor einigen Jahren im Kindergarten kennengelernt hatten. Die Kinder waren, durch die regelmäßigen Treffen ihrer Mütter, auch immer noch befreundet.

Vollkommen auf das Gespräch konzentriert, konnte Frauke die neugierigen Blicke auf die ungewöhnlichen Kostüme verdrängen.

»Jetzt müssen wir aber Gas geben, um noch die zweite Flasche zu schaffen. Ihr wisst ja, in der Altstadt ist Glasverbot, bis dahin müssen wir sie leer haben«, sagte Karina und ließ den Korken der zweiten Flasche knallen.

Bis zum Erreichen der Altstadt war Fraukes Alkoholpegel endlich zufriedenstellend. Sie war so betrunken, dass ihr das Kostüm egal war. Einige kleine Erlebnisse auf dem Weg ließen die Stimmung weiter steigen. Das ermöglichte es ihr endlich, den Leuten fröhlich ins Gesicht zu sehen, als die Gruppe eine Kneipe betrat.

Hier war es extrem voll und laute Stimmungsmusik ließ die Ohren dröhnen. Die meisten Gäste waren Männer im Anzug. Die Kneipe war nicht dekoriert, deshalb kam wohl keine echte Karnevalsstimmung auf.

Karina und Lea stürmten trotzdem ins Getümmel, während Frauke und Manuela am Rand blieben und das Treiben beobachteten.

»Die sind so früh wie möglich aus ihren Büros geflüchtet, um sich einen auf die Lampe zu gießen!«, brüllte Manuela ihr ins Ohr.

Frauke nickte und sah sich einen Mann an, der gefährlich schwankend vor ihr stehen blieb. Sie lächelte, denn er hatte erhebliche Schwierigkeiten beim Fokussieren. Dämlich grinsend schielte er auf Fraukes Plastikvorbau mit den künstlerisch gemalten Brust-warzen.

»Man könnte meinen, er denkt, die sind echt!«, schrie Frauke Manuela zu. Diese nickte zustimmend und grinste breit.

Der Anzugträger stutzte und schwankte davon.

»Betrunkene Bürohengste, scheußlich!«, bemerkte Frauke.

»Du musst es ja wissen, du hast ja genug Büroerfahrung!«, gab ihre Freundin zurück. »Komm, lass uns woanders hingehen, hier sind zu viele Betrunkene und die Anzugträger sind nicht wirklich amüsant!«

Wild winkend gab sie den anderen beiden ein Zeichen, dass sie gehen wollten.

Manuela und Lea nickten und folgten ihren Freundinnen auf die Straße.

»Kommt, lasst uns in die Rheinterrassen gehen, da landen wir sowieso jedes Jahr!«, schlug Karina vor.

»Ja, ich finde auch … da sind die Leute wenigstens verkleidet!«, stimmte Lea zu.

Frauke stockte der Atem, als sie auf den Ausgang zugingen. Ein hinreißend aussehender Cowboy kam gerade mit einem Ritter herein. Wo hatte sie dieses Gesicht nur schon mal gesehen? Mit so einem würde sie gerne flirten üben, schoss es ihr frech durch den Kopf.

»Oh, hallo«, grüßte der Cowboy verlegen.

Frauke sah sich um, ob vielleicht jemand hinter ihr gemeint war. Doch er konnte niemand anderen gemeint haben. Ihr Herz schlug höher. »Kennen wir uns?«, fragte sie kühl. Für diese, durchaus ernst gemeinte, aber ungeschickte Frage, hätte sie sich am liebsten umgehend in den Hintern gebissen.

»Ist das beim Karneval wichtig?«, erwiderte er grinsend.

Frauke brachte ein verlegenes Lächeln zustande.

Der Cowboy sah zu ihren Freundinnen, die sich nach Frauke umgedreht hatten. »Wollt ihr schon gehen? Das kannst du nicht machen! Du bist der einzige Lichtblick hier!«

Frauke holte tief Luft. Nun hatte sie schon so einen hohen Alkoholspiegel und war immer noch schüchtern.

»Kommst du? Du wolltest doch auch weg hier!«, sagte Karina und zog sie Richtung Ausgang.

Frauke zuckte entschuldigend mit den Schultern.

Der schöne Cowboy sah sie entgeistert an. »Wo geht ihr hin?«

»Ist das Karneval wichtig?«, gab sie leichtsinnig zurück, bevor sie von ihrer Freundin eingehakt wurde. Schon wieder könnte sie sich sonst wohin beißen. Sie reagierte auf diesen Typen. Warum war sie da so abweisend? Norddeutsch unterkühlt ... Als Zeichen der Einigung hakten sich alle unter und Frauke schüttelte die Gedanken ab. Gut gelaunt machten sie sich entlang des Rheinufers auf den Weg zu den großen Veranstaltungshallen.

»Lasst uns beeilen, sonst kommen wir womöglich nicht mehr rechtzeitig«, trieb Manuela die drei an.

»Die Schlange vor den Rheinterrassen ist lang, aber ich finde es immer amüsant, mir die ganzen anderen Leute anzusehen«, warf Frauke ein.

»Du sollst dir die Leute nicht nur ansehen, sondern auch mit ihnen reeeden! Und am besten mit gaaanz vielen Männern flirten.«

»Karina, hör bitte auf. Ich bin nicht plötzlich ein anderer Mensch, nur weil Karneval ist«, fauchte Frauke.

»Oh Mann!«, rief Manuela plötzlich, »ich hätte in der Kneipe auf die Toilette gehen sollen. Die Tour, die Schlange vor dem Haus und dann noch die Toilettenschlange ... das überlebe ich nicht!«

»Dann musst du wohl in die Büsche, so wie ich letztes Jahr«, kicherte Karina.

»Fuck«, fluchte Manuela, während sie die Flussböschung hinunterkletterte. »Kommt noch jemand mit? Oder muss ich etwa alleine gehen?«

»Pass auf den Wind auf, sonst pinkelst du dir selbst gegen das Bein! Du bist kein Mann!«, rief Lea ihr lachend hinterher.

»Was du nicht sagst! Was meinst du wohl, warum ich so ungern allein pinkle?«, gab sie zurück.

***

»Mein Gott, was bist du nur für eine trübe Tasse! Du stehst hier die ganze Zeit blöd rum. Komm jetzt, da hinten sind ein paar heiße Feger!«, rief Tom genervt zu Elias.

»Hast du gesehen? Sie war eben da!«, antwortete der ungeduldig.

Tom runzelte die Stirn. »Wer, sie?«

»Na sie! Die Frau von gestern, aus der Bahn! Und ich weiß nicht, wo sie hin sind!«

»Oh Gott! Etwa die mit den riesigen Plastiktitten?!«, fragte Tom mit aufgerissenen Augen. »Ganz schön provokativ!«

»Blödsinn, das ist bestimmt ironisch gemeint! Aber das Dumme ist, sie hat nicht verraten, wohin sie gehen!«

»Ha! Das habe ich zufällig mitbekommen! Die gehen zu den Rheinterrassen!«, verkündete Tom stolz.

»Oh, cool! Wollen wir da nicht auch hin?!«

»Hab ich mir doch fast gedacht! Aber dann müssen wir da ganz hinlaufen!«, wiegelte Tom ab.

»Komm schon! Die Frau hat irgendwas! Ich möchte sie gern näher kennenlernen!«

»Na gut, wenn du unbedingt willst. Hauptsache, du machst nicht mehr einen auf trübe Tasse!«

»Versprochen!«

***

Triumphierend blickte Manuela auf die drei Mädels, als diese am Zielort in der Toilettenschlange standen. »Soll ich schon mal vorgehen und uns ein Bier bestellen?«, fragte sie süffisant.

»Die beste Idee des Tages!«, erwiderte Frauke, »ich brauche unbedingt Nachschub, sonst werde ich noch nüchtern!«

»Das wäre einfach schrecklich!«

»Nicht auszuhalten!«

Manuela hatte sich schon längst umgedreht und steuerte zielstrebig die Veranstaltungsräume an.

Sie erwartete ihre Freundinnen bereits, als diese von der Toilette kamen, und verteilte die Gläser. Das dunkelbraune Altbier rann in wenigen Zügen durch ihre Kehlen.

Frisch gestärkt konnte nun endlich die Tanzfläche erobert werden. Ausgelassen tanzen, das war einer der Hauptgründe, warum Frauke sich diese Veranstaltung jedes Jahr wieder antat. Nach einer Weile stand sie leicht aus der Puste am Rand und sah sich das bunte Treiben an.

Sie musste ihren Freundinnen recht geben, auf dem Jahrmarkt der Eitelkeiten fanden sich seltsame Attraktionen. Geworben wurde mit allem, was irgendwie Erfolg versprach. Tiefste Dekolletés, Netzstrümpfe, Strapse aller Art und natürlich superkurze Röcke ... Sie hatte längst bemerkt, dass ihre künstlich-weiblichen Rundungen nicht von jedem als Satire verstanden wurden.

Ihre Freundinnen waren schon fleißig am Flirten, doch sie hatte dazu immer noch nicht den richtigen Mut gefunden. Deshalb besorgte sie die nächste Runde Bier für die Mädels. Irgendwann würde sie schon noch beherzter werden.

Langsam stieg ihr der Alkohol wieder in den Kopf und erneuerte das Gefühl der Leichtigkeit – *endlich.*

»Oh holde Maid, welch edles Gewand«, scherzte ein Ritter belustigt mit ihr.

Frauke lächelte den Ritter an, und erkannte darin erfreut die Begleitung des schönen Cowboys von eben, bis der ein stimmungstötendes »Ich bin ein Raubritter, darf ich Ihnen einen Kuss rauben?« von sich gab.

Manche Typen waren doch einfach zu dämlich! Genervt drehte sie sich weg.

Da blickte sie in das Gesicht des gut aussehenden Cowboys, der die Szene belustigt beobachtet hatte.

»Nettes Kostüm«, bemerkte er lächelnd und zeigte, neben einer ebenmäßigen Reihe schneeweißer Zähne, auch zwei niedliche Grübchen ... *Wow!*

Bei Frauke stellte sich ein merkwürdiges Bauchgefühl ein. Ihre Knie wurden weich und der Atem ging schneller. Sie fühlte sich wie ein Teenager, der das erste Mal von einem Jungen angesprochen wurde. Ein Gefühl, das sie schon lange nicht mehr gehabt hatte.

Starr stand sie da und war von seinen dunklen, tiefgründigen Augen gefesselt. Langsam stieg Wärme in ihren Kopf. »Danke«, stotterte sie und fluchte innerlich über ihre geringe Schlagfertigkeit.

Aber auch er wirkte überrascht, sein gewinnendes Lächeln erstarb. Er schien mit einem Mal genauso aufgeregt zu sein wie sie.

Für eine gefühlte Ewigkeit standen sie sich gegenüber und sahen sich an.

Die Zeit stand still.

Als würden zwei Magnete in ihnen angeschaltet, näherten sich plötzlich ihre Köpfe.

Frauke sah auf den schön geschwungenen Mund des Cowboys. Sie wollte diese Lippen spüren, ihren Geschmack kosten. Ein Hauch seines Geruchs stieg in ihre Nase, hm ... Instinktiv öffnete sie ihren Mund ganz leicht, sie konnte seinen Kuss kaum noch erwarten und schloss die Augen.

Sein Atem kitzelte in ihrem Gesicht, es konnte sich nur noch um Millimeter handeln. Frauke musste ein ungeduldiges Seufzen unterdrücken.

Da tippte ihr von hinten jemand auf die Schulter.

»Stör ich?«, wurde sie von Manuela aus dieser traumhaften Szene gerissen. »Kommst du mit auf die Toilette?«

»Jetzt?!«, gab Frauke entsetzt zurück.

»Ja, die Schlange ist lang und die anderen beiden waren vorhin schon ... bitte!«, bettelte Manuela. »Du weißt doch, ich geh nicht gern alleine, dann ist das auch nicht so langweilig.«

Mit einem Schmollmund und Dackelblick stand sie vor ihr. Wer konnte dazu schon Nein sagen?

Also drehte Frauke sich zu ihrem Cowboy um und warf ihm einen bedauernden Blick zu. Der sah tatsächlich enttäuscht aus. Mit einem Achselzucken entschuldigte sie sich und wurde von Manuela am Arm weggezogen.

»Tut mir wirklich leid, dass ich dich von diesem Schnuckelchen wegholen musste. Freut mich, dass du jetzt auch so weit bist und endlich anfängst zu flirten. Wie küsst er denn so?«

»Woher soll ich das wissen?«

»Ach du je, ich bin schon ein Trampel, oder? Ich hoffe, ihr könnt gleich anknüpfen.«

Frauke antwortete mit einem Seufzen.

Bei dieser Veranstaltung war die Wartezeit in der Toilettenschlange oft kurzweilig und ›Frau‹ konnte nette Leute kennenlernen.

Diesmal stand vor ihnen eine Gruppe von Frauen, die als Hexen verkleidet waren und sich auch so benahmen. Sie entrüsteten sich über das, ihrer Meinung nach, unmoralische Kostüm.

»Ich glaub, die sind nur neidisch, weil wir mehr Beachtung bekommen«, raunte Manuela Frauke ins Ohr.

Frauke nickte grinsend. Seitdem ihr Kostüm dem Cowboy gefiel, hatte sie ihren Frieden damit geschlossen.

Erwartungsvoll kehrte sie zum Sammelpunkt zurück.

Ihr Cowboy flirtete nun mit einem süßen Marienkäferchen, das begierig an seinen Lippen hing. Allerdings sah er immer wieder hoch und suchte die Umgebung ab. Als er Frauke ausmachte, blieb sein Blick an ihr hängen. Und da war es wieder, dieses unwiderstehliche Lächeln. Diesmal zuckte *er* mit den Schultern.

Frauke versuchte, ein gleichgültiges Gesicht aufzusetzen, aber die Szene versetzte ihr trotzdem einen Stich.

Nur, so schnell gab das Marienkäferchen natürlich nicht auf. Es drehte sein Gesicht wieder zu sich und erzwang seine Aufmerksamkeit.

Cool bleiben!, dachte Frauke und wandte sich ab. Vor ihr stand ein hochgewachsener Schönheitschirurg, der gegen Küsse neue Nasen anbot. Diese hingen in Form von Pappnasen an seinem Kittel.

»Mit uns kannst du aber nichts verdienen!«, entfuhr es Frauke in einem Anflug von Kühnheit.

Der Chirurg grinste. »Ja, ich seh schon, ihr seid einfach unverbesserlich!«

»Kann ich dir ein Bier ausgeben?!«, kam es plötzlich von hinten.

Frauke zuckte zusammen, drehte sich um und brach in innere Jubelstürme aus. Ihr Cowboy stand wieder vor ihr. Fast wäre sie ihm um den Hals gefallen.

Cool bleiben!, schoss es ihr erneut durch den Kopf. Sie nickte, konnte sich aber ein erfreutes Lächeln nicht verkneifen. Er gab das Lächeln zurück und Frauke schmolz dahin.

Der Cowboy nahm ihre Hand und drückte kurz zu, dann zog er, mit Frauke an der Hand, Richtung Theke. Frauke war von der Berührung wie elektrisiert und ließ sich nur zu gerne von ihm leiten.

»Für deine Freundinnen auch, oder?!«

Frauke nickte.

Gemeinsam vollbrachten sie die logistische Meisterleistung, ohne viel zu verschütten, das Bier an die anderen Mädels zu verteilen. Zum Schluss hielt jeder nur noch sein eigenes Bier in den Händen.

»Halt das mal bitte!«, sagte der Cowboy und reichte Frauke sein Glas.

Er nahm ihr Gesicht zwischen seine Hände und drückte ihr einen Kuss auf. Erst ganz sanft und zärtlich, dann intensiver.

Frauke bog sich überrascht nach hinten. Sie hielt den Atem an. Die zärtliche Leidenschaft, die in dieser Geste lag, verstärkte in Frauke das Kribbeln, das ohnehin immer wilder wurde. Genussvoll schloss sie ihre Augen und ergab sich dem Kuss, erst zögernd, dann mit Hingabe.

Dabei vergoss sie die Hälfte des Bieres. Mist!

Lachend löste sich der Cowboy von ihr, sah ihr in die Augen und drückte ihr noch ein kurzes Küsschen auf die Stirn.

»Das wollte ich vorhin schon tun«, murmelte er ihr mit tiefer Stimme ins Ohr. »Komm, lass uns ein ruhiges Plätzchen suchen.«

Kapitel 3 Geht doch!

Sie wählten einen Platz auf hohen Fensterbänken im Gang, wo man sich etwas anlehnen konnte.

»Wie heißt du?!«, fragte der Cowboy.

»Frauke!«

»Frauke, was für ein außergewöhnlicher Name. Du kommst nicht von hier, oder?!«

»Nein, das ist ein norddeutscher Name! Ich wohne aber schon länger hier in der Gegend von Düsseldorf! Und du, wie heißt du?!«

»Elias, geboren und aufgewachsen in diesem wunderschönen Städtchen, mit den seltsamen Feierritualen.« Wieder einmal zeigte er sein gewinnendes Lachen und Frauke schmolz bei dem Anblick dahin.

Dieser ausgesprochen schlichte Wortwechsel übte seltsamerweise einen ganz besonderen Zauber auf Frauke aus. Oder war es das Lachen mit diesen Grübchen? Jedenfalls überkam sie schon wieder das Verlangen, ihn zu küssen.

Als hätte er ihre Gedanken gelesen, nahm er ihr Glas und stellte es zusammen mit seinem ab. Mit einem routinierten Griff zog er sie entschlossen zu sich hin. Diesmal begann er seinen Kuss nicht so zögerlich, sondern forderte direkt Einlass in ihren Mund. Auch die zweite Hand machte aus seiner Leidenschaft keinen Hehl. Frauke spürte sie leidenschaftlich über ihren Rücken streicheln.

Die Schmetterlinge, die sich bisher vorwiegend in ihrem Bauch aufgehalten hatten, zogen tiefer, in ihren

Unterleib. Plötzlich fiel ihr auf, wie lange sie schon keinen Mann mehr gehabt hatte. Dieses Bedürfnis hatte sie nach ihrer Scheidung vehement verdrängt.

An Karneval ist eine derartige Direktheit erlaubt, dachte Frauke und gab sich ganz ihren Gefühlen hin. Sie konnte sich nicht erinnern, jemals einen solch langen Kuss ausgetauscht zu haben. Einen Kuss, der die Hormone in ihrem Körper Tango tanzen ließ.

Als sie ihn schließlich doch beendete, weil sie das dringende Bedürfnis spürte, zwischendurch einmal tief durchzuatmen, ließ er nur zögernd von ihr ab.

Er legte seine Stirn gegen ihre und schloss die Augen. »Erzähl mir mehr von dir«, forderte er leise.

Auch Frauke schloss die Lider und fühlte eine seltsame Wärme in ihren Körper strömen. Sie nickte und sahen sich tief in die Augen.

Elias lächelte. »Aber lass uns nach draußen gehen und ein bisschen frische Luft schnappen, dann müssen wir nicht so schreien!«

Er nahm ihre Hand und drückte sie kurz. Auf dem Weg nach draußen leitete er sie sanft mit seiner Hand auf ihrem unteren Rücken. Mittlerweile fühlte sich jede seiner Berührungen wie ein Stromstoß an.

Sie stellten sich etwas abseits vom Trubel an den Rand der Terrasse. Von hier aus konnte man die beleuchteten Schiffe auf dem Rhein fahren sehen. Die Februarnacht war sternenklar und windstill. Die Fahrtwellen der vorbeiziehenden Schiffe verursachten ein schwaches Plätschern. Lichter spiegelten sich auf dem Wasser, boten einen verträumten Tanz.

»Ich hoffe, dir ist nicht zu kalt«, murmelte er und platzierte sich hinter Frauke. Zärtlich schlang er seine

Arme um ihren Körper. Fest an sie gekuschelt, lehnte er sanft sein Kinn auf ihren Kopf.

Sie empfand Sicherheit und Geborgenheit, die sie lange vermisst hatte. Eine Weile standen sie einfach so da und genossen den wunderbaren Blick.

»Der Ausblick ist wahnsinnig schön«, flüsterte sie und schmiegte sich noch ein bisschen dichter an ihn.

»Ich hätte nicht gedacht, hier heute noch einen solch romantischen Moment zu erleben«, hauchte er ihr leise ins Ohr und bedeckte ihren Hals mit zärtlichen Küssen.

Frauke schloss die Augen und genoss die Gänsehaut, die in heißen Schauern durch den Körper zog. Sie gab einen wohligen Laut von sich und wünschte, aus diesem Traum niemals zu erwachen. Sie drehte sich um und gab ihm einen Kuss, in den sie all ihre Leidenschaft legte. Sie küssten sich hingebungsvoll, bis sie Luft holen mussten.

»Irgendwie habe ich das Gefühl, dass du den Trubel eigentlich auch nicht magst«, spekulierte Elias.

Frauke zuckte mit den Schultern. »Keine Ahnung. Manchmal tut es gut, den Alltag zu vergessen. Auf jeden Fall meinten meine Freundinnen, dass ich langsam über meine Scheidung hinwegkommen sollte.«

Elias Blick hellte sich auf. »Du bist geschieden?«

»Ja. Ich habe ziemlich darunter gelitten, dass mein Mann mich ausgetauscht hat. Wir hätten uns auseinandergelebt, meinte er.«

»Oh, versteh mich nicht falsch. Es tut mir leid, dass du so damit zu tun hattest. Ich hatte mich nur gerade gefreut, dass du Single bist«, antwortete er mit erhobenen Händen und seinem unwiderstehlichen Lachen.

Frauke holte tief Luft. Was wurde das hier? »Das ist auch besser so, dass ich Single bin. Die Kinder haben genug mitgemacht«, stellte sie klar.

Elias lächelte, konnte aber seine Enttäuschung nicht verbergen. Ob es für ihn mehr als ein Flirt war? Der Gedanke machte Frauke Angst. Eigentlich wäre es besser, jetzt wieder zurück zu ihren Freundinnen zu gehen. Aber eine magische Kraft hielt sie davon ab. Sie wollte einfach noch ein bisschen weiter flirten. Wer weiß, vielleicht war dieses Unverhohlene ja seine Masche, mit der er alle Frauen rumkriegte, und es stünde nichts weiter dahinter.

Auch Elias schien zu merken, dass Fraukes Stimmung plötzlich anders war. Eine Weile blickten sie schweigend aufs Wasser.

»Fühlst du dich wohl hier, bei uns im Rheinland?«, fragte er.

»Am Anfang war es schon eine Umstellung. Die Leute sind offener und es sind so viele ... so dichte Bevölkerung hier, aber mittlerweile habe ich mich daran gewöhnt«, antwortete Frauke nachdenklich.

»Warum bist du eigentlich hierher gezogen?«

»Weil mein Mann hier Arbeit gefunden hatte. In Norddeutschland sind die guten Stellen nicht so dicht gesät.«

»Und dann?«

»Dann haben wir Kinder bekommen, gebaut und uns ewig gestritten. Da habe ich dann auf Teilzeit umgestellt, aber dadurch wurde es nicht besser.«

»Es ist auch sicher nicht einfach, das alles unter einen Hut zu bekommen.«

»Stimmt. Man unterschätzt das. Aber für die Kinder ist es gut, in einem Haus mit Garten und etwas ländlicher zu wohnen.«

Elias nickte. »Kann ich verstehen.«

»Und du bist in der Stadt groß geworden?«, erkundigte sich Frauke.

»Ja, schon ...«, stockte er im Satz.

Elias wirkte, als wollte er eigentlich noch mehr sagen, doch Frauke hakte nicht weiter nach.

»Du magst keinen Karneval?«, fragte sie, um das Gespräch auf etwas anderes zu lenken.

Elias rieb sich nachdenklich am Kinn. »Man kann ja schon seinen Spaß haben, aber oft ist es so aufgesetzt. Da ziehe ich so ein ruhiges Gespräch vor. Vor allem hasse ich diese Musik.«

Frauke lachte. »Ja, die kann man nur mit Alkohol ertragen. Die Kinder lieben es. In Norddeutschland gibt es nur so ein bisschen Karneval, im Kindergarten, oder auf Kostümfesten. Das ist nicht zu vergleichen mit dem Spaß, den sie hier haben.«

»Ja, als Kind mochte ich sogar die Musik«, erwiderte Elias grinsend.

»Was magst und hörst du denn so?«, stellte Frauke die entscheidende Frage, um das Gespräch locker werden zu lassen. Jetzt war Elias in seinem Element. Sie stellten fest, dass sie denselben Musikgeschmack hatten und auch dieselben Filme mochten. Ihre Weltanschauung glich sich und sie kamen vom Hölzchen aufs Stöckchen.

Ihr Gespräch war lang und ungewöhnlich harmonisch. Es gab keine peinliche Stille. Wann hatte sie sich das letzte Mal so gut unterhalten? Frauke empfand es als etwas ganz Besonderes. Sie funkten auf einer Wellenlänge. So hätte sie sich noch Ewigkeiten unterhalten können.

Unterbrochen wurden die Gespräche durch immer leidenschaftlicher werdende Küsse und tiefe Blicke aus funkelnden Augen.

»Du zitterst ja, komm lass uns reingehen«, raunte er, als sie sich wieder lösten. Fürsorglich legte er seinen Arm um ihre Schultern und zog sie zu sich heran.

Zurück in den Veranstaltungsräumen sah Elias sie intensiv an und schluckte. »Ich möchte dich wiedersehen. Gibst du mir deine Handynummer?« Gespannt hielt er den Atem an, während er auf die Antwort wartete.

Was sollte sie jetzt machen? Wollte sie ihn weiter treffen? Verstand und Herz zankten sich, wie ihre Kinder beim Fernsehen. Sie sah Elias noch einmal an. Er lächelte vertrauenserweckend. Noch einmal ein Date? Warum nicht? Man würde ja sehen, was dabei herauskommen würde ...

Oder hatte sie diese Gedanken nur, weil sie etwas getrunken hatte? Was hatten ihre Freundinnen gesagt? YOLO. Genau. Scheiß drauf, man lebt nur einmal!

Als Frauke nickte, atmete er erleichtert aus und setzte sein strahlendes Lächeln auf.

Als die anderen Mädels zu den beiden stießen, war die Zeit wie im Flug vergangen.

»So, ihr beiden Turteltäubchen, jetzt löst euch mal. Mama will nach Hause«, grinste Manuela.

»Man sollte doch vorsichtig mit Sekundenkleber umgehen«, frotzelte Lea.

»Wir wollen ja nicht stören, ihr wart so nett anzusehen, aber ich möchte jetzt auch nach Hause«, ergänzte Karina.

Frauke und Elias wechselten einen bedauernden Blick und gaben sich einen Abschiedskuss, der die anderen zum Johlen brachte. Dann wurde sie – ganz unromantisch – von ihm weggezogen.

Auf dem Heimweg fragte Karina neugierig: »Und? Habt ihr Handynummern getauscht?«

Frauke nickte nur selig.

»Und, seht ihr euch wieder?«, wollte Lea wissen.

»Ist doch egal ... YOLO«, verkündete sie mit einem breiten Grinsen.

Wie sehr sie sich jetzt schon insgeheim seinen Anruf wünschte, verriet sie ihren Freundinnen lieber nicht.

Kapitel 4 Bei Tageslicht

Elias erwachte vom vertraut gurgelnden Geräusch einer Kaffeemaschine. Sein Kopf fühlte sich watteartig an. Es hatte gestern definitiv zu viel Alkohol gegeben.

Wie fast jeden Morgen musste er sich erst einmal orientieren, wo er eigentlich war. Graues Polstersofa, recht bequem. Durch die zugezogenen Vorhänge der Fenster blinzelte die Sonne. Er lag in voller Cowboymontur auf einem Sofa, von einer einfachen Wolldecke warmgehalten. Das Sofa stand in der Wohnung seines Freundes Tom.

Sein Freund steckte seinen dunklen Wuschelkopf durch die Tür. »Morgen Alter, schon fit? Bock aufn Kaffee? Ich flitz schnell runter und hol uns Brötchen. Hat der Herr einen Wunsch?«, fragte er grinsend. Schwungvoll schritt er durch das Zimmer und öffnete mit einem Ruck die Vorhänge.

Das grelle Licht schmerzte in Elias Augen.

»In zwei Stunden muss ich Laura vom Flughafen abholen, also mach ein bisschen hinne.«

»Danke Tom, du bist ja so gut zu mir. Aber im Ernst, wie du weißt, kann ich gute Laune am Morgen einfach nicht ausstehen«, maulte Elias, während er sich mit der Hand die Augen etwas abdeckte.

»Was denn ... die Sonne scheint! Du weißt doch, nur der frühe Vogel fängt den Wurm!«, erwiderte sein Freund lachend.

»Der frühe Vogel kann mich mal ... Die zweite Maus bekommt den Käse«, grummelte Elias zurück.

Als seine Augen sich etwas an das Licht gewöhnt hatten, nahm er die Hand wieder herunter und ergänzte: »Nein im Ernst, vielen Dank, dass ich hier pennen durfte. Ich steh ja schon auf. Gib einem alten Mann doch etwas Zeit. Kann ich auch noch die Dusche benutzen?«

»Ja klar, kein Thema.« Tom antwortete mit einer abwinkenden Handbewegung, während er sich wieder Richtung Flur bewegte.

Elias hörte noch die Schlüssel klimpern, dann fiel die Wohnungstür ins Schloss.

Umständlich kramte er in seinem großen Rucksack nach frischer Wäsche und stellte fest, dass kaum noch saubere Sachen darin waren. Sein Handtuch war auch nicht mehr zu gebrauchen. Er müsste dringend waschen.

Irgendetwas fühlte sich heute Morgen anders an. Das Bild dieser Frau von gestern stieg vor seinem inneren Auge auf. Ach ja, die süße Kleine mit diesen frechen Plastikbrüsten, Frauke hieß sie.

Meistens erinnerte er sich nicht mehr an das Aussehen seiner zahlreichen Flirts. Aber ihr Bild hatte sich in sein Gedächtnis eingebrannt – merkwürdig. Das Gesicht, das vor seinem inneren Auge aufstieg, war schön. Oder hatte er sie sich nur schön getrunken? Aber toll unterhalten hatte er sich mit ihr, daran konnte er sich noch genau erinnern.

Er legte das Cowboykostüm zusammen und beseitigte die Spuren seiner Übernachtung. Mit der letzten sauberen Wäsche machte er sich auf den Weg Richtung Dusche. Schnell schlüpfte er aus seiner Kleidung und griff sich ein Handtuch von seinem Freund. Während das warme Wasser über seinen

Körper prasselte, schnappte er sich auch etwas von Toms Duschgel.

So frisch geduscht fühlte er sich gleich viel besser. Sofort wanderten seine Gedanken wieder zu seiner Eroberung. Ob sie jetzt wohl auch an ihn dachte? Sie hatten doch ihre Handynummern getauscht. Er könnte sie ja anschreiben, überlegte er, als er sich abtrocknete.

Angezogen schnappte er sich sein Handy und schrieb:

– Guten Morgen meine Schöne! Bist du gut nach Hause gekommen? Geht es dir gut? –

Die Wohnungstür öffnete sich mit einem Klirren der Schlüssel. Tom war zurück.

»Ich hab dir dein Kostüm da hingelegt, danke noch mal dafür«, bemerkte Elias, und wies mit dem Finger auf das Sofa.

Tom nickte und schlurfte lässig mit der Brötchentüte beladen durchs Wohnzimmer. Er legte die Tüte auf die Küchentheke, die den Wohn- vom Küchenbereich trennte. »Kein Problem. Komm, lass uns frühstücken«, sagte er, während er sich setzte.

Aufmerksam beobachtete er Elias, als dessen Handy zwitscherte und der sofort auf das Display schaute.

»Na was schreibt sie denn?«

»Dass sie gut nach Hause gekommen ist und ihr ziemlich die Füße wehtun.«

»Die Kleine mit den Plastiktitten, die du den ganzen Abend zugetextet hast?«

»Mhm-hm«, murmelte Elias abwesend, während er konzentriert ins Handy tippte.

»Und was schreibst du ihr jetzt zurück?«

»Mann, Alter, was geht dich das an? Kümmre dich lieber um deine Eroberungen. Konntest du gestern was klarmachen?«, knurrte er, während er seinen Kopf wieder hob.

»Nee, war nichts Brauchbares dabei. Ich will doch auch nicht meine Freundin betrügen«, erwiderte Tom mit einem Augenzwinkern.

»Lol«, spottete Elias. »Bei dir macht sich wohl auch das Alter bemerkbar. Ausgerechnet an Karneval! Ich denke, du solltest deine Strategie ändern. Raubritter sind uncool. Und dann immer dein Spruch: ›Darf ich ihnen einen Kuss rauben?‹ Da lachen ja die Hühner.«

»Ach ja? Was wäre denn deiner Meinung nach erfolgreicher? Traumprinz? Einsamer Cowboy? ... Das ist ja so was von originell! Im Grunde ist es nur deine hübsche Visage, auf die die Weiber abfahren. Was meinst du, warum du das Kostüm von mir bekommen hast?«, erwiderte er aufgebracht.

»Nur kein Neid, mein Lieber! Versuchs doch mal als Märchenfee. Ich habe gehört, Frauen mögen Männer, die zu ihrer weiblichen Seite stehen.« Elias kicherte und ergänzte: »Sieht bestimmt klasse aus, wenn dein Brustpelz oben aus der rosa Spitze ragt. Aber vergiss nicht den Feenstab, damit kannst du sie dann verzaubern. Oder«, spottete er, mit einem breiten Grinsen, »es gibt auch solche Mützen mit einem Gehirn als Muster. Frauen stehen auf Männer mit Hirn.«

»Danke für die tollen Vorschläge«, Tom winkte ab. »Wirklich interessiert hat mich eigentlich nur dieser Rauschgoldengel ... bis ihr Freund kam ... ein Möchtegern-Rocker, mit Tattooärmel aus Stoff.« Er verdrehte die Augen. »Sie hatten sich verabredet, und als er dann erschien, war ich abgemeldet. Na ja, und dann war das Marienkäferchen noch ganz nett, aber die hatte ja nur Augen für dich.«

Elias rieb sich müde übers Gesicht. »Ja, die war ganz süß, aber ich mag es nicht, wenn die Frauen sich so ranschmeißen wie Groupies.«

»Oha, da spricht der große Popstar, wie? Alter, du solltest für jeden Fan dankbar sein.«

»Bin ich ja auch, aber sie sollten von meiner Musik begeistert sein und nicht von meinem Aussehen. Lassen wir das Thema, es nervt.«

»Ach, du spinnst doch! Warum nimmst du das nicht mit? Als wir noch unsere Band hatten, warst du unser Fliegenfänger«, gestand Tom.

»Stimmt schon, ich hatte wirklich nie Schwierigkeiten, eine abzuschleppen. Aber in letzter Zeit langweilen mich die meisten Frauen unerträglich. Ich mag es nicht, wenn sie sich nicht einmal für Musik interessieren.«

»Ah, der Playboy will sesshaft werden«, grinste sein Freund. »Aber von der Tittenfrau gestern warst du offensichtlich schwer angetan. Du bist an ihren Lippen gehangen, wie ein hypnotisiertes Kaninchen.«

»Tittenfrau … du bist geschmacklos. Gespräch beendet«, maulte Elias. »Ich habe keine Lust mehr auf dieses Thema.«

Tom hob die Augenbrauen und legte den Kopf schief. »Oh, warum so empfindlich? Dich hat es doch nicht etwa erwischt?«

Elias wandte sich ab, um dem bohrenden Blicken seines Freundes auszuweichen. »Quatsch, ich hab jetzt einfach keine Lust mehr auf dieses Thema.«

Ein abfälliges Murren zeigte Elias, dass er nicht glaubwürdig rüberkam. Dennoch schwiegen sie bis zum Ende des Frühstücks.

»Was hast du heute noch vor?«, erkundigte sich Tom, als sie sich vom Tisch erhoben.

»Ich muss dringend Wäsche waschen. Ist bestimmt ein günstiger Zeitpunkt, wenn die Leute feiern, dann ist der Waschsalon nicht so voll.«

»Musst du denn heute gar nicht zu Armin? Da brummt es bestimmt in der Kneipe, heut ist doch eigentlich dein Abend.«

»Nee, dem hab ich abgesagt, keinen Bock auf Stimmungsmusik. An Karneval soll ich nur das spielen, er besteht darauf.«

»Und wo bleibst du dann heute?«

»Keinen Schimmer«, antwortete Elias mit einem Seufzen. »Es wird sich schon noch jemand finden, bei dem ich mich aufs Sofa chillen kann.«

Tom sah auf sein Handy. »Oh, schon ziemlich spät, ich muss los. Laura wartet nicht gerne. Komm ...«, sagte er aufmunternd.

Elias griff nach seiner Gitarre, verstaute sie in der Hülle und hängte sie über die Schulter. Seinen Rucksack klemmte er über die andere, dann verließen sie die Wohnung. Mit einem komplizierten Handschlagritual verabschiedeten sie sich auf der Straße.

Schwer beladen erreichte Elias den Waschsalon, der nur ein paar Straßen weiter lag. Hier war es leider genauso voll wie immer. Anscheinend hatten viele Leute dieselbe Idee gehabt. Zum Glück wurde gerade eine Maschine frei. Damit konnte er seine gesamte Wäsche waschen.

Während die Maschine lief, spielte er Gitarre und sammelte dafür sogar ein paar Euros.

Dann schoss ihm Frauke durch den Kopf, er zückte sein Handy und schrieb:

– Was machst du noch so die nächsten Tage? Sehen wir uns wieder? –

Ein paar Minuten später kam die Antwort:

– Heute war Karnevalsfeier im Kindergarten, bin ziemlich erledigt. Die nächsten Tage sind die Kinder bei mir, werde keine Zeit für ein Treffen haben. –

Elias ließ sein Handy sinken. Was hatte er erwartet? Dass sie in seine ausgebreiteten Arme flog? Er hatte zwar nie Schwierigkeiten, ein Date zu bekommen, aber eine Frau mit Kindern war noch nie dabei gewesen. Eine Mutter hatte Verpflichtungen, etwas, das er bisher gescheut hatte, wie der Teufel das Weihwasser.

Allerdings ließ diese Antwort seinen Jagdinstinkt erwachen:

– Hab ich denn gar keine Chance, dich wiederzusehen? –

Gebannt blickte er auf sein Handy. Sie ließ sich diesmal ganz schön Zeit. War das jetzt ein Korb? Vielleicht war es besser, sie sich aus dem Kopf zu schlagen. Seufzend steckte er das Handy weg.

Mittlerweile war die Wäsche trocken und er verstaute sie wieder in der Tasche.

Mit seinen Siebensachen beladen, machte er sich auf den Weg zu Armins Kneipe, das »Angelique's«.

Armin hatte das plüschig-rote Interieur, das früher zu einem Puff gehört hatte, belassen und aus den Hinterzimmern eine Wohnung für sich geschaffen. Konzerte und Kunstevents ließen schnell den Bekanntheitsgrad steigen. So wurde es zu einem Künstler- und Szenetreff, ein Magnet für Paradiesvögel.

Als Elias die Kneipe betrat, baumelten Luftschlangen vor seiner Nase. Ein Gast bewarf ihn mit Konfetti und er wurde mit lauter Stimmungsmusik begrüßt. Nein, hier würde er bestimmt nicht seinen Abend verbringen. Was an Altweiber noch einigermaßen zu ertragen war, wurde danach immer anstrengender, genau wie die Jecken. Suchend blickte er sich nach Armin um. Als er ihn entdeckte, lenkte er seine Schritte zielstrebig Richtung Theke.

Armin trug ein buntes Clownskostüm mit Blume im Knopfloch. Seine Haare standen wirr vom Kopf ab und eine Pappnase war auf die Stirn hochgeschoben.

Sie begrüßten sich mit High-Five: »Grüß dich Kumpel, alles frisch?«

»Hallo Armin! Gut siehst du aus. Machst du mir ein Alt?« Er warf ein paar seiner, gerade erspielten, Münzen auf die Theke.

Der Wirt stellte ihm ein bereits gezapftes Getränk hin. Bei dem war der Schaum schon fast verschwunden.

Gierig stürzte Elias den Gerstensaft hinunter.

»Hast du noch eins?« Er suchte noch einmal in seinen Hosentaschen, kramte sein letztes Geld hervor und schmiss es auf den Tresen.

»Wie sieht's aus, kann ich heute bei dir pennen?«

Armin hob die Augenbrauen. »Ich denke, du wolltest während der Karnevalstage nicht spielen, du kennst doch die Abmachung. Ich muss mir die Option mit der Wohnung offenhalten, tut mir leid.«

Es tat ihm nicht leid, da war sich Elias sicher. »Nein, Stimmungsmusik kann ich nicht spielen, geht nicht. Ich wäre dann eher ein Stimmungstöter. Vielleicht machst du nur heute mal eine Ausnahme, bitte!«

Armin setzte ein schiefes Grinsen auf, kam um die Theke herum, ganz dicht zu Elias und legte seine Hand auf dessen Gesäß. »Vielleicht können wir ja ein anderes Arrangement treffen?«, flötete er ihm ins Ohr.

Elias schloss die Augen, atmete tief durch und schob energisch die anzügliche Hand von seinem Hintern. »Du kennst doch die Abmachung. Für meinen Hintern muss ich mir auch eine Option offenhalten.«

»Schade ... also, wenn du's dir mal anders überlegst«, sagte der Wirt, und ein Strahl kaltes Wasser aus der Knopfloch-Blume landete in Elias' Gesicht.

»Sehr witzig!«, ärgerlich wischte er sich das Wasser ab.

»Dann lach doch!«, frotzelte Armin.

»Du hast zu viel getrunken. Nein, vielen Dank. Ist einfach nicht mein Ding, weißt du ja.«

Armin entwich ein sehnsüchtiges Seufzen und er wandte sich ab.

»Kann ich wenigstens den Rucksack in der Abstellkammer lassen?«, rief ihm Elias hinterher.

Armin stutzte. »Ja klar, warum nicht«, kam die Antwort mit erhobener Hand, ohne dass er sich noch mal umdrehte.

»Hier, Süßer!« Ava legte locker ihren Arm um Elias' Hüfte und stellte ihm noch ein Bier vor die Nase.

Ihre roten Locken zu einem Zopf gebunden, blickte sie ihn mit ihrem sommersprossigen Gesicht und blauen Augen treuherzig an. »Von mir«, raunte sie ihm ins Ohr. »Ist *mein* Bett vielleicht eine Option für dich?« Dabei biss sie sanft in sein Ohrläppchen. »Ich hab in einer Stunde Feierabend.«

Elias bekam eine Gänsehaut. Langsam glitt ihre Hand nach unten, packte sein Hinterteil und drückte zu. Gleichzeitig bedeckte sie seinen Hals mit sanften Küssen, sodass sich sein Blut im Unterleib sammelte. Er stöhnte leise. So schlecht fand er ihr Angebot nicht. Sie hatten schon öfter Spaß zusammen gehabt. Ava war ein fröhlicher und unkomplizierter Mensch. Und irgendwo musste er schließlich übernachten.

»Aber immer doch Süße, alles, was du willst«, säuselte er.

Die Zeit bis zu Avas Feierabend brachte er mit dem Zerreißen von Bierdeckeln und Servietten herum. Als sie endlich ihre Schürze abband, hatte er schon ihre beiden Jacken in der Hand und war froh, endlich verschwinden zu können.

»Wie wär's mit einem Döner? Ich sterbe vor Hunger, geht auch auf mich«, verkündete sie mit einem Lächeln.

Er schob sich die Gitarre über die Schulter und erwiderte: »Döner klingt gut.«

Ava hatte längst mitbekommen, dass er wieder einmal klamm war. Nur zu gerne half sie ihm da weiter, denn sie liebte seine kurzweilige Gesellschaft. Ein zufriedenes Lächeln erschien auf ihrem Gesicht, als er seinen Arm kumpelhaft um ihre Schultern legte. Arm in Arm steuerten sie ihren Lieblingsdönerladen an.

Frisch gestärkt erreichten sie Avas Wohnung. Sie öffnete die Tür und schmiss lässig die Schlüssel auf die extravagante Kommode. Die bunte Wohnung war voll mit ausgefallenen Objekten und Skulpturen.

Wild schüttelte sie ihre roten Locken, als sie den Zopfgummi entfernte. »Jetzt brauche ich erst einmal eine Dusche, kommst du mit?«

»Ich hab vorhin schon geduscht, vielleicht nachher.« Elias musterte sie aufmerksam, als sie sich langsam, mit aufreizenden Bewegungen, auszog. Einen Moment war er versucht, ihr zu folgen. Aber der Ruf ihres bequemen, alten Ohrensessels war dann doch lauter.

Ava war Studentin der freien Künste. Ihr Wohnzimmer stellte daher auch gleichzeitig ihr Atelier dar. Ein kreatives Künstlerchaos, mit mehreren Staffeleien, Farbtuben, Pinseln, Lappen, Stiften, Skizzen, Papier und vielem mehr. Er liebte diese Atmosphäre, hatte sich auch schon als Modell zur Verfügung gestellt.

Er ließ sich in den Sessel plumpsen, mit geschlossenen Augen lehnte er sich nach hinten. Seine Gedanken wanderten direkt zu Frauke. Was sie wohl jetzt machte? Er stellte sich ihre warmen Augen und die vollen Lippen vor, die er jetzt zu gerne noch einmal küssen würde. Überhaupt, er wünschte, er wäre bei ihr.

Sehnsüchtig seufzend versuchte er an etwas anderes zu denken. Was sollte er bloß machen, wenn es sich zwischen Ihnen doch nicht so entwickelte, wie erhofft? Verdammt, diese Frau hatte ihn so was von in den Bann gezogen. Er musste versuchen, sich diesem Einfluss wieder etwas zu entziehen.

Erschöpfung machte sich in ihm breit. Fast wäre er eingeschlafen, als ihn ein Kuss auf seine Lippen aufschrecken ließ.

Nur mit einem Handtuch umwickelt setzte sich Ava auf seinen Schoß. »Wer wird denn hier schlafen wollen? Komm ins Bett Süßer, da ist es doch viel bequemer.« Sie schlang ihre Arme um seinen Hals und senkte ihre Lippen auf seine. Er öffnete seinen Mund und erwiderte den kurzen Kuss.

»Geh schon mal vor, ich trockne nur noch schnell meine Haare«, schlug sie vor. Sie sprang auf und tänzelte fröhlich zurück ins Bad, während er sich auf den Weg in ihr Schlafzimmer machte.

Elias schlüpfte aus seiner Kleidung, ließ sich müde auf das Bett fallen und war auf der Stelle eingeschlafen.

Als Ava ihn so vorfand, seufzte sie und schob ihn etwas auf die Seite. Jetzt konnte sie sich an seinen Rücken kuscheln. »Glaub bloß nicht, dass du so einfach davonkommst, mein Lieber«, murmelte sie noch und folgte ihm umgehend ins Land der Träume.

Nach einem langen, tiefen Schlaf wurden sie vom hellen Tageslicht geweckt.

Ava küsste Elias auf die Wange und raunte ein: »Guten Morgen Süßer.« Dann lenkte sie ihre Küsse immer weiter nach unten, bis sie sich schließlich seine morgendliche Härte zunutze machte. Elias entfuhr ein Stöhnen und gab sich ihren Zärtlichkeiten hin. Zufrieden mit dem Ergebnis ihrer Bemühungen, hielt sie sich nicht mehr weiter mit dem Vorspiel auf, streifte ihm ein Kondom über und nahm ihn ganz in Besitz.

Ihr Ritt war schnell und leidenschaftlich. Als er sich dem Orgasmus näherte, verschärfte er die wilden Bewegungen noch. Sie stieß einen kurzen, erregten Schrei aus und er fühlte ihre zuckenden Muskeln um seinen Penis. Sofort entließ auch er seinen Orgasmus.

Erleichtert lächelte sie ihn an. Als sie beide wieder zu Atem kamen, küsste sie ihn und hauchte mit dunkler Stimme: »Bravo Süßer, jetzt hast du dein Formtief von gestern wieder gutgemacht.«

Sie legte den Kopf an seine Schulter. »Lust auf ein Frühstück? Ich muss in zwei Stunden wieder arbeiten.«

Er nickte und streichelte ihr mit den Fingerspitzen den Rücken.

Eben hatte er das Bild einer anderen Frau vor Augen gehabt, aber das verriet er ihr besser nicht.

Wieso geisterte Frauke eigentlich immer noch durch seine Gedanken? Er hatte diese Frau doch nur im Rausch gesehen. Nüchtern und im Tageslicht betrachtet, erlosch bestimmt der Zauber.

Ava rollte sich aus seiner Umarmung, sprang aus dem Bett und zog sich an.

Elias drehte sich ebenfalls um. Ob Frauke ihm endlich geantwortet hatte? Er griff nach seiner Hose, fingerte sein Handy heraus und blickte gespannt auf das Display. Enttäuscht legte er es wieder zur Seite. Die Sache konnte er wohl abhaken.

Also schälte er sich auch aus dem Bett und folgte Ava in die kleine Küche. Sie war gerade dabei ein paar Eier in die Pfanne zu schlagen.

Er näherte sich ihr von hinten und hauchte ihr einen Kuss auf den Hals. »Gute Idee, ich kann jetzt eine Stärkung gebrauchen.«

Lachend drehte sie sich zu ihm um. »Ich auch. Steck uns doch schon mal zwei Toasts in den Toaster.«

Er folgte ihren Anweisungen und deckte den Tisch, denn er kannte sich hier aus.

»Wenn ich zurückkomme, bringe ich uns etwas vom Chinesen mit. Oder möchtest du lieber etwas anderes essen?«, fragte sie.

»Nein, gute Idee. Chinese ist Okay«, lautete seine Antwort. Eigentlich war er froh, dass sie ihn noch ein bisschen dabehalten wollte. Oder nicht?

Als sie die Wohnung verließ, griff er sich seine Gitarre und klampfte zufrieden ein bisschen darauf herum. Vielleicht würden ihm ja sogar noch ein paar Zeilen einfallen.

Sie verbrachten das ganze Wochenende im Wohnzimmeratelier. Er spielte die meiste Zeit Gitarre und sie liebte es, dabei zu malen.

Immer wieder geisterte Frauke durch seine Gedanken. Langsam beunruhigte es ihn, dass sie sich nicht daraus vertreiben ließ. Seine anhaltend unterschwellige Sehnsucht inspirierte sein Spiel. Ruhige Klänge untermalten die romantische Melodie, die er summte.

»Was spielst du da?«, fragte Ava und blickte hoch, »das klingt schön.«

»Ach, ist mir gerade so eingefallen.«

Ava lächelte, erhob sich, trat von hinten an ihn heran und küsste seinen Hals.

Ihm war, als bräche sie in einen intimen Moment mit Frauke ein und er entzog sich ihren Zärtlichkeiten. »Lass mich bitte«, zischte er unwirsch.

»Was ist denn mit dir los? Stimmt was nicht?« Avas Blick war eine Mischung aus Erstaunen und Entrüstung.

Seine heftige Reaktion war ihm sofort peinlich. »Entschuldige«, murmelte er. »Du hast mich gerade bei einer Idee gestört.«

»Künstlerdiva? ... schwache Ausrede!«

»Ja, da hast du recht. Ich bin im Moment wohl nicht so gut drauf, okay?«, entschuldigte er sich weiter und seufzte.

Schon während er antwortete, überlegte er, warum er nicht so gut drauf war. Frauke hatte sich immer noch nicht gemeldet. Er hatte aber auch schon lange nicht mehr auf sein Handy gesehen.

»Mit dir stimmt doch irgendetwas nicht«, bohrte sie weiter.

»Nein ... es ist alles in Ordnung«, versicherte er.

Ava schmiss ihre wilden Locken nach hinten, nahm ihm die Gitarre aus der Hand.

Schwungvoll ließ sie sich auf seinen Schoß gleiten und sah ihn eindringlich an. »Das glaub ich dir nicht, ist irgendetwas mit mir? Hab ich Mundgeruch oder so? Wir haben das ganze Wochenende nur einmal miteinander geschlafen und da warst du nicht mal bei der Sache. Meinst du, ich habe das nicht bemerkt? Du hältst mich wohl für ziemlich dämlich«, entrüstete sie sich.

Um ihre Worte zu unterstreichen, griff sie ihm mit einer besitzergreifenden Geste ins Haar und zog sein Gesicht zu sich heran. Mit einem herausfordernden Blick startete sie zeitgleich einen erneuten Angriff auf seinen Hals.

Eine Welle des Unwillens ließ Elias heiß im Gesicht werden. Mit mehr Kraft versuchte er, sich erneut zu entziehen. Sein wachsendes Unbehagen bescherte ihm ein flaues Gefühl in der Magengegend.

»Nein, es liegt nicht an dir, es liegt an mir. Ich bin im Moment einfach nicht so gut drauf, Punkt. Kapierst du das?«, versuchte er sein aufkommendes schlechtes Gewissen Ava gegenüber zu verteidigen. Dabei konnte er ihre Berührung einfach nicht mehr ertragen.

»Moment, ich glaube, mein Handy hat gerade vibriert«, versuchte er sich zu retten. Energisch schob er sie noch ein Stück weiter von sich, um gleich darauf umständlich nach dem Handy zu kramen. Er drückte auf den Knopf. Das Smartphone leuchtete auf, erlosch aber sofort wieder. »Akku leer, na toll! Kann ich mal mein Handy laden?«

Ava nahm sein Gesicht fest in beide Hände und zwang ihn, sie anzusehen. »Ich lass mich nicht verarschen Süßer! Und ich lass mich auch nicht ausnutzen, klar?«, rüffelte sie.

Schnaubend stand sie auf und gab ihn frei. Ihr Atem ging schnell und sie hatte die Hände zu Fäusten geballt, sodass die Fingerknöchel weiß erschienen.

Elias schluckte und nickte schuldbewusst. Ihm fiel einfach nichts ein, was er zu seiner Verteidigung sagen könnte. Der dicke Kloß, der sich in seinem Hals gebildet hatte, machte Reden sowieso unmöglich.

Ava war sichtlich bemüht sich zu beruhigen: »Du weißt ja, wo die Steckdose ist.«

Schnell wandte Elias das Gesicht von ihr ab und peilte die Steckdose an. Als das Display wieder aufleuchtete, sah er die Nachricht:

– Ich bin mit meinen Freundinnen und den Kindern beim Rosenmontagsumzug. Wenn du magst, komm doch vorbei. –

Ihm wurde flau, als er die Nachricht las. Warum hatte er nicht früher auf sein Handy gesehen? Fuck! Bis zum Treffpunkt brauchte er bestimmt eine Stunde. Wenn er sie noch sehen wollte, musste er sich jetzt beeilen.

»Ich muss los, tut mir leid«, murmelte er fahrig und griff zu seiner Jacke.

»Ist was passiert?«, fragte Ava.

»Nein, nein, ich hab nur eine Verabredung aus den Augen verloren«, murmelte er und gab ihr einen flüchtigen Abschiedskuss. »Danke noch mal für alles.« Und schon stürmte er aus der Wohnung.

Kopfschüttelnd sah Ava ihm hinterher.

Kapitel 5 Wiedersehen

Vom Laufen und vor Aufregung hatten sich Schweißperlen auf Elias' Stirn gebildet, als er abgehetzt am Treffpunkt erschien. Er wälzte sich durch die Menge und sah sich suchend um.

Als er sie schließlich erblickte, stockte ihm der Atem. Nein, er hatte sie in seiner Erinnerung nicht schöner gemacht. Sie war perfekt. Dunkle, seidige Haare umrahmten ihr weiches Gesicht und glänzten in der Sonne.

Sie stand bei ihren Freundinnen, vor sich ein Haufen Kinder, mehr oder weniger alle in einem Alter. Fröhlich winkten sie den vorbeiziehenden Wagen zu. Regnete es Wurfmaterial, streckten sie sich, fingen es auf oder bückten sich und grapschten danach. Die Beute verschwand in den mitgebrachten Taschen der Kinder.

Fasziniert betrachtete er das Geschehen, die begeisterten Gesichter der Kinder entlocken ihm ein Lächeln. Er erinnerte sich an seine Kindheit. Wie hatte er sich doch selbst immer über die Süßigkeiten gefreut.

Nur am Rande nahm er die vorbeiziehenden Gruppen und Wagen wahr. Dabei lohnte es sich durchaus, einen Blick darauf zu werfen. Die Wagen waren immer mit viel Hingabe gemacht und nahmen brenzlige Themen aufs Korn.

Dann bemerkte er, wie Blumen verteilt wurden. Sofort setzte er alles daran, eine zu bekommen. Leider hatte er kein Glück. Im Gegensatz zu einem kleinen Jungen, der eine rote Rose erbeutet hatte. Neidvoll sah

Elias zu ihm rüber. Da spielte ihm Fortuna einen kleinen Ball in die Hände. Erfreut über sein Glück arbeitete er sich bis zu dem Jungen vor.

»Wenn du mir deine Rose gibst, bekommst du meinen Ball«, versuchte er, mit dem Jungen zu verhandeln.

»Die ist für meine Oma«, antwortete der Knirps und legte beim Reden eine Zahnlücke frei. Er drehte sich um und zeigte nach hinten zu einer Frau, die den Vorgang misstrauisch beäugte. »Wenn ich sie dir gebe, dann ist Omi traurig.«

»Das möchte ich natürlich nicht. Weißt du, es handelt sich um einen Notfall. Ich werde deine Oma mal fragen, ob sie in diesem Fall nicht helfen kann.«

Interessiert musterte der kleine Junge ihn, während Elias mit der Oma sprach. Diese nickte ihrem Enkel schließlich auffordernd und mit einem Lächeln zu.

Zum Dank half Elias dem Jungen noch eine Zeit lang beim Einsammeln des begehrten Wurfmaterials, das in jedem Ort des Rheinlandes einen anderen Namen trug.

Nach einiger Zeit lenkte er seine Aufmerksamkeit wieder auf Frauke. Gebannt sah er eine ganze Weile der lustigen Truppe um sie herum zu. Dabei wurde ihm klar, dass diese Frau eigentlich überhaupt nicht in seiner Liga spielte. Um solch eine Frau zu beeindrucken, musste man sicher erfolgreich, selbstbewusst und vermögend sein. Und er? Er war bloß ein hübscher Freigeist, mittellos und ohne festen Wohnsitz. Zudem war sie sicher älter als er und hatte Kinder. Er mochte zwar Kinder, konnte sich aber gerade nicht vorstellen, dass Frauke ihnen einen Partner wie ihn vorstellen würde.

Das würde doch niemals klappen! Was sollte denn eigentlich klappen? Eine richtige Beziehung? Was hatte er da in letzter Zeit überhaupt für Gedanken?

Er hatte sich bisher nur als Abenteurer gesehen, der keine feste Bindung im Leben gebrauchen konnte.

Diese Erkenntnis traf ihn wie ein Keulenschlag, paralysierte jeden weiteren Gedanken und lähmte auch seinen Körper. Wie angewurzelt blieb er stehen, den Blick wie hypnotisiert auf Frauke gerichtet.

Fasziniert beobachtete er ihr Lächeln mit dem sinnlichen Mund. Wie gerne würde er die weichen Lippen wieder küssen. Nur noch einmal ...

Er schloss die Augen in der Erinnerung an das prickelnde Gefühl, das die Berührung damals in ihm ausgelöst hatte. Sie noch einmal berühren, ja, das würde er zu gerne. Einmal mit ihr schlafen, sich in ihr versenken. Danach würde er bestimmt feststellen, dass sie genauso war, wie alle anderen Frauen auch. Danach könnte er sie wieder aus seinen Gedanken verbannen.

»Nun geh schon Junge, keine Feigheit vor dem Feind«, hörte Elias hinter sich.

Er blickte sich um und sah in das amüsierte Gesicht der Oma des Jungen. »Sonst muss ich meine Rose leider zurückfordern. Ich möchte ja nicht, dass sie schlecht behandelt wird.«

Er nickte nur kurz. »Ja, ich weiß auch nicht, was mit mir los ist«, murmelte er. »Ich bin sonst nicht so ... feige.« Mit einem leisen Seufzer blickte er zur Oma.

»Manchmal muss man solche Gefühle ignorieren. Nur wer wagt, der kann auch gewinnen. Was hast du zu verlieren?«

»Nichts ... ja ... Sie haben ja recht. Es ist nur ... sie ist ... so ... perfekt. Ich glaube nicht, dass sie jemanden wie mich überhaupt will.«

»Glauben heißt nicht wissen. Komm schon. Du wirst nicht erfahren, was sie will, bevor du sie nicht gefragt hast. Also, geh zu ihr«, sagte sie und drückte ihn in die Richtung, aus der Frauke seinen Blick schon gefühlte Ewigkeiten erwiderte.

Die Frau hat recht.

Also nahm er seinen Mut zusammen und setzte einen Fuß vor den anderen. Nervös drehte er die Rose in seiner Hand.

Plötzlich war der Zug vorbei. Erschreckt stellte er fest, dass er das Ende des Zuges gar nicht mitbekommen hatte. Die Menge war dabei, sich aufzulösen. Auch Frauke machte sich auf den Weg in eine andere Richtung.

Panik erfasste ihn. Ohne zu überlegen, erhöhte er sein Tempo und drängelte sich durch die Menge. Als er sich schließlich in Rufweite wähnte, kam nur ein kläglicher Laut aus seiner Kehle.

Ich bin ja so ein Feigling, schoss es durch seinen Kopf.

Also startete er einen neuen Versuch. »Frauke!« Diesmal klang es schon besser.

Sie schien ihn aber nicht gehört zu haben, keine Reaktion. Noch einmal: »Frauke!«, rief er, mit der ganzen Lautstärke, die seine Stimme hergab.

Jetzt drehten sich etliche Passanten nach ihm um, auch Frauke. Augenblicklich verhakte sich sein Blick mit ihrem.

Sie schien etwas überrascht, aber auch erfreut, ihn zu sehen. So blieb sie stehen und sagte etwas zu ihren Freundinnen.

Inzwischen hatte Elias sein Ziel erreicht. Fasziniert versank er in ihren riesengroßen, braunen Augen. Wann hatte er je in so schöne Augen gesehen?

Was nun? Ratlos und unsicher stand er vor ihr.

»Da bist du ja doch noch. Ich dachte schon, du kommst nicht mehr.« Frauke lächelte ihn erfreut an.

Er stand immer noch wie gelähmt da und schaffte es lediglich, unsicher zurückzulächeln.

Fraukes Freundinnen verfolgten interessiert die Szene.

Da erinnerte er sich plötzlich an die Rose und streckte sie ihr entgegen. »Tut mir leid, mein Handy war tiefentladen. Ich habe deine Nachricht zu spät gesehen. Du willst mir jetzt doch keinen Strick daraus drehen, oder?«

Frauke zuckte mit den Schultern. »Das vielleicht nicht, aber ich muss jetzt weg, tut mir leid.« Mit einem Lächeln nahm sie die Rose entgegen.

Als sie sein enttäuschtes Gesicht sah, setzte sie hinzu: »Wir können uns ja noch mal schreiben.«

Auf einmal packte ihn der Mut der Verzweiflung. Instinktiv legte er beide Hände auf ihre Wangen, zog sie zu sich und drückte seine Lippen auf ihre. Seine Zunge stieß sanft gegen ihre Lippen und forderte Einlass.

Als sie seinen Kuss erwiderte, setzte er seine ganze Sehnsucht und all seine Gefühle hinein. Hingebungsvoll umarmte er sie und zog sie fest an sich heran. Frauke seufzte leise und ergab sich. Das löste in ihm innere Jubelstürme aus. Eine kleine Ewigkeit blieben sie so miteinander verbunden. Die Außenwelt völlig ausgeblendet versanken sie immer weiter ineinander.

»Frauke, komm jetzt! Die Kinder werden ungeduldig«, tönte es irgendwann aus der Richtung ihrer Freundinnen.

Widerwillig lösten sie sich voneinander und hielten noch eine Sekunde ihre Stirn aneinandergedrückt.

»Ich schreibe dir, sobald das Handy wieder geladen ist. Darauf kannst du dich verlassen.«

Frauke hauchte nur ein »ja«, und löste sich. Dann drehte sie sich um und verschwand in Richtung ihrer Gruppe.

Erwartungsvoll blickte Elias ihr hinterher. *Wenn sie sich noch einmal umdreht, habe ich eine Chance*, dachte er.

Tatsächlich, sie tat es! Er hob die Hand und lächelte. Seine Lippen formten einen Kuss, er legte die Hand auf den Mund und pustete ihn zu ihr rüber.

Grinsend hauchte Frauke den Luftkuss zurück.

Wie auf Wolken trat Elias den Rückweg an, wenn er nur wüsste, wohin ...

***

»Mama, warum hast du den Mann geknutscht?«, fragte Emma Frauke, ihre Mama. Mit ihren acht Jahren war sie ganz schön keck.

»Ja, Mama, warum hast du den Mann geknutscht?«, kam es interessiert von Lea. Dabei zwinkerte sie ihr verschwörerisch zu.

Mit ihren blonden, welligen Haaren sah Emma aus wie ein Engel. Aber davon durfte man sich nicht täuschen lassen, denn wenn es darauf ankam, konnte sie ganz schön frech werden.

»Ich hab ihn nicht geknutscht. Ich hab ihn gebützt, weil er mir eine Rose geschenkt hat«, antwortete Frauke und rollte genervt mit den Augen.

»Ich bin doch nicht blöd, du willst mich verarschen!«, antwortete Emma etwas ungehalten.

»Man bützt auf die Backe Mama, nicht auf den Mund«, klärte Finn sie auf. Er kam diesen Sommer in die Schule und war nicht gerade auf den Kopf gefallen.

»Ach lasst mich doch in Ruhe!«, fauchte Frauke und seufzte.

Als sie den Bahnhof erreichten, war ihr Zug gerade abgefahren. Sie mussten noch etwas auf den nächsten warten.

Gott sei Dank waren die Kinder auch erschöpft. So tollten sie nicht so rum und mussten auch nicht ständig ermahnt werden. Stattdessen steckten sie ihre Gesichter zusammen und zeigten sich gegenseitig ihre Beute. Gegebenenfalls wurde getauscht, wenn etwas gar nicht zusagte.

Frauke blickte versonnen auf die Meute. Die mochten heute bestimmt kein Abendessen mehr. Vielleicht ein paar Spaghetti, so etwas geht ja immer.

Als die Bahn sie endlich ruckelnd nach Hause fuhr, zückte Frauke ihr Handy. Keine Nachricht. Enttäuscht steckte sie es zurück.

Aber war sein Handy nicht auch tiefentladen? *Frauke, du hast sie doch nicht mehr alle,* tadelte sie sich in Gedanken selbst. Sich so von einem dämlichen Kuss den Hormonhaushalt durcheinanderbringen zu lassen!

Kopfschüttelnd steckte sie das Mobiltelefon wieder ein.

»Na? Noch keine neuen Nachrichten vom süßen Cowboy? Das war er doch oder?«, fragte Manuela süffisant und fuhr sich mit der Hand durch die wilde Mähne.

»Bei dem scheint's ja gefunkt zu haben. Habt ihr seinen schmachtenden Blick gesehen?«, konnte sich Karina nicht verkneifen. Sie war eine elegante Erscheinung, hatte kurze, dunkle Haare, und sah ihre Freundinnen treuherzig an.

»Seid ihr jetzt endlich still«, zischte Frauke giftig und machte mit der flachen Hand eine Querbewegung vor der Kehle.

Angespannt sah sie zu den Kindern herüber. Doch die waren in ihre Unterhaltung versunken und hatten von der Stichelei nichts mitbekommen.

Sie entspannte etwas und führte, in Gedanken versunken, die Rose an die Nase. Was für ein herrlicher Duft! Sie schloss die Augen und sah noch einmal sein Gesicht. Dunkelblonde Haare, schön kurz, männliches Gesicht mit markantem Kinn und unglaublich warme braune Augen. Dieser sehnsüchtige Kuss hatte ein gewaltiges Prickeln in ihrem Körper ausgelöst.

Sein Grübchen-Lächeln lässt die Frauen sicher reihenweise dahinschmelzen. Er weiß, wie er wirkt, und sieht nicht aus, wie jemand, der für eine ernsthafte Beziehung geschaffen ist – oh Mann! Jetzt werden deine Gedanken aber lächerlich – feste Beziehung – und er wirkte auch etwas jünger …

Um sich selbst zurück in die Wirklichkeit zu holen, öffnete sie wieder ihre Augen und blickte in die grinsenden Gesichter ihrer Freundinnen. Froh, dass diese still waren, sah sie den Rest der Fahrt aus dem Fenster.

Auf dem Nachhauseweg verabschiedeten sich die Freundinnen nach und nach voneinander. »Bis Donnerstag!«, hieß es dann jedes Mal.

Seit vier Jahren trafen sie sich jeden ersten Donnerstag im Monat im »Dorfkrug«.

In den eigenen vier Wänden angekommen, machte sie sich daran, für die Kinder ein paar Spaghetti zuzubereiten. Wie schon befürchtet, wollten diese nicht viel essen. Gut, dass sie sich die Arbeit mit der Soße gespart hatte und den, sowieso viel beliebteren, Ketchup dazugegeben hatte. Karneval konnte man auch einmal alle Fünfe gerade sein lassen.

Die Rasselbande war schnell im Bett. Normalerweise bekam jedes Kind noch etwas vorgelesen. Gott sei Dank schien das Interesse heute nicht so groß.

»Mama, der Mann vorhin, ist das dein Freund?«, hakte Finn noch einmal nach.

»Ach Schätzchen, nein, warum willst du das jetzt wissen?«

»Pauls Mama hat einen neuen Freund. Seitdem ist seine Mama ständig weg und er ist so oft alleine.«

»Nein mein Süßer, ich habe keinen Freund, ich will auch keinen. Selbst wenn ich einen hätte, würde ich euch niemals allein lassen ... Das weißt du doch! Ich habe euch doch noch nie allein gelassen.«

»Paul sagt, seine Mama hat ihn gar nicht mehr richtig lieb.«

Frauke nahm ihren Sohn in den Arm und drückte ihn ganz fest an ihre Brust. »Ihr beide seid das Wichtigste für mich. Ich werde euch immer lieb haben. Zeig mir doch mal, wie lieb ich dich hab«, sprach sie leise und ließ ihn los, damit er es ihr zeigen konnte.

Finn spannte seine Arme ganz weit auseinander. Frauke nickte. »Genau, so lieb und wieder zurück.« Dann drückte sie ihm einen Kuss auf seine weiche Kinderwange und sagte leise: »Gute Nacht mein Schatz, schlaf gut.«

»Gute Nacht Mama«, gab er beruhigt zurück und schloss die Augen.

»Machst du dein Licht jetzt auch aus?«, fragte Frauke, als sie in Emmas Zimmer sah.

Emma ließ sich zwar gerne vorlesen, aber immer öfter las sie auch selbst.

»Gleich Mama, ich bin gleich fertig, ja?«

»Na gut, ich komm gleich zur Kontrolle.« Seufzend schloss sie die Tür und hoffte, dass Emma bald von ihrer Müdigkeit übermannt wurde.

Frauke verbrachte noch etwas Zeit vor dem Fernseher. Karneval, Sitzungen auf einigen Kanälen und auf den anderen Sendern auch nichts Brauchbares. Die Rose hatte sie auf den kleinen Tisch vor ihrem Sofa gestellt. Immer wieder fiel ihr Blick darauf. Sie nahm sie in die Hand und roch daran.

Unwillkürlich kam das Kribbeln zurück, das sie bei der ersten Begegnung empfunden hatte. Die liebevollen Blicke, das angeregte Gespräch und die leidenschaftlichen Küsse. Noch einmal durchlebte sie den intensiven Moment auf der Terrasse und sehnte sich sofort nach der Geborgenheit, die sie damals verspürt hatte.

Sie hatte ihrem Sohn zwar gesagt, sie wolle keinen Freund, musste sich aber wieder einmal ihre Einsamkeit eingestehen. Ein neuer Mann, das wäre eine schwierige Sache. Und so süß dieser Elias auch war, als echter Partner war er wohl kaum zu gebrauchen. Sie hatten sich zwar gut unterhalten, aber Elias hatte dabei nicht viel von sich preisgegeben. Sie konnte sich unmöglich in jemand verlieben, nur weil er süße Grübchen hatte.

Wenn sie den Kindern einen neuen Mann zumuten würde, dann einen verlässlichen Ersatzvater. Alle paar Monate einen neuen Mann vor die Nase gesetzt bekommen, so etwas wollte sie ihren Kindern nicht zumuten. Das kam nicht in Frage.

Frauke holte tief Luft. Schon wieder hatte sich dieser Gedanke an eine Beziehung eingeschlichen! Es war wohl besser, jetzt ins Bett zu gehen.

Aber auch im Bett musste sie feststellen, dass sich Gedanken nicht so einfach steuern ließen. Der leidenschaftliche Kuss heute, hatte die Sehnsucht nach Nähe und Zärtlichkeit an die Oberfläche gespült. Und ihr letzter Sex war schon Ewigkeiten her.

Durch den Stress im Beruf und beim Hausbauen hatte sich zuletzt so gut wie gar nichts mehr in ihrer Ehe abgespielt. Manchmal fühlte sie sich wie eingesperrt, fern vom echten Leben. Eine perfekte Mama, die zu funktionieren hatte.

Noch lange grübelte sie so über ihr Leben nach, bis sie irgendwann einschlief.

Kapitel 6 Ein echtes Date

Nachdenklich und etwas verwirrt schlenderte Elias durch die Straßen. Er hatte festgestellt, dass er seine Gitarre bei Ava vergessen hatte. Da es heute in allen Kneipen berstend voll war, würde Ava wohl schon bei Armin sein. Sein Handy musste er auch noch aufladen ...

Was sollte er jetzt nur tun? Bei Armin Avas Schicht absitzen und dann noch mal mit zu ihr gehen? Nein! Nach diesem Kuss hatte er keine Lust, noch einmal Avas Gastfreundschaft zu strapazieren. Egal, auch wenn er irgendwie seine Gitarre zurückhaben musste.

Ratlos lehnte er sich an eine Hauswand und zog sein Handy hervor.

Fuck! Nichts zu machen, tiefentladen!

Er steckte das Handy wieder weg und blickte auf die lebhafte Meute, die einzeln, oder in Gruppen, immer wieder an ihm vorüberzog. Wenn Karneval doch nur schon vorbei wäre.

Geld hatte er auch keins mehr. Er könnte es ja mit Straßenmusik versuchen. Aber dazu benötigte er seine Gitarre. Wie konnte man nur so kopflos sein? Wenn es um diese Frau ging, schien, sein Gehirn auszusetzen. Was für eine bedauernswerte Kreatur er doch war – einfach arm.

Elias schüttelte über sich selbst den Kopf.

Ohne Handy konnte er niemanden anrufen, um nach Unterkunft zu fragen.

So irrte er umher, lief durch die Straßen oder am Rheinufer entlang. Immer in der Hoffnung, ein bekanntes Gesicht zu treffen.

Die Dunkelheit hatte schon längst eingesetzt. Langsam wurde sein Hunger unangenehm. Er setzte sich auf die Stufen zum Burgplatz, legte die Arme auf die Knie und vergrub sein Gesicht darin. Manchmal wurde ihm dieses Herumgestreune selbst zu viel. Oft dachte er darüber nach, doch sesshaft zu werden. Nur, das war mit Verpflichtungen verbunden. Verbindlichkeiten, die er nicht eingehen wollte, denn sie hielten ihn von seinem Ziel ab. Dem Herzenswunsch, ganz frei die Musik zu machen, die in ihm war. Und er wollte davon leben können.

Wo sollte er nur diese Nacht bleiben? Um draußen zu übernachten, war es viel zu kalt.

Irgendwo ein ruhiges, überdachtes Plätzchen finden? Keine Chance zur Karnevalszeit!

Notschlafunterkünfte? Nein, vielen Dank! Womöglich noch mit Beratung für eine soziale Förderung mit fester Wohnung. In solch ein Gerüst wollte er sich nicht pressen lassen – um keinen Preis!

Er konnte die Sache drehen und wenden, wie er wollte, zuerst benötigte er seine Gitarre wieder, nur dann könnte er etwas Geld verdienen. Also kam er an Armins Kneipe nicht vorbei.

Er stand auf und merkte erst jetzt, dass es sehr kalt geworden war. Während er so dahinschlenderte, rieb er die Handflächen aneinander. Wenigstens war es in der Kneipe warm.

»Elias? Bist du das?«, Toms vertraute Stimme drang an sein Ohr. Er blickte auf und sah seinen Freund, der den Arm um seine Laura gelegt hatte.

»Hi Tom«, erwiderte er erfreut, dann sah er zu Laura und nickte. »Laura.«

Laura lächelte zuckersüß. Ihre Männerfreundschaft war ihr offensichtlich selbst im Karneval ein Dorn im Auge.

»Hallo Elias«, erwiderte sie dennoch höflich und trat dabei ungeduldig von einem Fuß auf den anderen.

»Wo willst du hin?«, fragte sein Freund interessiert.

»Zu Armin. Und Ihr?«

»Da kommen wir gerade her. Da ist mir einfach zu viel Stimmung«, sagte er mit einem schiefen Lächeln.

»Das habe ich befürchtet. Ich muss zu Ava, hab dort noch meine Gitarre.«

»Mir kam es doch gleich so vor, als würde irgendetwas fehlen. Du ohne Gitarre ... wie kann so etwas passieren? Hat sie dir dein Hirn rausgevögelt?«

»Mann ... Alter, halt dein Maul!«, Elias boxte seinem Freund freundschaftlich gegen den Oberarm.

Mit einem Lachen entzog der sich und quittierte die Geste mit einem kleinen Rempler.

»Können wir jetzt endlich?«, maulte Laura ungeduldig dazwischen. »Mir ist kalt.«

Seufzend legt Tom wieder den Arm um seine Freundin. »Mach's gut Alter. Du hörst, ich muss ...«, und hielt ihm den anderen Arm zum High-Five hin.

Elias blickte den beiden hinterher. Ihm war es ein Rätsel, wie sein Freund an dieser Zicke hängen geblieben war. Nur allzu verständlich, dass Tom sich ihrer Art ab und zu durch Fremdgehen entzog. Na ja, nicht sein Problem. Zu gern hätte er seinen Freund gefragt, ob er bei ihm noch einmal übernachten könnte. Aber wenn Laura da war, bestand mit Sicherheit keine Chance. Also drehte er sich um und lenkte seine Schritte Richtung Armins Kneipe.

Die Wärme tat gut, als er eintrat. Der Raum war nur noch etwa bis zur Hälfte gefüllt. Kein Wunder, denn die Leute waren ja schon seit morgens auf den Beinen.

Ava sah erfreut zu ihm rüber.

»Hi Schnuckelchen, holst du mich ab? Das ist jetzt aber süß von dir«, begrüßte sie ihn mit einem Kuss auf die Wange.

Es war wohl einfacher, ihr jetzt erst einmal zu verschweigen, dass er nicht bleiben würde. Also küsste er sie einfach zurück und antwortete: »Ja, ich vermisse mein Baby. Wann hast du Feierabend?«

Diese Bemerkung war wohl etwas kühl rübergekommen. »Ich gehe mal davon aus, dass du mit Baby nicht mich meinst, oder?«, seufzte sie. »In einer Stunde.«

Sie schien nicht auf eine Antwort zu warten, sondern drehte sich um und wandte sich den verbliebenen Gästen zu.

Elias erblickte Armin und machte zur Begrüßung ein Handzeichen. Dann versuchte er anzudeuten, dass er seine Tasche holen würde.

Armin verstand und nickte. Gott sei Dank konnte er jetzt die Wäsche wechseln. Nun fehlte nur noch der Ort dafür.

Aus dem Augenwinkel sah er, wie Christian die Kneipe betrat. Eigentlich gehörte er zu den Stammkunden. Deshalb wunderte es ihn, dass sie sich schon länger nicht gesehen hatten. Sein alter Schulfreund war immer gesellig und locker drauf. Elias hatte schon des Öfteren bei ihm übernachtet. Erleichtert setzte er ein Lächeln auf und hob die Hand.

Auch Christian lächelte zurück und kam zu ihm. »Elias, Mann, lange nicht gesehen, Alter?!«

Sein sonst sehr kräftiger, Freund schien dünn geworden zu sein. Wahrscheinlich war es die Folge des unsoliden Studentenlebens. Elias fielen die dunklen Augenringe auf. Die Augen schienen aus den Höhlen zu treten und seine Haare waren ungepflegt. Anscheinend ein sehr unsolides Leben.

»Jep. Alles klar? Alter, ich brauche nur für heute eine Übernachtungsmöglichkeit. Kannst du mir da aushelfen?«

»Ja klar, kein Problem. Ich muss noch ein bisschen arbeiten und dann geh ich nach Hause«, sagte sein Freund und trat unruhig von einem Fuß auf den anderen.

Elias nickte. »Ich könnte so in anderthalb Stunden vorbeikommen. Bist du dann wieder da?«

»Ich denke schon ... also, wir sehen uns.« Christian klopfte seinem Freund auf die Schulter.

»Bis gleich«, erwiderte er und klopfte zurück.

Gut gelaunt klingelte Elias, einige Zeit später, an Christians Tür. Er war froh, Ava entkommen zu sein, ohne dass sie weitere Annäherungsversuche gestartet hatte. Deshalb war es auch kein größeres Problem gewesen, seine Gitarre zurückzubekommen.

»Da bist du ja!«, begrüßte ihn sein Freund »Ich hab uns schon Pizza in den Ofen geschoben, hab mir gedacht, die kannst du vertragen. 'Nen Sixer hab ich auch besorgt.«

»Scheint ein gemütlicher Abend zu werden«, bemerkte Elias, erfreut über die Aussicht, dass sein Hunger auch gestillt wurde. In seinem Zustand war die Pizza plötzlich eine verlockende Köstlichkeit.

»Du bist ein echter Freund. Kann ich auch noch mein Handy aufladen?«, fragte er der Form halber, denn er war schon auf dem Weg zur Steckdose, was allerdings durch allerlei Müll erschwert wurde. »Mann Chris, schön mal wieder hier zu sein. Aber sag mal, du warst ja schon immer ein kleiner Messie, nun übertreibst du es aber«, bemerkte er und kickte eine Pizzaschachtel beiseite.

»Ja, der Patriarch hat mir den Geldhahn abgedreht. Er hat irgendwie spitzgekriegt, dass ich praktisch gar nicht mehr an der Uni bin. Jetzt muss ich mir den Unterhalt selbst finanzieren«, murmelte er und kratzte sich nervös am Kopf.

Christians Vater hatte bislang die Wohnung bezahlt und ihn mit dem weiteren Unterhalt sehr knapp gehalten. Denn er war der Meinung, dass man sich Sonderwünsche selbst finanzieren müsse. Das hatte dazu geführt, dass Christian mit dem Dealen anfing, um sich Joints und andere ›Annehmlichkeiten‹ leisten zu können.

»Wir haben ja ewig nicht gequatscht. Was gibt es sonst noch so Neues bei dir?«

Elias befreite den alten Polstersessel von allerlei Papiermüll und Kleidung. Anschließend ließ er sich mit einem Plumps fallen. Eine sichtbare Staubwolke entwich.

Unruhig sprang sein Kumpel auf, griff nach der Dose Bier – keine Antwort.

»Hallo! Jemand zu Hause? Was gibt's sonst noch?«

»Was? Nichts! Hab ich doch gerade erzählt, Mann!«, ranzte er, stand auf und ging in die Küche.

Elias schüttelte den Kopf. So hatte er seinen Freund noch nie erlebt.

»Sorry Alter, ich bin wohl unterzuckert«, entschuldigte Christian sich, als er mit den zwei Tellern Pizza zurückkam.

»Und bei dir, Elias? Was ist bei dir so los?«, erkundigte er sich, während sie aßen.

»Ich bin mittlerweile an einem Punkt, an dem ich mein Leben irgendwie ändern will. Ich weiß nur nicht wie … Ich hab da eine Frau kennengelernt …«, er hörte auf zu erzählen, denn sein Freund wirkte abwesend.

Christian schlug sich vor den Kopf. »Oh Mann, Pussyalarm! Das hat schon damals unsere Band auseinandergebracht.«

»Was redest du da für'n Scheiß, Mann«, entrüstete sich Elias. »Unsere Band ist auseinandergegangen, weil ihr neben dem Studium angeblich keine Zeit mehr hattet.«

Sein Freund schüttelte den Kopf und gab seltsame Geräusche von sich. Ein nettes Gespräch schien mit seinem Kumpel heute nicht möglich zu sein, so schwiegen sie für den Rest der Mahlzeit.

»Ich muss jetzt dringend pennen, du kennst dich ja hier aus«, bemerkte Christian plötzlich und sprang auf.

»Ja klar. Danke noch mal, dass ich hier pennen darf«, antwortete Elias erleichtert. Er hoffte, dass sein überdrehter Freund morgen besser drauf war.

»Wie schon gesagt, kein Problem. Du kannst bleiben, solange du willst. Bis morgen.«

Christian rieb sich übers Gesicht und gähnte, während er Richtung Schlafzimmer schlurfte.

»Schlaf gut«, murmelte Elias und blickte ihm kopfschüttelnd hinterher. Irgendwie gefiel ihm sein Freund nicht. Er konnte nur nicht den Finger drauflegen – egal!

In seiner Tasche kramte er nach dem kleinen Zimmerschlafsack. In Wohnungen wie dieser war der doch wirklich Gold wert.

Als er schließlich auf dem Sofa lag, fiel ihm sofort Frauke wieder ein. Sein Handy müsste doch jetzt wieder geladen sein. Er stand auf und schrieb ihr.

– So, Handy wieder am Start. Ich war überwältigt, als ich dich heute gesehen habe. Du bist wunderschön! Ich möchte dich unbedingt wiedersehen. Bekomme ich ein Date? Ein richtiges Date? –

Vielleicht war es ja zu dick aufgetragen, aber eigentlich waren diese Worte nur die Wahrheit. Er wollte diese Frau um jeden Preis wiedersehen. Unruhig wartete er noch ein Weilchen auf eine Antwort, aber die blieb aus.

Da es schon nach ein Uhr war, war sie bestimmt schon ins Bett gegangen. Genau das sollte er jetzt auch tun.

Als er am nächsten Morgen erwachte, galt sein erster Blick dem Handy. Immer noch keine Antwort. Sofort erfasste ihn das flaue Gefühl der Enttäuschung.

Er suchte seinen Freund und stellte fest, dass er allein in der Wohnung war. Chris würde bestimmt gleich wiederkommen, bis dahin würde er duschen. Er schnappte sich ein paar frische Sachen und machte sich auf, Richtung Badezimmer. Er musste aber noch einmal zurück zu seiner Tasche, um sich sein Duschgel zu holen, denn in dem Badezimmer waren nur leere Flaschen.

Erfrischt von der Dusche sah sich Elias in der verwahrlosten Wohnung um. Er könnte doch etwas aufräumen. Sich zum Dank etwas nützlich machen, das wollte er schon, auch wenn das Putzen nicht zu seinen Lieblingsaufgaben gehörte. Ein bisschen kannte er sich ja aus. Aufräumen, abwaschen und staubsaugen, die Zeit verging dabei schnell.

Alle zehn Minuten blickte er aufgeregt auf sein Handy, in der Angst, er könnte den Ton überhört haben. Zwar hatte er die größtmögliche Lautstärke eingestellt, musste aber sichergehen.

Immer noch keine Nachricht. Das nervöse Bauchgefühl, das sich seit heute Morgen bei ihm eingestellt hatte, verstärkte sich mit jedem Blick ein bisschen mehr. Mittlerweile war es schon wieder dunkel geworden.

Obwohl die Arbeit eigentlich gar nicht so schwer war, fühlte er sich jetzt merkwürdig heiß und schlapp. Eine Pause wäre gut. Er sollte sich ein bisschen aufs Sofa setzen und Gitarre spielen.

Seine Stimme war merkwürdig rau, deshalb klimperte er nur ein bisschen herum. Fast hätte er das Handyzeichen für eine eingehende Nachricht verpasst.

Sein Herz schlug auf einmal schneller. Das Bauchgefühl wuchs sich zu einem Knoten aus. Wenn das jetzt eine Absage war, dann wollte er es lieber nicht wissen. Elias schüttelte den Kopf. Körbe bekommen war er nicht gewohnt. Immerhin bestand auch die Möglichkeit, dass es keine Absage war.

Er schloss die Augen und atmete einmal tief ein. Mit zitternden Fingern griff er nach seinem Handy und las:

– Samstag Abend sind die Kinder nicht da. Wo und wann treffen wir uns? –

Sein Herz machte einen Hüpfer. Die Anspannung wurde ihm erst jetzt bewusst und er atmete erleichtert aus. Sie wollte ihn treffen! Wo traf man eine Frau, die man beeindrucken wollte? Er musste sich etwas Besonderes überlegen, also erst einmal Zeit schinden.

Aufgeregt tippte er:

– Du kommst doch sicher mit der Bahn. Ich hole dich am Hauptbahnhof ab, wenn du mir Bahnsteig und Ankunft verrätst. –

Damit hatte er sich erst einmal alle Optionen offengehalten. Jetzt musste er nur noch etwas Geld auftreiben, um ihr einen schönen Abend zu ermöglichen.

Ab Donnerstag konnte er wieder Straßenmusik machen – wenn das Wetter mitspielte. Vielleicht sollte er sich einen Gelegenheitsjob suchen, wenigstens für den Winter. Dieses ewige Abgebranntsein nervte auf Dauer.

Auf einmal war er todmüde. Christian war immer noch nicht wieder da, aber er würde jetzt trotzdem wieder schlafen gehen.

***

Frauke war froh. Einmal im Monat, am Donnerstag, kam sie aus ihrem Alltagstrott heraus. Dann traf sie sich mit ihren Freundinnen in der einzigen Dorfkneipe. Mit ihrem traditionellen Holzmobiliar, in ›Eiche vintage‹, das zum Zeitpunkt der Herstellung noch ›Eiche rustikal‹ genannt wurde, und den Butzenscheiben, wirkte die Gaststätte etwas angestaubt. Doch es war eine Kneipe in ihrem Ort, die auch eine Küche mit gutem Ruf hatte. Deshalb war hier eigentlich immer etwas los.

Ihr regelmäßiges Treffen wurde von den Freundinnen liebevoll »Sex and the Village« genannt und später zu SatV abgekürzt.

Als sie eintrat, empfing sie feuchte Wärme, durchsetzt mit Küchengerüchen und Bierdunst. Ihre Freundinnen saßen schon an ihrem angestammten Tisch.

»Hallo ihr Lieben, ich bin etwas spät, der Babysitter hat sich verspätet. Habt ihr schon bestellt?«

»Wir schon, aber nicht für dich. Du willst doch kein abgestandenes Bier, oder?«, erwiderte Manuela treuherzig.

Frauke schüttelte den Kopf und gab dem Kellner ein Zeichen, der verstand sofort.

»Ja, früher war es leichter, einen Babysitter zu bekommen. Jetzt sind die Mädels in der Nachbarschaft zu alt und treffen sich lieber mit ihren Freunden«, entschuldigte sie sich.

»Früher war einiges leichter, ich zum Beispiel auch«, erwiderte Karina mit einem Grinsen. Alle lachten. Die fünf Kilo Übergewicht, die sie nach der Geburt ihrer Kinder zurückbehalten hatte, waren anscheinen ein echtes Problem für sie. Von ihren Freundinnen hatte keine eine Konfektionsgröße über 36.

Lea zog einladend den einzigen leeren Stuhl zurück, damit Frauke sich setzen konnte. »Wir haben gerade besprochen, als was wir uns im nächsten Jahr an Altweiber gehen werden«, klärte sie Frauke auf.

»Ihr seid bestimmt schon zu einem Ergebnis gekommen, auch ohne mich ...«, erklärte Frauke mit einem gespielt entsetzten Ton.

Die Diskussion über die nächsten Kostüme dauerte erfahrungsgemäß das ganze Jahr. Die Entscheidungen wurden dann doch meist kurzfristig, im Kostümshop, getroffen.

»Diesmal wollen wir schon im Herbst anfangen, uns reihum treffen, und die Kostüme selber nähen.« Mit einem schiefen Lächeln blickte Lea auf ihre Freundin, denn sie wusste, dass Frauke nähen hasste.

Natürlich wusste sie, dass sie mal wieder auf den Arm genommen wurde. Diesen Scherz machten ihre Freundinnen jedes Jahr.

»Ich möchte ein Prinzessinnenkleid mit goldener Schürze. Ihr wisst ja, in Norddeutschland wird kein Karneval gefeiert und ich war noch nie Prinzessin«, sagte sie treuherzig und klimperte mit den Augen.

»Du weißt doch, in unserem Alter ziehen so was höchstens Männer an«, erwiderte Manuela und klimperte zurück. »Die haben ihre Prinzessin zu Hause sitzen, ohne goldene Schürze, dafür aber mit goldenen Schuhen.« Sie blickte zu Karina, der dieser kleine Seitenhieb galt.

Karina war stolze Besitzerin einer beachtlichen Schuhsammlung. Sie war nicht berufstätig und widmete ihre ganze Aufmerksamkeit Mann und Kindern. Dadurch hatte sie natürlich genügend freie Zeit, um viel und gerne shoppen zu gehen.

»Nur kein Neid«, erwiderte Karina mit scherzhaft ausgestreckter Zunge.

»Apropos Prinzessin, hast du noch etwas von deinem Cowboyprinzen gehört? Was ist das überhaupt für einer, was macht er?«, fragte Lea, betont lässig.

Alle Augen waren auf einmal auf Frauke gerichtet.

»Keine Ahnung, was er wirklich macht. Wir haben uns zwar über alles Mögliche unterhalten. Aber eigentlich ist er ausgewichen, als ich das fragte. Er hat mir verraten, dass er selbstständig ist, mehr nicht. Wir sehen uns am Wochenende, da will ich mehr herausfinden.«

»Oh … wow, ihr seht euch. Cool, dass du dich das traust«, staunte Karina.

Auf einmal stieg in Frauke wieder Angst vor der eigenen Courage auf. Wenigstens trafen sie sich an einem öffentlichen Ort. Sie würde sich in keine stille Ecke locken lassen.

»Selbstständig ... klingt nicht schlecht, aber auch rätselhaft. Wenn ich überlege ... ein Auftragsmörder ist auch selbstständig. Ich hoffe, ihr trefft euch irgendwo in der Öffentlichkeit«, gab Lea zu bedenken.

Frauke nickte eilig.

»Nun mach Frauke doch nicht solche Angst, die hat sie doch sowieso schon genug«, zischte Karina.

»Wow, womöglich wird das noch etwas mit euch beiden«, bemerkte Manuela.

»Ich sag ja, es haben sich schon viele Paare im Karneval kennengelernt«, ergänzte Karina.

»Der ist ja so ein hübscher Schnuckel, hat bestimmt an jedem Finger eine. Definitiv kein Material für eine ernsthafte Beziehung, wenn ihr mich fragt«, bohrte Lea nach.

»Dich fragt aber keiner, du solltest deiner Freundin lieber helfen, wieder Vertrauen zu den Männern zu bekommen«, schleuderte Karina ihr entgegen.

Manuela verdrehte die Augen. »Helfen, helfen ... Du weißt wohl nicht, wies geht? Vor dem Sex hilft dir jemand beim Ausziehen, aber nach dem Sex ziehst du dich allein wieder an. Was lernst du daraus? Keiner hilft dir, außer man will dich ficken!«, erwiderte sie mit einem süffisanten Grinsen.

Frauke stimmte verhalten in das allgemeine Gelächter mit ein. »Leute, bleibt doch cool. Ich glaube übrigens auch nicht, dass er für eine ernsthafte Beziehung taugt.«

»Was spricht eigentlich gegen ein bisschen Spaß mit dem falschen Mann, während du auf den richtigen wartest?«, warf Manuela ein.

»Spaß? ... Ich will keinen Spaß«, gab Frauke zurück.

»Siehst du, jetzt ist es raus! Du willst gar keinen Spaß! Aber denk dran: YOLO«, frotzelte Manuela.

»Du erzählst ja nie was. Daraus ziehe ich meine eigenen Schlüsse. Seit deiner Trennung hast du sicher alles gevögelt, was nicht bei drei auf dem Baum war. Und? Bist du glücklicher?«, verteidigte sich Frauke leicht säuerlich.

»Kann sein, dass es nicht so leicht ist, etwas Vernünftiges zu finden. Aber ich bin wenigstens nicht so underfucked wie du!«

»Underfucked ... als wenn es nichts Wichtigeres gäbe, als Sex, Sex und Spaß.«

»Aber wenn du keinen Spaß willst und er nichts für eine ernsthafte Beziehung ist, warum triffst du dich dann mit ihm?«, fragte Karina.

Ja, warum eigentlich? Irgendeine magische Kraft zwang sie anscheinend dazu.

»Wenn ich das nur selbst wüsste, keine Ahnung ... YOLO«, seufzte Frauke. »Können wir jetzt das Thema wechseln?«

Ihre Freundinnen schüttelten die Köpfe, sagten aber nichts mehr. Diese Diskussion konnte sie so gar nicht gebrauchen. Schließlich hatte sie selbst schon genug Zweifel. Es war sicher besser, gegen dieses gewaltige Verlangen, ihn wiederzusehen, anzukämpfen. Fragte sich nur wie?

»Wollen wir uns noch Fingerfood bestellen? Wenn ich etwas trinke, bekomm ich immer Hunger«, wandte sich Karina an die Runde.

»Und wenn du nicht trinkst, bekommst du ihn auch«, stichelte Manuela.

»Manu, du bist heute wirklich auf Krawall gebürstet«, knurrte Karina.

»Es gibt zwei Dinge, die Frauen ständig wollen. Erstens abnehmen und zweitens essen. Also, ich bin dafür«, versuchte Lea, die aufkommenden Wogen zu glätten, und gab dem Kellner ein Zeichen.

Den Rest des Abends waren die Kinder das beherrschende Thema, aber Frauke hielt sich sichtlich zurück.

»Frauke, du warst den ganzen Abend so still. Ist vielleicht doch irgendetwas?«, fragte Karina.

»Nein, alles Okay. Ich glaube, ich bin nur müde«, versuchte sie ihr mulmiges Gefühl, das einfach nicht weichen wollte, wegzuschieben.

Wo sollte die Sache hinführen? Es war eine kopflose Entscheidung, Elias zu treffen.

Kapitel 7 Ohnmacht

Elias wachte gegen Mittag auf. Alles tat ihm weh. Kopf, Knochen, Glieder schienen zu glühen. Die kleinste Bewegung war unmöglich. Wenn er wenigstens weiterschlafen könnte, aber mit den Kopfschmerzen ...

Dennoch war sein erster Gedanke, ob Frauke inzwischen geschrieben hatte. Er bekam wieder dieses merkwürdige Bauchgefühl, als er zu seinem Handy griff.

Keine Nachricht – so ein Mist! War sie enttäuscht, dass er sie nicht mit dem Auto abholte? Wo konnte er sich eins leihen?

Langsam verachtete er sich für die Sehnsucht, mit der er auf Nachricht von ihr wartete.

Also beschloss er, erst einmal nach seinem Freund zu sehen. Er erschrak, als er vorsichtig den Kopf in sein Schlafzimmer steckte. Christian war ja schon immer etwas schlampig gewesen, aber jetzt sah sein Schlafplatz aus, wie der eines Obdachlosen. Keine Bettwäsche und die dreckige Matratze voller Flecken. Nur eine dünne Wolldecke diente als Bettdecke. In dem Raum stank es erbärmlich.

Elias lief ein heißer Schauer über den Rücken, als er auch noch ein Spritzenbesteck zwischen dem Unrat entdeckte.

Sein Freund ein Junkie? An seinem Verhalten wies nichts darauf hin – oder vielleicht doch? Nein, das Besteck musste jemand anderem gehören.

Er durchsuchte die ganze Wohnung. Von Christian fand sich keine Spur. Der war bestimmt die ganze Nacht nicht nach Hause gekommen.

Erst einmal würde er sich etwas zu Essen suchen und dann irgendwie Geld auftreiben. Vielleicht könnte er auch noch einmal bei Armin auftreten, dann könnte er dort auch übernachten.

Wenn er sich nur nicht so schlapp fühlen würde. Draußen regnete es – keine Chance für Straßenmusik.

Elias kramte die Küchenschränke seines Freundes durch und fand nur ein paar Cornflakes. Die hatten schon länger offen gestanden, waren weich und hatten den Geruch des Schrankes angenommen. Ein Getränk, das er darüber schütten konnte, fand sich auch nicht in dem verdreckten Kühlschrank. Also würgte er sie trocken herunter. Damit er den muffigen Geschmack nicht so bemerkte, vermied er es, sie zu stark zu kauen.

Die Erschöpfung wollte nicht weichen. Dabei war ihm mittlerweile schlecht und die Glieder schmerzten immer mehr. Er fing an zu zittern und ihm war kalt – eiskalt – obwohl die Heizung an war.

Besser, er würde sich wieder hinlegen und in seinen Schlafsack kriechen. Wenn nur die Kehle nicht so trocken wäre. Gut, dass er abgewaschen hatte, wenn er das Leitungswasser lange genug laufen ließ, könnte er davon trinken.

Er trank ein paar Schlucke und kroch dann in seinen Schlafsack. Nur etwas schlafen, dann würde es ihm bestimmt schnell wieder besser gehen …

So lag er lange herum. Mittlerweile hatte er sein Zeitgefühl verloren.

Auf einmal schoss ihm wieder Frauke durch den Kopf. Wo war denn jetzt wieder sein Handy? Elias fand es auf dem kleinen Tisch vor ihm.

Schon wieder tiefentladen – Fuck!

Wenn es schon wieder entladen war, musste er lange gelegen haben. Als er aufstand, um das Handy wieder anzuschließen, wurde ihm schwindelig und ihm sackten die Beine weg. Er konnte sich nicht erinnern, sich jemals so schlecht gefühlt zu haben.

Er blickte sich noch mal in der Wohnung um, von seinem Freund fand sich immer noch keine Spur.

Sein Mund war ganz trocken, Wasser wäre gut. Der Weg zum Wasserhahn kam ihm unendlich weit vor. Nur ein paar Schlucke. Das Schlucken tat verteufelt weh. Das fühlte sich nach Halsentzündung an.

Wenn er noch etwas schlief, würde es ihm bestimmt bald wieder besser gehen. Irgendwann musste das Fieber ja abklingen. Also kroch er unter höchster Anstrengung in seinen Schlafsack zurück.

Zwischendurch wachte er immer mal wieder auf. Mal war es hell, dann wieder dunkel. Er wusste schon lange nicht mehr, welcher Wochentag gerade war. Nur eins war ihm klar: Er musste trinken, denn sonst würde er verdursten. So kraftlos hatte er sich noch nie gefühlt. Kein Wunder, er hatte ja auch nichts gegessen. Sein Hunger war völlig verschwunden. Sofort fiel er wieder in den Dämmerzustand zurück, ohne zu trinken.

***

Nachdenklich blickte Frauke aus dem Fenster der dahinruckelnden Bahn. Die kahle Landschaft zog vorüber, während sie ihren Gedanken nachhing.

Zum – gefühlt – millionsten Mal sagte sie sich, dass ein Mann im Moment nicht in ihr Leben passte. Gleichzeitig freute sie sich unglaublich auf das Wiedersehen mit Elias, die Sehnsucht nach ihm war kaum auszuhalten. Dieser Zwiespalt zerriss sie regelrecht. Und die Vernunft hatte im Moment keine Chance gegen ihre Gefühle.

Sie musste ihn einfach wiedersehen. Sei es auch nur, um festzustellen, dass eine ernsthafte Beziehung nicht möglich war. Sie müsste ihn nur kritisch beäugen, dann würde er schon etwas von sich verraten. Vielleicht hätte die Vernunft dann doch eine Chance …

***

Als Elias das nächste Mal aufwachte, fühlte er sich etwas besser. Endlich kamen die Lebensgeister wieder zurück. Sein erster Gedanke galt natürlich dem Handy und der Frage, ob Frauke endlich geschrieben hatte.

Er traute sich kaum, auf das Handy zu sehen. Mit zitternder Hand griff er danach.

- Ich treffe in einer halben Stunde auf dem Bahnhof ein -

Das hatte sie vor zwanzig Minuten geschrieben. Von gestern war eine Nachricht, dass sie kommen würde. Ihm brach der Schweiß aus. »Das darf ich nicht vermasseln«, murmelte er vor sich hin, während sein Gehirn auf Hochtouren arbeitete.

Der Fußweg zum Bahnhof dauerte zehn Minuten. Das war zu schaffen – theoretisch. Aber als er die Wohnungstür erreicht hatte, hätte er sich am liebsten gleich wieder hingelegt.

Egal, er musste jetzt weitermachen – *los!*

An seinen Füßen schienen Bleigewichte zu hängen, doch er setzte tapfer einen Schritt vor den anderen. Im Schneckentempo lenkte er seine Schritte Richtung Bahnhof. Deshalb brauchte er mehr als die doppelte Zeit, obwohl er sich enorm anstrengte.

In letzter Sekunde betrat er den Bahnsteig. Zum Glück fuhr der Zug gerade erst ein.

Voll Vorfreude streifte sein Blick suchend über die Waggons. Warum fühlte er sich nur schon wieder so schlecht? Ob das an der Nervosität lag?

Dann entdeckte er endlich ihr schönes Gesicht und ihm wurde heiß vor Glück. Die Wärme stieg auf und ließ kalten Schweiß auf seine Stirn treten. Sein Herz klopfte bis zum Hals, der Atem ging rasend schnell.

Der Fahrtwind der davonfahrenden Bahn wirbelte durch ihre wunderschönen Haare, als sie aufeinander zustürmten. Den Blick fest aufeinander gerichtet, fuhr ihm ihr freudiges Lächeln direkt in den Bauch. Beim Näherkommen konnte er ein Funkeln in ihren Augen erkennen und seine Atmung wurde durch einen riesigen Schmetterlingsschwarm im Bauch behindert. Sie tauschten tiefe Blicke, als sie endlich voreinander standen ...

***

Frauke blickte in Elias' strahlendes Gesicht und war gleichzeitig erschreckt. Er sah aus wie der Tod persönlich. Klapprig stand er da, blass, ausgezehrt, unrasiert und mit dunklen Ringen unter den Augen.

Die Freude, die sie in seinem Gesicht erkannte, ließ ihn trotzdem unglaublich schön wirken. Ihr Herz machte einen Hüpfer, ihr Atem ging schneller, sogar ihre Knie wurden weicher und im Bauch kribbelte es gewaltig.

Sicher, als sie damals ihrem Ex-Mann näher gekommen war, hatte sie auch ein Kribbeln gefühlt. Aber eine solche Gefühlsexplosion hatte sie noch nie erlebt.

Innerlich schüttelte sie ihren Kopf. Was war mit ihr nur los? So war sie noch nie aus dem Häuschen gewesen. Sie war verknallt – verknallt wie ein dummer Teenager.

»Ich hab mich so auf dieses Treffen, auf dich, gefreut«, platzte es aus Elias heraus.

Plötzlich schnappte er nach Luft, verdrehte die Augen und klappte er vor ihr zusammen. Es erinnerte sie an eine Marionette, der alle Fäden durchtrennt wurden. Gelähmt vor Schreck blickte sie auf den leblosen Haufen und versuchte, einen klaren Gedanken zu fassen.

Auf einmal erschienen Bilder aus ihrer Vergangenheit vor ihrem inneren Auge. Panik kroch aus ihrer Mitte, entflammte in kürzester Zeit jede Zelle ihres Körpers. Ihr Atem stockte, Luftholen war unmöglich. Durch den aufkommenden Schwindel musste sie sich breitbeinig hinstellen, um nicht selbst zusammenzuklappen.

Genau wie damals, in ihrer Kindheit, schlug das Gefühl der Machtlosigkeit gnadenlos zu und keilte ihr Herz ein. Verzweifelt drückte sich Frauke auf die Brust, um den Schmerz zu vertreiben.

In kürzester Zeit versammelten sich etliche Passanten um den leblosen Elias. Und sie stand eine kleine Ewigkeit nur da, mit dem Gefühl, nicht in ihrem Körper zu sein.

Gesprochene Worte drangen wie durch einen Nebel und erreichten sie nicht.

»Kann jemand einen Arzt rufen!?«

Erst dieser Satz drang zu ihr durch und holte sie ein Stückchen in die Wirklichkeit zurück. Immer noch war sie erstarrt vor Hilflosigkeit, mit aufgerissenen Augen und der Hand vor dem Mund. Das Panikfeuer hatte ihren Bauch zu einem dicken, zähen Kloß geschmolzen. Ihr Herz fing an, zu rasen.

Mensch Frauke, reiß dich zusammen, tu doch etwas!

Sie schloss die Augen, biss auf ihre Faust. Der Schmerz ließ sie zu Bewusstsein kommen. Sie nahm all ihre Willenskraft zusammen und hockte sich zu Elias herunter. Sanft streichelte sie über seine schweißbedeckte Stirn, die sich sehr heiß anfühlte. »Elias?« Zärtlich strich sie ihm durchs Haar. »Elias, hörst du mich?«

Er lag immer noch völlig leblos da. Mit jeder Sekunde wurde ihre Angst stärker. Ein dicker Kloß steckte plötzlich in ihrem Hals. Vergeblich versuchte sie, ihn runterzuschlucken. Ihr Mund war auf einmal ganz trocken und im Magen machte sich gnadenlose Übelkeit breit.

Plötzlich spürte sie eine Hand auf ihrer Schulter. »Kommen Sie, wir machen jetzt weiter. Kennen Sie die genaue Ursache für die Ohnmacht?« Sie blickte nach oben und nahm wahr, dass die Rettungssanitäter eingetroffen waren.

»Er hat ziemlich hohes Fieber, glaube ich«, sagte sie und eine Tränenflut brach aus ihr heraus, als sie sich erhob. Frauke schüttelte den Kopf und wischte sich die Tränen aus den Augen.

Der Sanitäter fühlte den Puls und beobachtete Elias genau. Ein anderer leuchtete in die Pupillen, maß den Blutdruck. »Bewusstloser Patient, auf dem Bahnsteig zusammengebrochen. Patient atmet, Puls hundertzwanzig, Atmung zwanzig.« »Blutdruck neunzig zu sechzig«, kam es aus der anderen Ecke. Es war an den Notarzt gerichtet, der mittlerweile eingetroffen war.

Immer noch zitternd starrte Frauke auf das Gewusel und versuchte verzweifelt, ihrer Angst Herr zu werden. Wortfetzen drangen an ihr Ohr: »Exsikkose«, »Kein Hinweis auf Drogenkonsum«, »Temperatur neununddreißig Grad«, »Paracetamol i.V.« und »SIRS«. Nichts davon wurde von ihrem Gehirn übersetzt, oder blieb im Gedächtnis hängen.

Am liebsten wollte sie sich einfach die Ohren zuhalten und die Augen zumachen, wie sie es als Kind gemacht hatte, wenn wieder einmal die Angst in ihre Seele kroch. Doch diesmal kämpfte sie und rang ihren Schock Stück für Stück nieder.

Als Elias auf der Trage befestigt und abtransportiert wurde, erwachte sie endlich aus ihrer Starre und fragte verzweifelt: »Darf ich mitfahren?«

»Sind Sie eine Verwandte oder Freundin?«

Ja, was war sie für ihn? Er ließ auf jeden Fall nicht locker, kam sogar krank zur Verabredung.

Was war er für sie? Hübscher Kerl, Knutschbekanntschaft, Ablenkung, vielleicht sogar mehr? Vernunft mal angeschaltet. Wahrscheinlich mehr – auf jeden Fall wurde die geheimnisvolle Anziehung immer stärker. Die Angst, die sie eben um ihn hatte, hatte ihr deutlich genug gezeigt, dass sie mehr für ihn empfand.

Da wurde Frauke klar, dass sie jetzt bei ihm bleiben und ihm beistehen musste. »Freundin«, antwortete sie mit fester Stimme.

»Ja, natürlich, kommen sie mit«, erwiderte einer der Sanitäter.

Die ganze Fahrt im Rettungswagen fühlte sie sich wie in Watte gepackt. Sie hatte den Blick starr auf ihn gerichtet.

Elias war an Schläuchen und Geräten angeschlossen. Ab und zu öffnete er die Augen einen kleinen Spalt.

Dann ergriff sie seine Hand und drückte sie fest. »Ich bin da, ich bleibe bei dir«, flüsterte sie. Sofort schlossen sich seine Augen wieder.

Wie er da so lag, reglos und blass, mit diesen beängstigend dunklen Augenringen, wurde sie wieder von ihren Gefühlen überwältigt. Diese merkwürdige Mischung aus Angst und Zuneigung ließ sie schlucken, immer wieder, aber der Kloß im Hals wollte immer noch nicht verschwinden. Auch die normale Atmung funktionierte immer noch nicht. Sie hatte das Gefühl zu ersticken.

Nach der Übergabe im Krankenhaus hastete sie dem Krankenbett hinterher. Elias war inzwischen zu sich gekommen, schenkte ihr ein dankbares Lächeln und schloss sofort wieder seine Augen.

»Hier dürfen Sie nicht mit hinein.«

Frauke nahm gar nicht richtig wahr, wer das zu ihr sagte. Sie stutzte und nickte nur stumm.

»Sie können hier warten«, sagte eine Schwester und legte ihre Hand mitfühlend auf Fraukes Schulter. Mit der anderen Hand deutete sie auf eine Reihe Stühle.

Mit gesenktem Kopf saß Frauke in dem schlecht beleuchteten Flur. Erneut kämpfte sie mit den Tränen und drückte sich die geschlossene Faust vor den Mund.

»Lass diesen Albtraum endlich zu Ende gehen«, flüsterte sie ab und zu ganz leise und wiegte sich vor und zurück.

Nach einiger Zeit hatte eine Art Taubheit von ihr Besitz ergriffen. Dumpf starrte sie vor sich hin. Sie atmete inzwischen leichter und merkwürdig automatisiert.

Als Elias endlich wieder hinausgeschoben wurde, hatte er die Augen immer noch geschlossen.

»Er ist eingeschlafen, alles ist gut«, erklärte ihr ein Pfleger, ohne dass sie eine Frage gestellt hatte.

Die Erleichterung ließ sie strahlen. Ihr Kältegefühl und die Anspannung waren blitzartig verschwunden.

»Er kommt jetzt auf ein Zimmer und wacht bestimmt gleich wieder auf«, sagte der Pfleger aufmunternd zu ihr. »Kommen Sie mit.«

So hastete sie wieder dem Krankenbett hinterher.

***

Elias öffnete seine Augen und sah in Fraukes Gesicht. Glück breitete sich in ihm aus und ließ Wärme durch seinen ganzen Körper strömen. Er schluckte und seine Augen wurden feucht.

Frauke lächelte ihn an – direkt in seine Seele. Sie saß neben ihm am Bett und hielt seine Hand. Er war so dankbar, dass sie da war. Erstaunt sah er sich um.

»Du bist auf dem Bahnhof zusammengebrochen«, erklärte Frauke, die ahnte, was in ihm vorging. »Du warst die ganze Zeit ohnmächtig. Kannst du dich nicht daran erinnern?« Zärtlich strich sie ihm das Haar aus der Stirn.

Er schüttelte vorsichtig den Kopf, denn der schmerzte.

Aber in seinem Innern jubilierte es. Sie war noch da! Sie war sogar mit mir im Rettungswagen ins Krankenhaus gefahren. Sie hatte seine Hand gehalten und ihn gestreichelt. Die ganze Zeit, so liebevoll. Sie hatte sich Sorgen um ihn gemacht, man konnte ihr die Erleichterung ansehen. Sie hatte Gefühle für ihn, da war er sich jetzt sicher. Und dass, obwohl sie nichts von ihm wusste. Diese Frau war die Richtige für ihn! Sie war eine, die bedingungslos lieben konnte.

»Was hast du dir nur dabei gedacht? Du bist doch krank!« Frauke nahm seine Hand und drückte sie fest.

»Ich wollte es nicht schon wieder versauen, bin schon Rosenmontag zu spät gekommen.« Seine Stimme klang ziemlich kratzig und das anschließende Räuspern schmerzte.

»Du hättest mir doch nur rechtzeitig Bescheid sagen brauchen«, ließ sie nicht locker.

Wie sollte er ihr jetzt erklären, dass er hilflos und allein gewesen war? »Ich habe im Bett gelegen, bin gerade noch rechtzeitig aufgewacht«, krächzte er.

»Und dann setzt du deine Gesundheit, mal so eben, aufs Spiel?«

Die Zärtlichkeit in ihrer Stimme ließ sein Herz einen Takt schneller schlagen. »Ich wollte dich unbedingt wiedersehen, wäre ich noch mal zu spät gekommen, hättest du mir das bestimmt nicht verziehen.«

Sie legte liebevoll eine Hand um seine Wange und Kinn. »Ich bin wirklich froh, dass du gekommen bist. Aber als du zusammengebrochen bist, habe ich einen ganz schönen Schrecken bekommen.«

»Unkraut vergeht nicht. Ich bin doch hier … und ich lebe. Du bist bei mir. Das ist alles, was zählt.«

Ihr inniger Blick ging ihm durch Mark und Bein. Er hielt den Atem an, als sie sich ganz langsam zu ihm hinüberlehnte.

»Vorsicht, sonst steckst du dich noch an«, sagte er mit rauer Stimme und entzog sich.

»Das lass mal meine Sorge sein«, antwortete sie und lächelte.

Er badete im bezaubernden Funkeln ihrer hellbraunen Augen, die in diesem Licht fast golden schimmerten.

Eine ganze Weile sahen sie sich einfach nur an und genossen die Nähe. Elias hatte sich lange nicht mehr so geborgen gefühlt. Jemand sorgte sich um ihn – und dieser Jemand war einfach zauberhaft.

»Ich wollte mit dir einen schönen Nachmittag und einen tollen Abend verbringen. Jetzt ist es schon wieder in die Hose gegangen. Wann kann ich das endlich nachholen?«, bedauerte er.

»Das ist doch nicht dein Ernst, dass du dir jetzt darüber einen Kopf machst? So ein Treffen lässt sich doch immer nachholen. Allerdings kann ich nur am Wochenende, alle vierzehn Tage, dann hat mein Ex-Mann die Kinder. Aber so wie ich das hier sehe, musst du sowieso erst mal wieder richtig gesund werden.«

»Aber du gehst doch noch nicht, oder? Kannst du nicht noch ein bisschen bleiben?«, flüsterte er ängstlich und räusperte sich wieder.

»Natürlich kann ich heute bleiben. Ich bleibe, solange du willst. Morgen Nachmittag bringt mein Ex die Kinder zurück. Bis dahin muss ich wieder zu Hause sein«, erwiderte Frauke gerührt.

Elias nickte stumm. Er nahm sich vor, jede Minute zu genießen.

»Kann ich dich um etwas bitten? Kommst du zu mir ins Bett? Ich möchte dich so gerne im Arm halten ... bitte.«

Frauke lächelte liebevoll, folgte seiner Bitte und legte sich zu ihm, den Rücken an seine Brust gekuschelt. Er legte den Arm über ihre Schulter, so weit der Infusionsschlauch das zuließ.

»Genau so«, murmelte er, »so ist es richtig.« Glücklich vergrub er seine Nase in ihrem Haar und nahm einen tiefen Atemzug. Sie roch ja so gut. Ihre Nähe ließ ihn ruhig werden. Obwohl er eigentlich jede Minute genießen wollte, musste er doch vor Erschöpfung wieder schlafen.

Kapitel 8 Erwachen

Frauke lauschte Elias' regelmäßigen Atemzügen. Sie konnte natürlich noch nicht schlafen. Nachdenklich sah sie sich im Krankenzimmer um. Eine Einrichtung wie überall, kahl und langweilig. Weiße Kunststoffschränke, da nützte auch das sonnige Gelb der Wände nicht viel. Wie sehr hasste sie diese Krankenhausatmosphäre.

Sie drehte sich zu Elias herum. Im Schlaf sah er so friedlich und entspannt aus, regelrecht glücklich. Wie schön er doch war, als würde er immer schöner. Sanft strich sie über sein Haar. Sie saugte seinen Anblick geradezu in sich auf, war hypnotisiert von dem wunderschön geschwungenen Mund. Wie gerne würde sie ihn jetzt küssen. Vorsichtig ging sie mit dem Daumen über seine vollen Lippen. Im Schlaf schien er zu reagieren und öffnete sie leicht, das ließ sie die Hand vorsichtshalber wieder zurückziehen. Natürlich wollte sie ihn nicht wecken.

Sie lehnte sich vor und hauchte einen Kuss auf seine Stirn, diesmal rührte er sich nicht. Genießerisch fühlte sie die Wärme seiner Haut durch die zarte Berührung der Lippen. Ihr Mund wanderte weiter herunter und berührte seine Wange.

Eine ganze Weile überschüttete sie ihn so mit hingebungsvollen Küsschen. Mit jeder Berührung, jedem Atemzug, wurde ihr Gefühl stärker und in ihrem Bauch verbreitete sich kribbelnde Wärme. Am liebsten hätte sie ihn fest in die Arme geschlossen und nie wieder losgelassen.

Sie legte ihr Gesicht an seine Halsbeuge und schloss die Augen, um seinen herrlichen Geruch zu genießen. Wie konnte man sich bei einem Menschen, den man erst so kurz kannte, so geborgen fühlen? Sofort meldete sich ihre Vernunft und mahnte zur Vorsicht.

Müdigkeit machte sich breit und vor ihren Augen entstand ein Bild.

Ein Zug setzte sich in Fahrt, mit einem Fuß war sie im Zug, den anderen hatte sie auf dem Bahnsteig. Die Angst zerriss sie, ein Schmerz, der mitten durch den ganzen Körper ging. Sie musste sich entscheiden: der sichere Bahnsteig oder der Zug ins Ungewisse.

Ihr wurde klar, dass es mittlerweile wohl kein Zurück mehr für sie gab. Das war keine harmlose Verknalltheit. Sie konnte ihre Gefühle weder verdrängen, noch leugnen. Sie war Hals über Kopf verliebt – sinnlos, sich dagegen zu wehren.

In letzter Sekunde nahm sie den Fuß vom Bahnsteig, schob sich durch die noch schließende Tür in den immer schneller werdenden Zug. Ängstlich, mit Schweiß auf der Stirn, suchte sie nach den Haltegriffen, klammerte sich fest, ihr Atem stockte, der Zug hatte keine Notbremse ...

Ein Zucken lief durch ihren Körper. Als sie die Augen wieder öffnete, raste ihr Herz und sie musste sich die feuchte Stirn abwischen.

Jetzt erst bemerkte sie, dass wohl ein verhaltenes Klopfen sie geweckt hatte, denn es war erneut zu hören. Sachte öffnete sich die Tür. Eine Schwester steckte den Kopf ins Zimmer und kam leise näher.

»Eigentlich ist es verboten, in Straßenkleidung auf dem Krankenbett zu liegen. Sie können das Bett hier nutzen«, flüsterte sie. Sie deutete auf das nebenstehende Krankenbett, das mit einer Plastikfolie vor Verschmutzung geschützt war. In ihrer Hand schwenkte sie ein Klemmbrett mit Papieren. »Wenn Sie das bitte ausfüllen könnten«, sagte sie leise und legte es auf das Tischchen.

»Das würde ich ja gerne«, erwiderte Frauke. »Ich kenne aber nicht alle seine Daten.« *Eigentlich nur seinen Vornamen.*

Die Schwester holte eine Decke, die mit einem Papierstreifen umwickelt war, aus dem Schrank.

»Kommen Sie, hier, diese Decke können Sie nehmen. Wenn er wieder aufwacht, füllen Sie die Papiere doch mit ihm zusammen aus, ja?«

Frauke nickte und tat so, als wenn sie den Anweisungen der Schwester folgen wollte. Kaum hatte diese jedoch den Raum verlassen, legte sie sich wieder zu Elias aufs Bett und überschüttete ihn weiter mit Zärtlichkeiten.

Als sie anfing, zu gähnen und zu frösteln, überlegte sie einen Moment, sich die Decke zu nehmen. Doch dann überkam sie die Sehnsucht nach Geborgenheit. Seine Nähe spüren, das wäre so schön.

So zog sie kurzerhand ihre Jeans aus und schlüpfte unter seine Decke. Es tat so unendlich gut, als sie sich vorsichtig an seinen warmen, starken Männerkörper kuschelte.

Sanft fuhr sie mit der Hand seinen Oberarm entlang, fühlte harte Muskeln unter weicher Haut und schmiegte sich noch etwas dichter an ihn. Als sie ihren Kopf an seine Schulter legte, bewegte er sich im Schlaf und legte einen Arm um sie. Frauke spürte noch einmal die

Schmetterlinge in ihrem Bauch aufflattern. Elias'
regelmäßigen Atemzügen zu lauschen, ließ sie
entspannen. Endlich fielen auch ihr die Augen zu und sie
glitt in einen traumlosen Schlaf.

***

Als Elias die Augen öffnete, war es dämmerig im
Zimmer. Glücksgefühle erfassten ihn, als er feststellte,
dass Frauke immer noch bei ihm lag. Er rückte noch ein
wenig dichter an sie heran und fühlte ihre nackten
Beine, was ihn sofort in Erregung versetzte. Haut an
Haut, sie war jetzt so nah.

Doch er fühlte diese Nähe nicht nur körperlich. Sie
war bei ihm geblieben. So etwas würde nur ein ganz
besonderer Mensch tun.

Ihr Kopf lag so dicht an seiner Schulter, als ob sie bei
ihm Geborgenheit gesucht hätte. Gerne hätte er sie ganz
fest in die Arme genommen, doch es bestand die Gefahr,
sie zu wecken. Diese friedliche Situation wollte er auf
keinen Fall zerstören.

Er rückte wieder etwas ab, um sie zu betrachten. Wie
schön sie doch war. Er liebte diese seidigen, dunklen
Haare und streichelte darüber. Wenn ein Mund zum
Küssen einlud, dann war es ihrer. Am liebsten hätte er
sie mit Küssen übersät. Stundenlang konnte er sie so
ansehen.

Nach eine Weile wurde er schon wieder müde. Er
schloss die Augen und es entstand ein Bild.

In der Dämmerung stand auf einer weiten Wiese ein
Raumschiff. Die Tür war geöffnet, durch sie drang ein
warmes Licht, das den Weg zum Eingang ausleuchtete.

Magisch von dem Licht angezogen schritt er auf die romantische Beleuchtung zu und zögerte, bevor er einstieg. Er musste all seinen Mut sammeln, seine Beklemmungen bekämpfen, um die weite, freie Wiese zu verlassen und dieses enge Raumschiff zu betreten. Vorsichtig stieg er ein und die Tür schloss sich hinter ihm. Er drehte sich um und schnappte nach Luft. Denn die Tür hatte keine Öffnungsmöglichkeit.

Das Raumschiff hob ab, unwiederbringlich – nach Wolke Sieben.

Ein Zucken lief durch seinen ganzen Körper. Er öffnete die Augen und ihm war klar, dass es kein Zurück mehr für ihn gab. Er konnte seine Gefühle weder verdrängen, noch leugnen. Er war Hals über Kopf in sie verliebt – sinnlos, sich dagegen zu wehren.

Erst mal tief Luft holen, entspannen und das intensive Gefühl genießen. Jetzt konnte er seine Augen gar nicht mehr von ihr abwenden und streichelte sie immer wieder, ganz vorsichtig. Die Stille genießen, spüren, wie dieses warme Kribbeln in der Magengegend immer stärker wurde. Dieser friedliche Moment sollte kein Ende nehmen.

Er hatte das Zeitgefühl verloren, als sie ihre Augen aufschlug.

»Morgen«, flüsterte er. »Tut mir leid, ich wollte dich nicht wecken. Aber ich konnte nicht widerstehen. Klingt es kitschig, wenn ich sage, du hast ausgesehen wie ein Engel?«

Frauke lächelte, reckte sich etwas und berührte ihn dabei. Diese unerwartete Begegnung mit ihr schickte sofort wieder dieses elektrisierende Kribbeln durch seinen Körper. Elias schloss die Augen und atmete tief durch.

Die Idylle wurde plötzlich durch ein hartes Klopfen unterbrochen. Polternd ging die Tür auf und eine mürrisch aussehende Schwester stürmte in den Raum, mit einem Tablett in der Hand. Sie stutzte und warf einen missbilligenden Blick auf die beiden im Bett.

»Müßig, zu sagen, dass so etwas hier nicht erlaubt ist«, tadelte sie.

»Ihr Frühstück Herr …« Sie stockte und sah zu den Jeans, die Frauke auf das andere Bett gelegt hatte, sowie zu den Schuhen davor. Dann wanderte der Blick weiter zum Tischchen und blieb an den Papieren hängen.

Sie legte ihre Stirn in Falten und schüttelte den Kopf. »Die haben Sie ja immer noch nicht ausgefüllt«, kritisierte sie. »Das hätte Ihre Freundin doch schon erledigen können. Herr …«

»Ritter ist mein Name«, erwiderte er ebenso abweisend. »Und nein, konnte sie nicht, weil wir uns noch nicht so lange kennen.«

Seine Augen suchten die von Frauke. Sekundenlang trafen sich ihre Blicke. Elias versuchte, etwas aus ihrem Gesicht zu lesen. Wirkte sie ertappt, eingeschüchtert, ärgerlich oder sogar ängstlich?

»Wenn Sie vielleicht jetzt die Güte hätten …«, brummte die Schwester unwillig und unterbrach damit seine Gedanken. Sie drehte sich auf der Hacke, um den Raum zu verlassen. »Der Papierkram muss schließlich auch erledigt werden«, murmelte sie und öffnete energisch die Tür.

»Wann kann ich raus hier?«, warf Elias hinter ihr her.

Die Schwester drehte sich in der Tür noch einmal zu ihm um. »Dazu kann ich Ihnen nichts sagen. Am Wochenende ist keine feste Visite. Wenn die Zeit es zulässt, kommt nachher der diensthabende Arzt und bespricht alles Weitere mit Ihnen. Wenn Ihre Freundin Hunger hat, kann sie in der Kantine frühstücken gehen.« Dann schloss sie die Tür mit einem Ruck.

»Reizende Person«, bemerkte Elias.

»Komm«, entgegnete Frauke. »Sie macht doch auch nur ihren Job. Der Papierkram ist bestimmt wichtig und hält auf, wenn er nicht schnell genug erledigt wird.«

Sie sprang aus dem Bett und schlüpfte wieder in ihre Jeans.

Damit war für Elias dieser heilige Moment friedlicher Zweisamkeit unwiederbringlich zu Ende. Mit einem tiefen Seufzen verabschiedete er ihn.

Kurz darauf trat eine andere Schwester ins Zimmer, um Fieber zu messen und Blut abzunehmen. Mit knappen Anweisungen erledigte sie ihre Arbeit und war umgehend wieder verschwunden.

»Und tschüss«, brummte Elias ihr hinterher. »Mann, ich will so schnell wie möglich weg von diesem idyllischen Plätzchen.«

Frauke schüttelte den Kopf. »Das lass mal lieber den Arzt entscheiden. Komm, du kannst ja einen Happen essen. Währenddessen füllen wir schnell zusammen die Papiere aus. Wenn ich dann zum Frühstücken runtergehe, kann ich die gleich im Schwesternzimmer abgeben.«

Fuck! Wie konnte er sich jetzt aus dieser Situation herausmanövrieren? Was, wenn sie erfuhr, was für ein

Leben er führte? Eine Frau wie Frauke, die wahrscheinlich nicht einmal Geldsorgen kannte.

Er wollte doch nicht sofort Farbe bekennen, dass er überhaupt keinen festen Wohnsitz hatte. Krankenversichert war er ja auch nicht.

Frauke hatte sich auf das gegenüberliegende Bett gesetzt, den Stift in die Hand genommen, und sah ihn erwartungsvoll an.

Es war ihm klar, wollte er eine Zukunft mit Frauke, musste sich an seiner Situation etwas ändern. Aber bitte nicht das volle, spießige Programm. Da musste es doch eine andere Lösung geben. Nur, wie konnte er sich jetzt aus dieser kniffligen Situation retten? Er war kein guter Lügner. Deshalb klopfte ihm das Herz bis zum Hals, als er die Adresse von Christian nannte und als Krankenkasse eine der großen, bekannten angab.

Frauke erhob sich zufrieden und gab ihm ein Küsschen. »Bin schnell wieder zurück«, sagte sie, als sie das Zimmer verließ.

Kurz darauf öffnete sich wieder die Tür. Ein junger Mann kam herein. »Sie bekommen Gesellschaft«, plauderte er fröhlich und fuhr das freie, plastiküberzogene Bett davon.

Elias stöhnte und verdrehte die Augen. Jetzt war er nicht einmal mehr mit Frauke allein. Er musste so schnell wie möglich weg von hier. Außerdem bestand die Gefahr, dass er aufflog, während sie dabei war.

Bloß, wenn er jetzt mit ihr zusammen von hier verschwand, wohin sollte er gehen, an einem Sonntagmorgen? Schweren Herzens reifte in ihm der

Entschluss, er musste Frauke wegschicken. Es blieb ihm nichts anderes übrig.

Nachdenklich schmierte er Marmelade auf seine Brötchenhälften. Als er in sein fertiges Werk hineinbiss und kaute, wurde ihm klar, dass er Hunger hatte. Es ging ihm wesentlich besser, die Lebensgeister waren wieder da. Jetzt würde ihn hier nichts mehr halten. Bloß raus hier! Nur, wie sollte er das jetzt anstellen?

In selben Moment betrat die Schwester das Zimmer.

»Ihnen ist sicher klar, dass Ihre Angaben nicht stimmen«, bemerkte sie unwillig. »Warum haben Sie uns belogen? Sie sind gar nicht krankenversichert, stimmts? Stimmt wenigstens der Wohnsitz?«

Elias senkte den Blick und schüttelte den Kopf.

»Ich werde Ihnen morgen unseren Sozialarbeiter vorbeischicken. Der wird mit Ihnen Ihre Situation besprechen.«

Er schreckt hoch. »Auf gar keinen Fall! ... Kommt nicht in Frage! Ich will raus hier ... sofort!«

»Das würde ich Ihnen nicht raten. Sie hatten eine schwere Sepsis, da besteht Lebensgefahr. Das muss ...« Beide drehten sich zur Tür, als Frauke den Raum wieder betrat. »... längere Zeit mit Antibiotika behandelt werden. Ich bin nicht der Arzt. Aber wenn es Ihnen durch die Infusion schnell besser geht, heißt das noch lange nicht, dass Sie schon wieder fit sind«, beendete sie schließlich ihren Vortrag.

Elias verdrehte innerlich die Augen, wollte aber die Laune der Schwester nicht überstrapazieren.

»Egal, ich will hier raus«, knurrte er und sah die Schwester flehend an.

Sie schien blitzschnell zu verstehen, stutzte und überlegte einen Moment.

»Wie Sie wollen, wir können Sie hier nicht gegen Ihren Willen festhalten. Sie verlassen uns dann auf eigene Verantwortung. Das müssen Sie uns unterschreiben.«

»Ja, das werde ich tun«, brummte er ärgerlich. Er hasste das Gefühl, in die Enge getrieben zu werden. Vom Moloch der Bürokratie zur Nummer degradiert, ohne Rücksicht auf persönliche Aspekte.

Frauke sah ihn besorgt an. »Warum bist du so unvernünftig?«

Die Schwester sah zwischen den beiden hin und her. Elias fragte sich, ob ihr Blick triumphierend war. Vorsorglich schickte er der Schwester einen giftigen Blick zurück.

Ihr Gesichtsausdruck wechselte eindeutig ins Schnippische, dann drehte sie sich um und verließ den Raum.

Frauke zuckte zusammen, als die Tür lautstark ins Schloss fiel.

Mit geschlossenen Augen und einem Stoßgebet versuchte Elias, seine inneren Wogen zu glätten.

»Ich will dich wenigstens zur Bahn bringen«, versuchte er sich herauszureden und zuckte mit den Schultern. »Schließlich sehe ich dich erst in vierzehn Tagen wieder.«

»Ehrlich gesagt bin ich damit nicht so ganz einverstanden. Du solltest noch hierbleiben und das Krankenhaus erst verlassen, wenn die Ärzte wirklich grünes Licht geben.«

»Du hast doch gehört, heute läuft eh alles auf halber Kraft. Wahrscheinlich würden sie mich sowieso entlassen, wenn normale Visite wäre. Es geht doch alles nach Kostenpauschalen, da wollen die mich doch so schnell wie möglich loswerden. Mir geht es gut. Ich will hier nicht länger als unbedingt notwendig sein. Ich hasse Krankenhäuser. Jetzt hat auch noch ein Zivi oder so das leere Bett abgeholt. Das heißt, es kommt noch jemand zu mir ins Zimmer. Wer weiß, was das für eine Pappnase ist.«

Ihre Gesichter wandten sich zur Tür, als ein Mann im weißen Kittel den Raum betrat. »Guten Morgen, ich bin Dr. Schleicher, der diensthabende Arzt. Schwester Iris sagte mir, sie möchten unbedingt entlassen werden?«, murmelte er und blätterte durch die Krankenakte.

Dann sah er hoch und blickte Elias erwartungsvoll an. Elias nickte. Er setzte sich an der Bettseite auf, wo ihn der Infusionsschlauch nicht so sehr behinderte. »Ich fühle mich gut und hasse es, in Krankenhäusern herumzuliegen.«

»Nun, Ihre Blutwerte sind ganz gut, von daher wäre es möglich. Aber Sie müssten sich unbedingt schonen und die Antibiotikatherapie, die wir Ihnen verordnen, sorgfältig weiterführen. Tun Sie dies nicht, riskieren Sie schwerwiegende Folgeschäden, vielleicht sogar Ihr Leben. Haben Sie jemanden, der sich um Sie kümmert?«

»Das übernimmt ein Freund«, antwortete er schnell. Seine Sachen waren ja noch bei Christian. Irgendwann müsste der schließlich wieder nach Hause kommen.

»Wie Sie meinen, dann macht die Schwester jetzt alles so weit fertig. Sie bekommen für heute die Medikamentendosis mit. Morgen müssen Sie sich dann mit dem Bericht Ihrem Hausarzt vorstellen, um sich die weitere Therapie verschreiben zu lassen. Bitte lassen Sie alles kontrollieren, bis zu Ihrer vollständigen Genesung. Das ist wichtig, sonst riskieren Sie einen Rückfall. Ihr Zustand ist noch nicht stabil genug. Deshalb ist Ruhe sehr wichtig.«

Elias nickte wieder zustimmend. So genau hatte der Arzt seine Krankenakte wohl nicht studiert, sonst wäre ihm sicher aufgefallen, dass er gar keinen Hausarzt genannt hatte. »Ich mache alles, wenn ich nur schnellstens hier rauskomme.«

Frauke sah ihn ernst an, dann den Arzt, der mit gleichgültiger Mine etwas in die Akte schrieb. Sie schüttelte den Kopf. Das Missfallen war ihr deutlich anzusehen.

Elias musterte sie prüfend. Ob sie Angst um ihn hatte? Irgendwie gefiel ihm der Gedanke, dass sie um ihn besorgt war.

Der Arzt verließ den Raum. Frauke zuckte mit den Schultern und sah ernst zu Elias hinüber.

»Ich will mit dir zusammen sein, solange es irgendwie geht. Mach dir keine Sorgen. Bitte! Ich werde nicht unvernünftig sein … versprochen«, beschwor Elias sie und hob eine Schwurhand.

Frauke presste die Lippen aufeinander und nickte zögernd.

Eine neue Schwester betrat den Raum und befreite Elias von den Infusionsschläuchen. Erleichtert bewegte er seine befreite Hand.

»Sobald der Arztbericht da ist, haben wir alle Papiere beisammen, dann können Sie gehen«, bemerkte sie beim Verlassen des Krankenzimmers.

Erleichtert blickte Elias zu Frauke und lächelte sein charmantestes Lächeln. Zögerlich lächelte sie zurück.

»Kommst du jetzt endlich zu mir rüber?«, fragt er und klopfte mit der Hand einladend neben ihm aufs Bett. Seufzend folgte sie der Aufforderung.

Beruhigend legte er seine Arme um ihre Hüfte und sah ihr tief in die Augen. »Vierzehn Tage ohne dich, ich weiß gar nicht, wie ich das aushalten ...«

Schon wieder klopfte es kurz und laut. Sofort danach öffnete sich die Tür. Zwei Pfleger schoben das andere Krankenbett wieder herein.

»So, jetzt haben sie endlich Gesellschaft«, bemerkte einer von beiden mit einem Grinsen.

Sie stellten das Bett fest und ließen Frauke und Elias mit einem älteren Herrn allein. Der röchelte beängstigend und schien nicht ganz bei Bewusstsein zu sein.

»Sag ich doch«, flüsterte Elias zu Frauke.

Als die Schwester endlich mit den Entlassungspapieren hereinkam, war Elias schon fertig angezogen. Er grapschte hastig danach, als sie ihm von der Schwester hingehalten wurden. Mit einem beiläufigen »Danke« verabschiedete er sich.

Ebenso eilig ergriff er Fraukes Hand. Was für ein tolles Gefühl, sie gehörte zu ihm. Er packte noch etwas fester zu, während er mit ihr fluchtartig das Krankenhaus verließ.

Als sie beide vor die Tür traten, roch die Luft nach Vorfrühling. Der Geruch der Freiheit! Mit geschlossenen Augen nahm er einen Atemzug. Bewusst ließ er die Luft durch die Lunge strömen und genoss die Wirkung des

Sauerstoffs, der wieder Leben bis in die kleinste Körperzelle brachte.

»Lass uns mit öffentlichen Verkehrsmitteln fahren«, schlug er vor. »Ich habe bei meinem hastigen Aufbruch gestern mein Portemonnaie vergessen. Vielleicht kannst du mir das Fahrgeld borgen?«

Frauke sah ihn fragend an. »Ja klar, natürlich kann ich das«, stotterte sie.

Elias schien es, als fühlte sie sich auf einmal unbehaglich. Natürlich war sie sich nicht im Klaren, auf was und mit wem sie sich da einließ. Er wollte alles tun, um ihr Vertrauen zu gewinnen. Mit festem Griff nahm er ihre Hand und atmete erleichtert durch, als er fühlte, wie ihre Anspannung nachließ.

Bis zum Bahnhof blieben ihre Hände fest verbunden. Ab und zu trafen sich ihre Blicke, die unbewusst Fragen stellten. Fragen, die sie nicht auszusprechen wagten. Am Bahnsteig angekommen, verschmolzen ihre Lippen automatisch zu einem Abschiedskuss. Hingebungsvoll legte er alles Gefühl in diesen Kuss. Sie sollte seinen Trennungsschmerz fühlen können. Er verfluchte die Bahn, als diese einfuhr und er sich widerwillig lösen musste.

Elias legte seine Stirn an ihre. »Du fehlst mir jetzt schon«, raunte er laut, um den Lärm der einfahrenden Bahn besser zu übertönen. »Ich weiß nicht, wie ich die Zeit bis zu unserem Wiedersehen überleben soll.«

»Du wirst mir auch fehlen«, antwortete Frauke und strich über seine Wange. »Kommst du dann zu mir? Du kannst über Nacht bleiben. Ich werde dir meine genaue Adresse schreiben.«

Diese Worte ließen Elias' Herz geradezu aus dem Häuschen geraten. Obwohl ihr doch Einiges hätte komisch vorkommen müssen, hatte sie ihn zu sich nach Hause eingeladen. Mehr Vertrauen konnte sie ihm gar nicht entgegenbringen.

»Ja, ja ... natürlich ... und ob ich kommen werde«, antwortete er zitternd. Fast wäre ihm ein ›Ich liebe Dich‹ entschlüpft, aber dafür war es wohl definitiv noch zu früh.

Noch einmal pressten sie fest ihre Lippen aufeinander, bis es Zeit wurde und Frauke einsteigen musste.

***

Die ganze Fahrt über wunderte sich Frauke wieder mal über sich selbst. Hatte sie wirklich einen Fremden zu sich nach Hause eingeladen? Ihre Mutter und ihr Ex würden an ihrem Verstand zweifeln, wenn sie das wüssten. Warum hatte er eigentlich nicht selbst etwas vorgeschlagen?

Ein ungutes Gefühl machte sich in ihrer Magengegend breit. Irgendetwas stimmte da nicht.

Ein Fremder, über den sie so gut wie nichts wusste. Außer, dass sie sich in seiner Gegenwart geborgen fühlte – und sicher – und beschützt – und verstanden – und geliebt – und sooo ruhig.

Außerdem hatte er sie ja zuerst hierher eingeladen – da war doch eigentlich sie jetzt dran – Oder?

Und ihm vorzuschlagen, er könne bei ihr übernachten ... Sie schüttelte ihren Kopf. Was war nur mit ihr los? Immer schneller drehten sich ihre Gedanken im Kreis. Irgendwie kannte sie sich gerade selbst nicht mehr. Wer war das Hormonbündel, zu dem sie unzweifelhaft mutiert war?

Ob sie nicht doch lieber absagen sollte? Sie könnte ja irgendeine Ausrede erfinden. Aber was war, wenn er sie dann nicht mehr sehen wollte? Angst vor der eigenen Courage, nennt man das wohl. Den Gedanken, sie würde ihn nie mehr sehen, konnte sie gar nicht ertragen.

Frauke biss sich auf die Lippen und schloss die Augen. Noch einmal spürte sie jede der elektrisierenden Berührungen, die sie empfunden hatte, als sie bei ihm unter der Decke gelegen hatte. Nach so langer Zeit wieder einen Mann zu fühlen, ließ ihren Unterleib endlich wieder zum Leben erwachen. Verlangen nach noch mehr Berührungen erfasste sie und ließ sie leise stöhnen.

Die ältere Frau, neben ihr in der Bahn, räusperte sich. Fast so, als würde sie genau wissen, woran Frauke gerade gedacht hatte. Sie fühlte sich ertappt, drehte sich weg, und sah wieder aus dem Fenster.

Pah, sie war doch eine erwachsene Frau. Eine Frau, die sich endlich wieder lebendig fühlen wollte. Sie durfte ihren Zweifeln und Ängsten nicht zu viel Raum lassen.

Frauke seufzte.

Hoffentlich endete diese Sache nicht in einer Katastrophe. Das Ganze war ein Abenteuer – ein Abenteuer mit ungewissem Ausgang.

Kapitel 9 Zu Hause

Als Frauke den Schlüssel in das Haustürschloss steckte, wunderte sie sich, denn sie hörte die vertrauten Geräusche ihrer Kinder. Sie trat in den Flur und ließ die Jacke von den Schultern gleiten.

»Mama!«, tönte es von Finn, der mit ausgebreiteten Armen auf sie zukam.

Emma hielt sich im Hintergrund. »Wo warst du Mama?«, fragte sie in vorwurfsvollem Ton.

Finn umarmte stürmisch ihren Unterleib und wollte ihn gar nicht mehr loslassen.

»Ich war ... bei Freunden ... Wieso seid ihr eigentlich schon da?«

Normalerweise brachte ihr Ex-Mann die Kinder immer erst am frühen Abend zurück. Skeptisch blickte sie Richtung Wohnzimmertür. Das dunkle, mit viel Gel zurückgelegte, Haar erschien als Erstes im Rahmen. Dann tauchten seine Augen hinter der dunklen Hornbrille auf, gefolgt von einem verbindlichen Lächeln.

»Ich bin mit den Kindern heute früher zurückgekommen, weil ich noch etwas mit dir besprechen wollte«, rechtfertigte sich Stephan. »Soll ich uns etwas zu essen bestellen? Was hältst du von Chinesisch? Oder lieber Pizza?«

»Pizza, Pizza«, strahlte Finn.

»Pizza!«, jubelte auch Emma.

Frauke zuckte mit den Schultern. »Hab ich da noch eine Wahl?«

»Das Übliche?«, fragte Stephan, der schon den Flyer ihrer Lieblingspizzeria in den Händen hielt.

»Ja, klar, was sonst. Bei dir würden die Kinder heute ja sowieso nur Fast Food bekommen«, bemerkte sie ein wenig spröde. »Da ist es doch egal, ob ich dabei bin.«

Das war schon länger ein Thema zwischen den Ex-Eheleuten. Während Frauke versuchte, die Kinder gesund und vorbildlich zu ernähren, bekamen sie bei Stephan meistens vitaminarme, einfache Gerichte oder sogar Fast Food.

Die neue Flamme ihres Ex opferte nicht viel Zeit für ihre Ernährung. Gesund zu essen, hieß für sie, das richtige Restaurant auszuwählen. Da sich die Kinder aber nur ungern in derartige Restaurants schleppen ließen, bekamen sie kurzerhand ihre meist ungesunden Wünsche erfüllt.

»Auch auf die Gefahr hin, dass es dich diebisch freut; es läuft im Moment gerade nicht so gut zwischen Rebecca und mir. Auch ein Grund, warum ich mit dir reden wollte«, gestand Stephan.

In kürzester Zeit schossen Frauke etliche Fragen durch den Kopf. Was hatte dieses Geständnis wohl zu bedeuten? Ihr Ex gestand sich Niederlagen nur sehr widerstrebend ein. Skeptisch sah sie zu ihm rüber.

Er dachte doch jetzt hoffentlich nicht, dass es eine Genugtuung für sie war, wenn seine neue Beziehung scheiterte?

Scheiße! Es *war* eine Genugtuung!

Es hatte so wehgetan, als er sie damals verlassen hatte, gerade nachdem sie das Haus fertig gebaut hatten.

Der Gedanke an den erlittenen Seelenschmerz ließ Frauke innerlich stöhnen.

Gut, es war stressig gewesen, damals. Sie hatten sich in der Bauphase oft genug genervt angefahren, ungerecht behandelt und ungerecht behandelt gefühlt. Aber das wäre doch alles besser geworden. Das Schlimmste hatten sie doch schon hinter sich.

»Setz dich erst mal«, murmelte Stephan mit seiner Unschuldsmiene. Ein verbindliches Lächeln zeigte seine makellos gebleichten Zähne.

Nachdenklich nahm Frauke auf der Couch Platz und rieb sich über die Augen.

»Soll ich uns schon mal eine Flasche Wein raufholen?«, bemühte sich Stephan weiter. »Ich finde, die Pizza wird bekömmlicher, wenn man ein Glas Wein dazu trinkt.«

»Ja, ich weiß … und du weißt, dass du noch fahren musst.«

Ihre Augen suchten nach irgendetwas, mit dem sie ihre nervösen Hände beschäftigen konnte. Etwas, das sie von seinem Gesicht ablenkte.

Während der Trennung waren zwischen ihnen viele böse Worte gefallen. Eine harte Zeit, die gerade wieder in ihrem Gedächtnis präsent wurde und sie trocken schlucken ließ.

»Egal, ein Glas Wein darf ich doch wohl trinken, oder?«, antwortete ihr Ex ohne eine Spur von Irritation. »Bei was für Freunden warst du überhaupt? Ich habe deine Freundinnen alle durchtelefoniert. Da warst du jedenfalls nicht«, fügte er im Kontrollton an.

Was sollte jetzt dieser Mist? Es rotierte in Fraukes Hirn. Wie kam sie aus dieser Nummer wieder raus, ohne ihm auf die Nase zu binden, wo sie wirklich gewesen war und bei wem? Eigentlich ging es ihn ja gar nichts an. Egal! Angriff war immer noch die beste Verteidigung!

»Soll das hier jetzt ein Verhör werden? Du hast ja noch nicht einmal Bescheid gesagt, dass du früher hier bist.«

»Nein, das habe ich nicht, aber du warst ja bis jetzt auch immer zu Hause. Da war ich natürlich überrascht, dich nicht hier anzutreffen. Aber ich habe versucht, dich kurz vorher telefonisch zu erreichen. Allerdings war dein Handy aus! Also ... konnte ich dir gar nicht Bescheid sagen«, erklärte er süffisant und hob die Augenbrauen.

Diesen triumphierenden Blick hatte Frauke schon immer an ihm gehasst. »Was geht dich das eigentlich an? Ich bin dir doch keine Rechenschaft schuldig! Du machst doch auch, was du willst!«, fauchte sie und biss ihre Zähne aufeinander.

»Ist ja schon gut«, kam es ebenso genervt zurück. »Ich wollte dir nicht auf den Schlips treten! Natürlich kannst du machen, was du willst.« Abwehrend hob er beide Hände.

Wenn er das doch nur ernst meinen würde, aber dafür kannte sie ihn zu gut. Er durfte selbstverständlich ausbrechen, wenn er sich eingesperrt fühlte. Sie dagegen sollte brav zu Hause bleiben und auf die Kinder warten. Am besten noch darauf, dass er zu ihr zurückkam – natürlich in ewiger Sehnsucht.

Da hast du dich aber geschnitten mein Lieber!

Trotzdem fühlte sie sich angegriffen – und das schmerzte.

»Ich weiß bloß nicht, warum du so ein Geheimnis daraus machst, wo du warst. Was soll ich denn da wohl denken?«, schob Stephan noch einmal nach.

Fraukes Unmut wurde stärker, kroch wie ein heißes Kribbeln in ihren Kopf und verursachte ein pulsierendes Druckgefühl.

»Ich war bei einem … Kollegen … er liegt im Krankenhaus. Zufrieden?«

Jetzt blickte Stephan sie mit offenem Mund an. Sie konnte die Verachtung in seinem Blick erkennen. Er glaubte ihr nicht. Sie hatte noch nie gut lügen können.

Trotzdem hinterließ seine Reaktion in Frauke ein zufriedenes, inneres Grinsen. Er durfte ruhig eifersüchtig sein.

Von ihm ließ sie sich jedenfalls nichts mehr vorschreiben.

»Ist ja schon gut«, gab er plötzlich versöhnlich zurück. »Komm, trink einen Schluck Wein. Das hilft beim Entspannen.«

Sie wandte den Blick von seinem spöttischen Gesichtsausdruck, als er den Wein in die Gläser füllte. Sein Talent, ihre Gefühle zu übergehen, war grandios. Aber vor den Kindern, und um des lieben Friedens willen, sollte sie es besser ignorieren.

»Prost«, sagte er und nahm einen großen Schluck aus dem Glas.

Trotzig nahm Frauke ebenfalls einen großen Schluck. »Auf die Freiheit«, murmelte sie verärgert.

Die Kinder hatten mucksmäuschenstill das Schauspiel verfolgt. Frauke riskierte einen Blick hinüber und sah, wie Finn ängstlich schluckte. Er hatte weit aufgerissene Augen. Emma hatte einen trotzigen Blick aufgesetzt, während sie angespannt ihr langes Haar um den Zeigefinger wickelte.

Die beiden hatten in der Vergangenheit viel zu oft die Streitgespräche ihrer Eltern mitbekommen. Diese hatten in der heißen Phase, kurz vor der Trennung, eine ganz andere Qualität. Wie alle Kinder, hätten sie natürlich am liebsten, dass ihre Eltern sich verstanden und wieder zusammenkamen.

Also nahm Frauke gleich noch mal einen großen Schluck aus dem Weinglas und versuchte, ihr Temperament zu zügeln. Vor den Kindern zu trinken war immer noch besser, als vor ihnen zu streiten – oder nicht?

Stephan schien das Gleiche im Sinn zu haben. »Ich wollte dich nicht verärgern«, schlug er in versöhnlichem Ton vor. »Natürlich kannst du machen, was du willst und du bist mir auch keine Rechenschaft schuldig ... Nur die Kinder sollten nicht vernachlässigt werden ...«

Frauke stockte der Atem. Fast hätte sie sich an ihrem Wein verschluckt.

»Ich habe die Kinder nicht vernachlässigt«, presste sie heraus und leerte den Rest des Weinglases in einem Zug. Als sie das Glas abstellte, füllte Stephan es umgehend wieder auf.

»Das habe ich doch auch gar nicht gesagt, das war doch nur so allgemein formuliert«, konterte er. »Ich will dich nicht kritisieren, wirklich nicht.«

Sie merkte den Alkohol bereits. Dadurch fiel es ihr Gott sei Dank leichter, seine Provokationen an sich abperlen zu lassen. Sie hatte nur ein Croissant zu ihrem Kaffee in der Krankenhauskantine gegessen. Jetzt machte sich ein bohrender Hunger bemerkbar.

Bis die Pizza auf dem Tisch kam, leerte sie noch ein Glas Wein. Die nebelige Leichtigkeit umhüllte ihr Gemüt und hob die Laune etwas an. Beim Essen wurde nicht geredet, so die Familienregel, das trug zur weiteren Entspannung der Situation bei.

Stephan hatte es tatsächlich bei einem Glas Wein belassen.

»Was wolltest du denn mit mir besprechen?«, ließ Frauke ihrer Neugier freien Lauf, als sie mit dem Essen fertig waren.

Zu ihrer Überraschung standen die Kinder auf, nahmen das Geschirr und die Pizzakartons mit. »Wir räumen auf, dann könnt ihr in Ruhe reden«, erklärte Emma, als sich die beiden Kinder vollbepackt aus dem Wohnzimmer entfernten.

Frauke sah ihnen skeptisch hinterher. So hilfsbereit waren die Kinder normalerweise nicht. Das sah nach einem abgekarteten Spiel aus.

Stephan räusperte sich, um die Aufmerksamkeit wieder auf sich zu lenken. Der ganze Rest aus der Rotweinflasche landete umgehend in Fraukes Glas.

»Ja, also … das war jetzt nicht nur meine Idee, sondern auch die von den Kindern«, holte er aus. »Ich … wir wollten dich fragen, ob wir nicht alle zusammen in die Osterferien fahren wollen … Was sagst du?«

»Das kommt jetzt aber wirklich überraschend«, gestand Frauke. Plötzlich war die Leichtigkeit vom Alkoholkonsum verschwunden. Ihr brach der kalte Schweiß aus und sie wusste gar nicht so recht, wie sie auf den Vorschlag reagieren sollte. »Was wird das schon wieder? Willst du jetzt auf heile Patchworkfamilie machen?«

»Ich hab dir doch gesagt, das mit Rebecca läuft gerade nicht so gut. Möglicherweise war die Sache ein Fehler. Ich würde gerne in den Ferien ausführlicher mit dir darüber reden ... Natürlich ist sie dann nicht dabei.«

»Was heißt eigentlich: ›Läuft gerade nicht so gut‹?« Frauke machte dabei mit den Fingern Gänsefüßchen in der Luft. »Habt ihr Schluss gemacht, oder was?«

»Offiziell haben wir nur eine Beziehungspause eingelegt. Aber ich komme immer mehr zu dem Schluss, dass es zwischen Becky und mir nicht wirklich passt.«

»Und da fällt dir jetzt ein, dass es zwischen uns doch ganz gut gepasst hat? Also ich weiß nicht, darüber muss ich jetzt erst einmal gründlich nachdenken.« Angestrengt rieb sie sich über die Augen. »Du willst einen Neuanfang? Jetzt, nachdem die Scheidung durch ist?«

»Möglicherweise ... es liegt auch an dir ... und wie es in den Ferien dann so läuft. Ich hab mir gedacht, wir können das doch einfach auf uns zukommen lassen.«

Fraukes Handy klingelte und er linste neugierig herüber.

Sie hielt das Display so, dass er nichts sehen konnte. Es war eine Nachricht von Elias. Eigentlich war es ja nicht so klug, sie jetzt zu öffnen, aber ihre Neugier siegte. So versuchte sie, sich beim Lesen keine Gefühlsregung anmerken zu lassen.

– Bin gut zu Hause angekommen. Du siehst, du brauchst dir keine Sorgen zu machen. Melde mich morgen wieder. Ich vermisse dich jetzt schon ganz schrecklich. –

An die Nachricht waren unzählige Kusssmileys und Herzchen angehängt. Frauke lächelte. Sofort war sie wieder da, die Geborgenheit und das Gefühl der Vertrautheit. Und damit natürlich auch die Sehnsucht nach ihm. Also schrieb sie zurück:

– Du fehlst mir auch, ganz schrecklich. Ich habe aber leider im Moment keine Zeit! Bis morgen. :-* –

Als sich Stephan erhob, um neugierig auf ihr Display zu schielen, schickte sie die Nachricht schnell ab und steckte das Handy weg.

»Wer war das?«, fragte er ungeniert.

»Das geht dich nichts an. Musst du nicht los? Es ist schon spät.«

Stephans Zähne knirschten. Er nickte. »Ja, du hast recht, ich werde mich mal auf den Weg machen.«

Gott sei Dank stand er auf, griff seine Schlüssel und machte sich auf den Weg.

»Überlegs dir mit den gemeinsamen Ferien. Ich würde mich sehr freuen. Und die Kinder könntest du nicht glücklicher machen, das weißt du ja«, rief er ihr noch zu, als er seine Jacke überwarf.

Mit einem mulmigen Gefühlschaos blieb Frauke allein im Wohnzimmer zurück.

***

Elias steckte sein Handy wieder weg. Ziemlich erschöpft war er bei Christians Wohnung angekommen. Er nahm sich vor, diesmal auf den Rat der Ärzte zu hören und sich ins Bett zu legen. Womöglich hatten sie recht, wenn sie etwas von Lebensgefahr murmelten. Wie schon befürchtet, öffnete auch nach mehrmaligem Klingeln keiner. Nervös fuhr er sich durchs Haar.

Was nun?

Er kam nicht an seine Sachen und wo sollte er anfangen, nach Chris zu suchen? Bei Armin könnte man ihm vielleicht sagen, wo er zu finden war. Aber wenn nicht, hatte er den weiten, anstrengenden Weg völlig umsonst auf sich genommen. Armin ließ ihn nur übernachten, wenn er auch in seiner Kneipe auftrat. Daran war aber beim besten Willen nicht zu denken, und auf Armins Mitgefühl sollte er sich besser nicht verlassen.

Also zückte er sein Handy und wollte zumindest eine Lösung für diese Nacht finden. So schrieb er Tom und ein paar anderen Freunden, leider erfolglos. Meistens hatte er ja bei Frauen übernachtet und im Sommer auch schon mal im Freien. Die Liste seiner männlichen Übernachtungskandidaten war erschreckend kurz.

Trotzdem kam nur ein männlicher Kandidat infrage, denn er wollte nur noch eine Frau.

Wenn er mit Armin ein festes Engagement eingehen würde, könnte er vielleicht dessen Gästezimmer dauerhaft bekommen. Nur, dafür müsste er sich erst mal wieder gesund und kräftig fühlen.

Er konnte die Sache drehen und wenden, wie er wollte, es gab nur noch eine einzige Lösung. Denn hier auf dem zugigen Flur riskierte er seine Gesundheit.

Zögernd wählte er die Nummer, die er über ein Jahr nicht mehr gewählt hatte. »Mama?«

»Elias, mein Junge bist du das? Ist das deine neue Handynummer? Elias? Geht es dir gut? Wo bist du?« Er hörte ein Schluchzen am anderen Ende der Leitung. »Elias? Alles Okay? Junge, sag doch was!«

»Mama? Ich brauche deine Hilfe. Kann ich zu dir kommen?«

Kurze Zeit war Stille in der Leitung.

»Ja natürlich kannst du das. Du kannst immer kommen. Das weißt du doch«, schluchzte sie.

»Ich komme aber nur, wenn daran keine Bedingungen geknüpft werden. Mir geht es gesundheitlich nicht ganz so gut.«

Wieder folgte eine Pause.

»Ja, komm einfach. Oder soll ich dich lieber abholen? Wo bist du?«

Erleichtert atmete Elias aus. »Es wäre super, wenn du mich abholen könntest. Ich bin vor dem Haus von Christian. Du weißt doch noch, wo der wohnt, oder?«

»Ja ... ja, natürlich weiß ich das. Ich bin in zehn Minuten da, bitte sei dann vorm Haus, ja?«

»Mach ich, bis gleich.« Sofort beschlich ihn das Gefühl, einen Fehler begangen zu haben. Aber er konnte ja sofort wieder abhauen, wenn es nicht klappte. Es wäre wirklich schön, seine Mutter nach der langen Zeit einmal wiederzusehen.

Elias' Mutter schlug die Hand vor den Mund, als sie ihn wenig später mit dem weißen Audi SUV vor dem Haus einsammelte. »Mein Gott Junge, du siehst ja aus wie der Tod! Komm, steig ein. Hast du keine Sachen dabei?«

»Dir auch Hallo. Nein, meine Sachen sind in Christians Wohnung und der hat sein Handy aus ... oder nicht geladen. Weiß der Teufel, wo der sich immer rumtreibt«, fluchte Elias, während er sich anschnallte.

Sofort überfiel ihn ein schlechtes Gewissen. Hoffentlich waren das jetzt nicht schon wieder zu viele Informationen für seine Mutter. Die brachte es glatt fertig und setzte sich mit Chris' Vater in Verbindung.

»Lass uns nach Hause fahren«, erwiderte sie und strich ihm übers Haar.

Nach Hause ... auch wenn er sich innerlich so lange gesträubt hatte, das klang gut.

Erschöpft schloss Elias die Augen und lehnte sich im Sitz zurück. Er hatte jetzt keine Lust auf Gespräche oder Erklärungen. Deshalb war er seiner Mutter dankbar, dass sie ihre Neugier zügelte.

Als sie die Wohnung des Oberkassler Hauses betraten, wurden Erinnerungen an seine Kindheit wach. Zu Hause, das war doch etwas Besonderes. Ihn überkam Dankbarkeit, dass er so etwas wie eine geborgene Kindheit gehabt hatte. Auf der Straße hatte er viele Menschen kennengelernt, die so etwas nie hatten erfahren dürfen. Viele hatten sich ihr Leben lang unerwünscht gefühlt. Andere waren durch einen Schicksalsschlag vollkommen aus der Bahn geraten.

»Komm mein Schatz, setz dich erst einmal aufs Sofa. Soll ich dir etwas bringen? Einen Tee vielleicht?« Ihr Blick war liebevoll und besorgt zugleich. So, wie nur Mütter ihre Kinder ansehen.

»Ja, ein Tee wäre jetzt wirklich nicht schlecht«, antwortete Elias mit einem Seufzer und genoss den Rheinblick durch das große Panoramafenster im Wohnzimmer.

Auf dem Wasser, das in der Nachmittagssonne glitzerte, fuhr ein Schlepper rheinaufwärts. Diesen tollen Ausblick hatte er als Kind immer für selbstverständlich gehalten, dabei war so etwas nur ganz wenigen vergönnt.

»Ich habe eigentlich nie zu schätzen gewusst, wie schön der Ausblick hier ist«, gestand er.

»Mein Schatz, wenn du willst, kannst du jederzeit zurückkommen.«

»Ja, ich weiß, ich bin auch wirklich dankbar dafür. Aber es wäre nicht gut für uns beide, wenn ich hier wieder einziehen würde. Das weißt du auch.«

Seine Mutter seufzte.

»Ja, das ist wohl wahr. Es ist nur schwer zu akzeptieren, dass die Kinder irgendwann erwachsen werden«, sagt sie und setzt sich zu ihm aufs Sofa. »Dass ich das mit deiner Schuld, damals, nicht so gemeint habe, das weißt du, oder?«

Elias nickte nachdenklich und blickte unverwandt zum Fenster raus. »Ja, damals hat deine Trauer gesprochen, schon klar … mach dir keinen Kopf.«

»Ingwertee, machst du mir einen Ingwertee mit Honig?«, fragte er plötzlich und wandte sich wieder seiner Mutter zu.

»Ja, natürlich mache ich dir deinen Ingwertee. Mit Orange?«

Sie legte die Hand auf sein Knie und sah ihn innig an. Als sie aufstand, um in die Küche zu gehen, nahm er ihren vertrauten Geruch wahr.

»Möchtest du mir jetzt erzählen, was mit dir los ist? Bitte, spann mich doch nicht so auf die Folter. Ich hab dich so vermisst im letzten Jahr, hab mir solche Sorgen gemacht« sagte sie, als sie die Tasse vor ihm hinstellte.

Der fürsorgliche Blick seiner Mutter ließ Elias ein wenig das Herz schwer werden. Er sollte vielleicht doch ein bisschen auf sie zugehen.

»Nichts Schlimmes. Ich hatte nur einen Infekt, muss Antibiotika nehmen. Aber Chris ist nicht da und meine Sachen sind alle in seiner Wohnung.«

Aufmerksam musterte Elias' Mutter ihn, während sie auf weitere Ausführungen wartete. Elias rollte genervt mit den Augen. Warum mussten Mütter eigentlich immer alles wissen?

»Mama, ich bin ziemlich fertig, können wir das Verhör ein andermal fortführen? Ich möchte mich einfach nur ins Bett legen und ausschlafen«, stöhnte er und nippte an seinem Tee.

Seine Mutter lächelte verständnisvoll. Sie wollte auf keinen Fall etwas Falsches sagen – gut so.

»Deine alten T-Shirts sind noch im Schrank, nimm dir eins davon zum Schlafen.«

Er nickte, stellte die leere Tasse auf den gläsernen Couchtisch und machte sich auf zum Gehen.

»Elias«, sagte seine Mutter leise, kurz bevor er die Tür erreicht hatte. »Ich bin froh, dass du wieder zu Hause bist.«

Elias hielt an und drehte sich um. »Ich auch.«

Kapitel 10 Lebenspläne

Noch immer saß Frauke allein auf dem Sofa und starrte vor sich hin. Inzwischen war es schon dunkel geworden. Ihre Kinder hatten sich auch noch nicht wieder nach unten getraut.

Gerade schien ihr Leben ohne Stephan weiterzugehen, da wollte er wieder zurückkommen. Immer wieder neue Lebenspläne entwerfen? Sie sehnte sich danach, irgendwo anzukommen.

Vor ihrer Begegnung mit Elias hätte sie ihn vielleicht mit offenen Armen empfangen. Aber jetzt ...?

Nach der schmerzlichen Trennung waren ihre Gefühle gerade wieder zum Leben erwacht und jetzt kam ihr Mann und tat so, als wäre nichts gewesen. Nichts von Bedeutung – natürlich.

Vielleicht konnte eine zweite Weinflasche diese innere Leere füllen, die von ihr Besitz ergriffen hatte. Sie öffnete noch eine Flasche, schenkte ein, trank hastig und spürte, wie sich im Bauch eine gewisse körperliche Wärme breitmachte. Ein schwacher Trost.

Da meldete sich wieder ihr Handy:

– Ich liege schon im Bett. Du siehst, ich bin ganz brav. Aber ich muss immer noch an dich denken. Ich kann gar nicht schlafen und würde mich so gerne wieder an dich kuscheln. –

Die Leere verwandelte sich in einen Trennungs-schmerz. Ihr Magen fühlte sich an wie Stein. Frauke zog ihre Beine an und stellte sie auf das Sofa und legte den Kopf darauf, unfähig zu irgendeiner Handlung.

Wieder gab das Handy einen Ton von sich:

– Du fehlst mir so! Ich weiß gar nicht, was ich ohne dich machen soll. ICH LIEBE DICH! –

Frauke starrte auf das Handy, heiße Schauer liefen durch ihren Körper. Als wäre ihr versteinerter Magen aus Eis gewesen, das plötzlich verdampfte, löste sich der Druck in ihrem Magen. Der daraus folgende Emotionstsunami bahnte sich seinen Weg nach oben, um in einer Tränenflut auszubrechen. Hilflos ließ sie dem erleichternden Wasser seinen Lauf.

Das laute Schluchzen lockte die Kinder herunter. Besorgt setzten sie sich zu beiden Seiten ihrer Mutter auf das Sofa.

»Mama, warum weinst du?«, fragte Finn ängstlich und strich ihr besorgt über den Rücken.

Emma blickte auf das Handy, das in diesem Moment wieder klingelte. Zögernd griff sie danach und gab es ihrer Mutter. Durch den Tränenschleier erkannte Frauke:

– Hab ich etwas Falsches gemacht? Warum meldest du dich nicht? Bitte sag etwas! –

Frauke warf das Handy wieder auf den Tisch und wischte ihre Tränen mit dem Ärmel ab. Finn hatte inzwischen Taschentücher hervorgekramt und reichte ihr eins. Dankbar nahm sie es und schnäuzte sich.

Emma hatte währenddessen das Handy ergriffen und die Nachrichten gelesen. Ratlos blickte sie zu ihrer Mutter.

»Alles in Ordnung. Geht schon mal nach oben und macht euch für die Nacht fertig, es ist Zeit. Ich komm gleich, ja?«, wies sie die beiden schluchzend an.

Betreten trollten die Kinder sich. Frauke begrub ihr Gesicht in den Händen, sammelte sich. Zitternd griff sie ihr Handy und schrieb zurück:

– ICH LIEBE DICH AUCH! Ich kann im Moment nicht schreiben. Bis Später. –

Eine Weile blickte Frauke noch in die Leere, dann gab sie sich einen Ruck und stand auf. Gleich würde sie Elias noch etwas schreiben. Doch vorher wollte sie schnell den Kindern eine gute Nacht wünschen.

»Mama, warum hast du geweint?«, fragte Finn, als sie an seiner Bettkante saß.

»Ach, das ist kompliziert, mein Schatz. Das erkläre ich dir ein andermal, nicht heute Abend, ja?«, sagte sie zärtlich, während sie ihm übers Haar strich.

»Mama, hast du Papa noch lieb?«, fragte Finn und spielte mit dem Zipfel seiner Bettdecke.

»Klar hab ich ihn noch lieb, ohne ihn würde es dich ja gar nicht geben.«

»Ich glaube, Papa hat dich auch wieder lieb. Er hat gestern auch geweint, wie du. Emma hat gesagt, es ist wegen Becky.«

Ein bitterer Kloß blockierte Fraukes Hals.

»Fährst du mit uns in die Osterferien? Das wäre so toll. Bitte, Mama!«

Frauke schluckte. »Mal sehen, ich weiß noch nicht. Bitte schlaf jetzt, ja?«

»Gut«, erwiderte Finn ungewöhnlich artig.

Sie gab ihrem Sohn noch ein Küsschen auf die Stirn und ging leise aus dem Zimmer.

Als sie in Emmas Zimmer kam, legte diese ihr Buch zur Seite und blickte sie ernst an.

»Das war doch bestimmt dieser Typ vom Rosenmontag, oder? Du hast dich verliebt, stimmt's?«, erkundigte sie sich altklug.

Frauke presste die Lippen aufeinander und nickte. Sie fragte sich, wie Emma so schnell, so verständig geworden war. Es kam ihr vor, als wäre sie durch die Scheidung viel schneller erwachsen geworden.

»Dann wird das wohl nichts mit den gemeinsamen Osterferien, oder?«

Sie musste einmal tief Luft holen. »Ich weiß noch nicht, ich muss mir das noch einmal gut überlegen, ja?«

»Ich hoffe, du machst das auch wirklich und sagst das nicht nur.«

»Ich sage nie etwas nur, das weißt du doch. Papa hat mich heute wirklich mit seinem Vorschlag überrascht. Ich brauche noch Zeit, mein Schatz. So ein gemeinsamer Urlaub ist für uns alle doch nur schön, wenn wir uns auch vertragen, oder?«

Ja, sie selbst brauchte Zeit. Konnte man die vielen gemeinsamen Jahre so einfach entsorgen, zugunsten von etwas, das die pure Ungewissheit bedeutete?

»Und was ist mit dem Typen vom Karneval?«, fragte Emma, als könnte sie Gedanken lesen.

Erst wollte sie ›Bis jetzt noch gar nichts‹ sagen. Aber das stimmte ja nicht.

»Ehrlich gesagt, ich weiß es noch nicht, mein Schatz. Ich kenne ihn doch noch nicht so lange.« Ihre Tochter sah sie skeptisch an, als Frauke ihr übers Haar strich.

»Ich verspreche dir, ich denke gründlich über Papas Vorschlag nach.«

Emma bekam noch ein Küsschen auf die Stirn, dann löschte Frauke das Licht und ging leise aus dem Zimmer.

Ihre Beine zitterten ein wenig, als Frauke wieder nach unten ins Wohnzimmer ging. Eigentlich fühlte sie sich viel zu kraftlos, um noch mit Elias zu schreiben. Was sollte sie ihm schreiben? In ihr tobte ein Chaos zwischen Wahrheit, Pflicht – oder Gefühl.

Zögernd tippte sie:

– Entschuldigung, ich hatte vorhin keine Zeit. Mein Ex-Mann war da. Er möchte mit der ganzen Familie in die Osterferien fahren. –

Scheiß auf die Wahrheit! Sie löschte die letzten beiden Sätze und schrieb dafür die Wahrheit:

– Manchmal ist Familie ganz schön anstrengend. Ich bin total fertig, gehe jetzt besser ins Bett. Du fehlst mir auch. Ich würde mich genauso gerne an dich kuscheln. Bis morgen. :-* –

***

Die Sonne schien durch das Küchenfenster, als sich Elias zu seiner Mutter an die Küchentheke setzte.

Diese hatte eine Schürze über ihr Yogaoutfit gebunden und brutzelte etwas am Herd, das verführerisch nach Speck duftete.

»Morgen Mama«, grüßte er gut gelaunt. Direkt nach dem Aufwachen hatte er Fraukes Nachricht gelesen und sich klar gemacht, dass morgen in diesem Fall heute bedeutete. Er konnte es kaum erwarten, mit ihr zu schreiben.

»Morgen mein Schatz. Ich hab mir gedacht, ich mach dir mal dein Lieblingsfrühstück. Ich meine, du kannst ein bisschen mehr auf den Rippen gut gebrauchen. Möchtest du einen Kaffee? Der steht da drüben in der Maschine.« Sie füllte das Rührei auf einen Teller und stellte ihn vor ihm hin. »Toast?«

»Lecker, danke!«, erwiderte er, während er sich erhob, um sich einen Kaffee einzuschenken. »Ich hab wegen der Krankheit ein bisschen abgenommen. Aber mach dir deswegen jetzt bitte keine Sorgen, das ist schnell wieder drauf.«

»Na ja«, seufzte sie, »Mütter machen sich eben immer Sorgen. Das hat die Natur so festgelegt.« Ihre Augen glänzten vor Liebe.

Das war schon fast wieder zu viel für Elias. Er aß schweigend sein Rührei, während er seiner Mutter beim Aufräumen der Küche zusah.

Sie sah wirklich gut aus, für ihr Alter. Auf der Straße sehen wesentlich jüngere Frauen viel älter aus als sie. Eigentlich hatte sie ja auch den ganzen Tag nichts anderes zu tun, als sich um sich selbst zu kümmern.

Jeden Tag Kosmetik, Massagen, Personal Trainer, Tennis und nicht zuletzt: Shoppen! Da bleibt man in Bewegung ...

»Wie sieht eigentlich dein Tag heute aus? Du musst zum Arzt?«, fragte sie ihn im beiläufigen Ton.

Elias war klar, dass es nur beiläufig wirken sollte. Seine Mutter versuchte mal wieder krampfhaft, Normalität und Harmonie zu vermitteln – ihre Spezialität.

»Ja, ich muss heute noch zur Caritas, mir die Antibiotikatherapie besorgen«, sagte er und rüstete sich innerlich gegen den unvermeidlichen Proteststurm.

»Das ist nicht dein Ernst, natürlich gehst du zu Doktor Schmidt. Ich werde da gleich anrufen und Bescheid geben, dass du vorbeikommst.«

»Du hast es immer noch nicht kapiert! Ich möchte ein unabhängiges Leben!«

Elias' Mutter schluckte. »Schatz, was ist das denn für ein Leben. Das kann doch nicht dein Lebensplan sein, dass du nicht einmal krankenversichert bist. Bleib doch einfach hier, bei mir. So lange, bis du weißt, wie dein Leben aussehen soll«, flüsterte sie unsicher.

»Ich weiß genau, wie mein Leben aussehen soll! Jedenfalls nicht so wie hier, wo man wie auf einer Insel lebt, jenseits von Gut und Böse! Ich will frei sein und von meiner Musik leben. Punkt!«

Seine Mutter setzte sich ihm gegenüber auf einen Hocker und vergrub ihr Gesicht in den Händen.

Elias hatte aber trotzdem das Bedürfnis, weiter Klartext zu sprechen. Nur so konnte er sich vor den Erwartungen seiner Mutter schützen.

»Ich will nicht so enden wie Papa! Warum verstehst du das nicht?«, schob er ungeduldig nach.

»Das hab ich ja mittlerweile kapiert. Mir bleibt ja gar nichts anderes übrig«, erwiderte sie verzweifelt. »Aber warum kannst du nicht einfach hier leben? Du treibst dich doch nur herum, immer mit der Gefahr, den Boden unter den Füßen zu verlieren. Musik machen kannst du doch auch hier, bei mir, in Sicherheit.«

Elias sah, wie Tränen in ihre Augen stiegen, und schluckte. Diese Momente waren immer besonders hart, deshalb wurde er jetzt etwas sanfter im Ton.

»Mama, ich hab schon so oft versucht, dir das zu erklären. Hier lebe ich in einer Blase, ganz weit weg von einem echten, harten Leben. Ich habe so viele neue Erfahrungen gemacht im letzten Jahr, nur so kann ich mich inspirieren. Wenn ich hierbleibe, dann reicht es doch höchstens, um Schlager zu komponieren.«

Seine Mutter hielt den Blick gesenkt, schluchzte und atmete tief und stockend ein. Elias betrachtete sie mit schwerem Herzen und hatte das Gefühl, sie trösten zu müssen.

»Fuck! Wenn es dir hilft, dann kann ich ja zu Doktor Schmidt gehen. Okay? Ich werde nicht auf alle Ewigkeit so weiterleben. Das kann ich dir versprechen. Bitte, bitte, hör jetzt auf zu weinen«, flehte er.

Hoffnungsvoll blickte seine Mutter auf.

Eine Woge Liebe überflutete ihn. Er ging auf sie zu und umarmte sie tröstend. »Ich mache mir im Moment mehr Gedanken um meinen Lebensplan, als du vielleicht glaubst. Den Grund dafür wirst du hoffentlich bald erfahren. Okay?«

Seine Mutter nickte stumm und erwiderte die Umarmung.

Elias saß in einem dick gepolsterten Ledersessel, im Wartezimmer von Dr. Schmidt und sah sich um. Der Warteraum sah fast aus wie ein Wohnzimmer. Er enthielt nur drei breite Ledersessel, einen kleinen Tisch mit Zeitschriften und Zimmerpflanzen. Dr. Schmidt behandelte nur Privatpatienten, da brauchte natürlich keiner lange zu warten.

Elias nahm sein Handy heraus und sah nach, ob Frauke sich schon gemeldet hatte. Seit sie ihm geschrieben hatte, dass sie seine Gefühle erwiderte, war ihm etwas leichter ums Herz. Trotz allem wollte ein ungutes Gefühl nicht weichen.

Immer noch keine neue Nachricht. Na ja, eine Mutter hatte morgens bestimmt genug mit ihren Kindern zu tun. Ob er einen Vorstoß wagen sollte? Sollte er Farbe bekennen und zugeben, dass er auf eine Nachricht wartete? Oder war das vielleicht die falsche Taktik?

Nie hatte er sich beim Frauenerobern Gedanken über seine Vorgehensweise gemacht. Wenn es bei der einen nicht klappte, dann stand die nächste bereit.

Und jetzt? Jetzt drehten sich seine Gedanken nur noch darum, wie man eine geschiedene Frau mit Kindern für sich gewinnt.

Plötzlich fühlte er sich verletzlich. Sein Herz derartig zu entblößen war gefährlich. Man lief immer Gefahr, dass es jemand herausriss und dann darauf herumtrampelt. Vielleicht war es zu früh gewesen, seine inneren Gefühlsstürme zu gestehen. Aber wenn es um diese Frau ging, hatte sein Verstand einfach keine Chance.

In diesem Fall war Angriff wohl die beste Verteidigung. Schließlich hatte er sich schon offenbart und sie eine entsprechende Antwort gegeben. So fasste er sich ein Herz und schrieb:

– Sitze im Wartezimmer vom Arzt und denke schon wieder an dich. Du fehlst mir! Was machst du gerade? –

Gebannt blickte er auf das Display. Die Antwort ließ auf sich warten. Da wurde er zum Arzt gerufen.

Sein Herz schlug bis zum Hals, als er während der Sprechstunde den Klingelton für eine eingehende Nachricht vernahm. Kaum war er wieder draußen, zog er sein Handy hervor. Fast hatte er den Eindruck, sein Herz stolperte.

– Du fehlst mir auch. Ich bin auf der Arbeit, habe gerade Pause und kann dir daher schreiben. –

Gott sei Dank! Sie schien bisher für eine Antwort keine Zeit gehabt zu haben. Ein erleichtertes Lächeln zwang sich in Elias' Gesicht. Jetzt war er neugierig geworden, denn eigentlich wusste er nicht viel von ihrem Leben. Karneval hatten sie sich zwar prächtig unterhalten, aber Privates hatte er möglichst umschifft. Aus guten Gründen.

– Was arbeitest du? –

Er überlegte, welche Arbeit wohl zu ihr passen würde, während er aufs Handy starrte. Eine Künstlerin wohl nicht, aber auch einen Bürojob konnte er sich eigentlich nicht so recht vorstellen.

– Ich mache die Buchhaltung in einem kleinen Betrieb, halbtags. –

Elias erschrak direkt ein wenig, als er das las. Büroarbeit – und dann noch öde Buchhaltung. Als wären seine Gedanken übertragen worden, kam:

– Eigentlich habe ich BWL studiert, aber da ist halbtags nichts zu bekommen. Ich brauche den Nachmittag frei, um mich um die Kinder zu kümmern. Was genau machst du eigentlich? –

Fuck! Nun hatte er sich selbst in Bedrängnis gebracht. Was sollte er jetzt schreiben? Straßenmusiker ging ja wohl gar nicht.

– Ich erhole mich gerade ganz brav von meiner Krankheit. –

Puh, gerade noch mal so gerettet! Aber leider hielt die Freude darüber nicht lange an.

– Nein im Ernst, du hast nur gesagt, dass du selbstständig bist. Es interessiert mich natürlich, aber jetzt muss ich weiterarbeiten. Du hast mit der Antwort also Zeit bis heute Abend, denn so lange werde ich beschäftigt sein. –

Oh Mann! Jetzt hieß es, sich etwas einfallen lassen. Er müsste den Vertrag mit Armin dringend vorantreiben. Hoffentlich stand der noch zu seinem Angebot von vor einem halben Jahr. Damals war Elias noch nicht bereit dafür gewesen, aber jetzt würde der Vorschlag gut in seinen Lebensplan passen. Also machte er sich auf den Weg zum Angelique's.

Erleichtert besiegelte er ein paar Stunden später die Abmachung mit Armin per Handschlag. Er hatte ausgehandelt, jeden Abend zwei Stunden zu spielen, im Gegenzug dafür bekam er freie Kost und Logis. Jeden zweiten Samstag hatte er frei, dann konnte er die Zeit mit Frauke genießen. Taschengeld konnte er mit Straßenmusik erspielen. Alles schien sich in die richtige Richtung zu entwickeln. Endlich war er von der Straße weg und trotzdem selbstständig. Es war ja nicht für ewig.

Beruhigt und erschöpft ging er nach Hause, zu seiner Mutter. Am Wochenende würde er bei Armin einziehen, denn dann begann sein Vertrag.

***

Frauke sammelte noch etwas Spielzeug vom Boden des Wohnzimmers und freute sich auf ihren Feierabend. Seit sie nur mit den Kindern wohnte, war der Feierabend eine einsame Angelegenheit. Aber heute Abend würde sie noch mit Elias schreiben, deshalb fühlte sie sich gleich etwas weniger einsam. Trotzdem nagte die Ungewissheit an ihr. Sie wollte endlich wissen, in wen sie sich verliebt hatte.

Als sie endlich auf ihrem Polstersofa saß, griff sie sofort zum Handy und schrieb:

– So, jetzt mal Butter bei die Fische, was machst du genau? –

Ungeduldig wartete sie auf eine Antwort. Als diese kam, liefen ihr heiße Schauer über den Rücken. Geschockt blickte sie auf ihr Handy.

– Ich bin Musiker, Singer/Songwriter. Im Moment habe ich ein festes Engagement in einer Kneipe. –

Übelkeit stieg in ihr auf. Der altbekannte Stein hatte wieder einmal Besitz vom Magen ergriffen und kalter Schweiß brach aus. Das war also die Ursache für ihr ungutes Gefühl. Warum hatte sie ihn nicht schon längst danach gefragt? Sie war ratlos.

Hektische Gedankenspiralen liefen durch ihre Gehirnwindungen. Sie stand auf, lief unruhig durchs Wohnzimmer und setzte sich wieder. Sie stand auf, holte sich etwas zu trinken und beachtete das Glas nicht mehr. Sie stellte den Fernseher an, ohne zu wissen, was dort gesendet wurde.

Ständig forderte das Nachrichteneingangssignal erneut ihre Aufmerksamkeit. Sie ignorierte es.

Gerade hatte sie eine Tafel Schokolade aufgerissen, als das Festnetz klingelte. Zuerst wollte sie auch das nicht beachten, dann fiel ihr ein, dass Elias ihre Festnetznummer gar nicht kannte. Zögernd hob sie ab.

»Hallo Frauke? Stephan hier.«

»Stephan? Was gibt's?«, erwiderte sie in einem betont sachlichen Ton.

»Ich wollte einmal nachhören, ob du schon zu einer Entscheidung gekommen bist. Möchtest du mit uns in die Osterferien fahren? Meine Eltern werden später auch in unserem Ferienhäuschen sein. Das wird bestimmt gut. Die können ab und zu die Kinder übernehmen und wir haben dann etwas Zeit für uns.«

»Stephan, ich weiß nicht, wo du diese Nonchalance hernimmst, so zu tun, als wären wir gar nicht geschieden. Ich für meinen Teil kann jedenfalls nicht so schnell zum Alltag übergehen und weitermachen, als wäre nichts gewesen«, giftete sie ins Telefon.

»Ja ... ja, das sehe ich ja ein. Aber du musst mir auch glauben, wenn ich dir sage, dass ich erkannt habe, dass die Sache mit Becky ein Fehler war. Willst du die ganze gemeinsame Zeit einfach wegwerfen, nur weil ich etwas vom Weg abgekommen bin?«

Etwas vom Weg abgekommen. Möglicherweise war sie das jetzt auch selbst. Sie wollte auf keinen Fall einen Fehler machen.

»Ich ... ich bin, ich ... habe mich noch nicht entschieden ... brauche noch Zeit. Bitte, wenn es dir wirklich ernst ist, mit uns beiden, dann gibst du sie mir«, stotterte sie schließlich.

»Na ja ... wenn du meinst ... dann kann man wohl nichts machen«, die Enttäuschung war Stephans Antwort anzumerken. »Ist eigentlich irgendetwas? Du klingst so anders.«

»Nein, nein, alles gut«, beeilte sich Frauke, zu antworten. »Ich bin nur etwas müde.«

»Hm, wie auch immer. Ich hab für dich immer ein offenes Ohr, das weißt du ja. Mach's gut.«

Offenes Ohr, ja klar, das war ihm wohl plötzlich gewachsen. Frauke schüttelte den Kopf und rieb sich erschöpft über die Stirn. Sie musste jetzt mit jemandem über diese neue Lage der Dinge sprechen. Deshalb griff sie zum Hörer und wählte Karinas Nummer. Karina war ihre Vertraute in allen Lebensfragen. Sie war ein Muttertier, genau wie Frauke, und zeigte immer Verständnis, wenn Frauke mit Problemen kämpfte.

»Kari? Kari, ich bin so verzweifelt ... ich weiß nicht mehr weiter«, sprudelte sie ins Telefon.

»Nun beruhig dich doch erst mal, hol ganz tief Luft, ja? Und jetzt erzählst du mir alles ganz langsam. Okay?«

Frauke tat, was ihr empfohlen wurde und ließ erst einmal tief Luft in ihre Lungen. Sofort war sie etwas ruhiger. »Elias, ich hatte doch gesagt, er ist selbstständig ... Heute hab ich erfahren, er ist Musiker!«

»Ach du Scheiße!«

»Genau! ... Musiker mit festem Engagement in einer Kneipe«, Fraukes Stimme sackte zum Ende des Satzes immer mehr ab.

»Mist! Und was jetzt? Was willst du tun?«, fragte Karina mitfühlend.

»Ich weiß es nicht ... bin völlig ratlos, sag du's mir. Aber damit noch nicht genug. Stephan möchte einen Neuanfang, das mit Rebecca wäre ein Fehler gewesen. Er will mit mir und den Kindern zusammen in die Osterferien fahren.«

»Darauf willst du dich doch wohl nicht ernsthaft einlassen, oder? Schieß den Kerl in den Wind! Er hat dir so wehgetan, Frauke. Der ändert sich nicht!«, Karinas sonst so leise Stimme erhob sich.

»Aber, was ist mit den Kindern? Sie wünschen es sich so sehr. Bin ich nicht verpflichtet, es schon allein ihretwegen zu versuchen?« Frauke hielt die Faust vor den Mund und biss hinein, während sie auf Karinas Antwort wartete.

»Meiner Meinung nach nützt es den Kindern nur, wenn die Eltern sich verstehen. Ehrlich gesagt, ich glaube nicht, dass ihr euch noch einmal zusammenraufen könnt. Du hast ihm doch noch nie etwas recht machen können. Denk mal drüber nach.«

Frauke schloss die Augen und nickte.

»Und was den Musiker betrifft ... was für ein Gefühl hast du bei ihm?«

»Wenn ich mit ihm zusammen bin, bin ich irgendwie ein anderer Mensch. Aber immer schwingt dieses ungute Gefühl mit, du weißt ja warum ... Das ist wohl instinktiv ... Und seit ich weiß, dass er Musiker ist, hat sich dieses Gefühl eindeutig in Angst umgewandelt.«

»Und du willst jetzt dieser Angst nachgeben und zurück zu Stephan, weil er dir Sicherheit bietet? Dass er dir keine Sicherheit bietet, solltest du aber langsam kapiert haben. Wie nah seid ihr euch eigentlich gekommen, Elias und du?«

»Ehrlich gesagt ... körperlich gesehen, noch nicht so nah ... Wenn ich mit ihm zusammen bin, fühle ich so eine ... tiefe Verbundenheit. Ich glaube ... ich bin ... verliebt.«

»Und er? Weißt du, was er empfindet?«

»Wenn ich mit ihm zusammen bin, dann kann ich sie in seinem Gesicht sehen, in seinen Augen ... die Liebe. Er hat mir geschrieben, er liebe mich.«

»Hm ... das hört sich jetzt nicht gerade so an, als würde es noch ein Zurück für eure Gefühle geben. Wenn du meinen Rat willst, dann hör auf dein Herz. Sieh dir diesen Elias noch einmal ganz genau an und gib ihm eine Chance. In der Liebe gibt es keine Sicherheit. YOLO, Frauke! Diesmal muss ich Manu recht geben. Manchmal muss man etwas riskieren, wenn man eine Chance auf Glück haben will. Es ist doch gar nicht gesagt, dass alles schief gehen muss, was schief gehen kann.«

»Ja ... ja, vielleicht ... vielleicht hast du recht«, stimmte Frauke zögernd zu.

»Und vor allen Dingen: Schlaf noch einmal drüber!«

»Hm ... wenn ich schlafen kann ...«

Kapitel 11 Gleichklang

Auch nach dem Gespräch mit ihrer Freundin wollte Fraukes Angst nicht so recht weichen. Wie betäubt saß sie schon wieder auf dem Sofa und starrte vor sich hin.

Da machte sich noch einmal ihr Handy bemerkbar. Zögernd, wie nach einer verbotenen Frucht, griff Frauke danach. Es brauchte noch einmal Zeit, bis sie sich endlich traute ihre Nachrichten anzusehen.

– Frauke, was ist los? Warum antwortest du nicht? –

Sie scrollte weiter:

– Hab ich etwas Falsches gesagt? Bitte melde dich! –

Nächste Nachricht:

– Frauke, du machst mich wahnsinnig! Bitte melde dich doch! –

Aber die aktuelle Nachricht, die konnte sie nicht richtig zu Ende lesen, denn in ihren Augen sammelten sich Tränen.

- Bei jedem Atemzug schmerzt es,
weil ein Teil von mir fehlt,
sich nichts mehr richtig anfühlt.
Ohne dich,
hab ich nur Honig im Kopf.

Ich möchte nur eins wissen: Gilt unsere Verabredung noch? –

Frauke schüttelte den Kopf. Auch bei ihr schmerzte jeder Atemzug, fühlte sich nichts mehr richtig an. Die Sehnsucht hatte sie fest im Griff und sie beschloss, ihre Angst zu überwinden.

– Ja, sie gilt noch. Alles wie besprochen. Ich hatte nur gerade ein paar familiäre Probleme. Ich liebe dich! Bis Samstag. –

Erschöpft legte Frauke das Handy beiseite. Das »Ich liebe dich« hatte sie zwischendurch einmal gelöscht und dann doch wieder dazwischen geschrieben. Samstag würde sich zeigen, was all diese frühen Liebesschwüre wert waren.

***

Aufgeregt schnappte Elias nach Luft, als er die Nachricht las. Diese Angst, die er eben durchgestanden hatte, war irrwitzig. Er konnte den Gedanken, er könnte Frauke nicht genügen, einfach nicht ertragen.

Es war wohl das Richtige gewesen, die angstdurchmischte Sehnsucht in einem Prosavers zu verarbeiten. Bis Samstag würde er Frauke jeden Tag einen Vers schicken. Sie sollte an ihn denken. Und wenn sie ihn wollte, würde sie ihn bekommen, mit Haut und Haar.

Sobald er Zeit erübrigen konnte, schrieb er jeden Abend mit ihr. Belanglosigkeiten und Liebesschwüre, nur nicht wieder so dünnes Eis betreten ...

***

Sein Herz schlug ihm bis zum Hals, als er am Samstagnachmittag vor ihrer Haustür stand und auf den Klingelknopf drückte. Nervös rollte er die rote Rose zwischen seinen Fingern.

Was sollte er ihr mitbringen? Warum erschien ihm nur jede Geste so unpassend? Alles, was man so zum Date mitbrachte, erschien ihm irgendwie zu viel, aber gleichzeitig auch zu wenig. Deshalb hatte er sich, nach langem Überlegen, für die Rose entschieden. Eine Erinnerung an den Rosenmontag.

Dann öffnete sie die Tür. Elias holte tief Luft und vergaß das Atmen. Etwas Entspannung setzte ein, als er bemerkte, dass sie genauso aufgeregt war wie er, denn ihr Brustkorb hob und senkte sich schnell. Ein scheues Lächeln erschien auf ihrem Gesicht.

»Hallo«, sagte er leise und fühlte sich so unsicher wie noch nie in seinem Leben.

»Hi«, antwortete Frauke, während sie ihm die Tür ein Stückchen weiter öffnete.

Elias trat ein und sofort auf seine Liebe zu. Zögernd überreichte er ihr die Rose.

Erfreut roch sie daran. »Oh, sie duftet sogar. Wie die vom Rosenmontag.«

Zufrieden registrierte Elias, dass Frauke die Geste verstanden hatte, und umarmte sie fest. Er schloss die

Augen und genoss die warmen Glücksschauer, die durch seinen Körper jagten.

Frauke schlang die Arme um seinen Hals und legte ihren Kopf an seine Schulter. In inniger Umarmung blieben sie lange auf dem Flur stehen.

Elias schmiegte noch einmal sein Gesicht an ihr Haar und sog mit geschlossenen Augen ihren einmaligen Duft ein, bevor er sich etwas zurücklehnte, um in ihr schönes Gesicht sehen zu können. Wie selbstverständlich beugte er sich runter, um sie zu küssen. Erst berührten sich die Lippen ganz sanft, dann wollte er immer tiefer mit ihr verschmelzen. Er entlud all seine aufgestaute Sehnsucht in diesen Kuss.

Eine gefühlte Ewigkeit blieben sie so miteinander verbunden. Diese Vereinigung weckte in Elias den Wunsch nach mehr. Das Blut sammelte sich in seinem Unterleib, er stöhnte leise und zog sie fester an sich. Als Frauke seine Erregung bemerkte, keuchte sie leise.

Am liebsten hätte er sie gleich hier auf dem Flur genommen, aber so wollte er das nicht. In seinen vielen sehnsüchtigen Träumen hatte er sich ein romantisches erstes Mal ausgemalt. Deshalb nahm er sich zurück und sah ihr liebevoll in die Augen. Er legte die Hand an ihr Gesicht und streichelte mit dem Daumen zart über ihre Wange.

»Ich bin so froh, dass ich dich endlich wiedersehe«, flüsterte er leise.

Frauke schloss die Augen. »Ich auch, ich bin so froh, dass du endlich hier bist«, erwiderte sie genauso leise. Dann legten sie sanft ihre Stirn aneinander.

»Lass uns reingehen«, sagte Frauke schließlich.

Das Innere des Hauses entsprach dem äußeren Eindruck. Marmorboden, alles hell und modern. Seine Schritte hallten über den hellen Naturstein und er fühlte sich fast wie bei seiner Mutter, nur, dass die Einrichtung dort etwas altehrwürdiger war.

Das war so gar nicht seine Welt, denn die Perfektion schürte seine Ängste, dass er ihr nicht genügen könnte.

Im großzügigen Wohnraum stand ein bequemes helles Polstersofa, vor einem großen Fernseher – immerhin. Hier konnte man gut chillen. Der verglaste Kamin gefiel ihm, aber man konnte sehen, der hatte noch nie gebrannt.

Sein Blick erhellte sich, als er das schwarzlackierte Klavier mitten im Wohnzimmer stehen sah. »Du spielst Klavier?«

Frauke schüttelte den Kopf. »Früher, meine Tochter übt darauf.«

Dann fiel sein Blick auf die Gitarre, die direkt daneben stand. »Und wer übt Gitarre? Dein Sohn?«

»Ja.«

Ehrfürchtig fuhr er mit den Fingern über die glänzende Oberfläche des Klaviers.

»Ist deine Tochter gut? Das ist ein ziemlich wertvolles Instrument.«

»Ja, sie hat Talent.«

»Und du? Hast du auch schon drauf gespielt? Es muss einen tollen Klang haben … Wie gut bist du? Spielst du mir etwas vor?« Er sah zu Frauke, die genervt das Gesicht verzog.

Er schluckte.

»Vielleicht später. Das Klavier ist ein Geschenk von meinem Vater, es stand früher in unserem Haus. Ich habe keinen Kontakt mehr zu ihm«, murrte sie.

Schnell machte Frauke kehrt und wandte sich ab. »Ich stell mal unser Essen in den Backofen«, bemerkte sie und verließ den Raum.

Elias folgte ihr.

Als er die helle Küche betrat, fühlte er sich wie im Küchenstudio. Weißer Schleiflack, das Ganze perfekt sauber und aufgeräumt.

»Du hast gekocht ... für mich?«, fragte er ungläubig.

»Für uns«, korrigierte Frauke. »Ja, warum? Ist das so ungewöhnlich?«

»Hm, ja, eigentlich schon ... Wir könnten uns doch auch Essen bestellen.«

»Ich hab uns Lasagne gemacht, das mag eigentlich jeder, oder? Man kann es vorbereiten und in einer halben Stunde ist es fertig.«

Skeptisch stand Elias in der Küche und beobachtete Frauke, wie sie die Auflaufform in den Backofen schob. Die Frauen, die er bisher kennengelernt hatte, konnten nicht kochen, oder wollten nicht. Das mochte er ihr natürlich nicht verraten, aber sein Blick schien es dennoch zu tun.

»Wenn man seine Kinder vernünftig ernähren will, muss man kochen lernen«, erklärte sie.

»Komm, wir trinken schon mal einen Wein.« Sie nahm eine Flasche Rotwein aus dem großen Flaschenregal, griff einen Öffner und machte sich auf Richtung Wohnzimmer. Als sie dabei an Elias vorbeikam, drückte sie ihm ein Küsschen auf die Wange.

Sie setzten sich auf das Sofa im Wohnzimmer, prosteten sich zu und sahen sich beim Trinken tief in die Augen.

Auf einmal war klar, was jetzt passieren musste. Während sie sich küssten, begann Frauke, sein Hemd aufzuknöpfen. Da gab es auch für ihn kein Halten mehr und er zog sie erregt an sich.

Frauke seufzte sehnsüchtig. Er streichelte über ihre weiche, warme Haut. Schon gab es kein Zurück mehr für ihn. Wie hatte er sich nach ihrer Nähe gesehnt. Er bedeckte ihren Oberkörper mit heißen Küssen, während er sie auszog. Ihr Duft betörte seine Sinne. Er konnte an nichts anderes mehr denken und so hielt er sich nicht lange mit Zärtlichkeiten auf, denn die Natur forderte ihr Recht.

Auch sie schien ausgehungert nach körperlicher Liebe. Sie stöhnte, streckte und rekelte sich unter seinen Liebkosungen. All das steigerte sein Verlangen bis ins Unerträgliche. Frauke schein das nichts auszumachen. Ungeduldig zerrte sie ihm die Kleider vom Leib und er half ihr dabei. So fielen sie leidenschaftlich übereinander her. Begehrlich spreizte sie ihre Beine und ließ ihn mühelos eindringen. Sie machte keinen Hehl daraus, wie sehr sie ihn begehrte. Zitternd vor Erregung versuchte er langsame, kontrollierte Bewegungen. Doch mit der wachsenden Gier verlor er zunehmend die Kontrolle. Erregt streckte sie ihm ihr Becken entgegen und feuerte ihn damit zusätzlich an. Die Blicke verbunden, erreichten sie schnell ihren Höhepunkt.

Elias atmete aus und sackte zusammen. Er war von seiner Leidenschaft regelrecht überrollt worden. Von einer Emotionswelle umspült, wollte sich danach keiner vom anderen lösen. So spontan hatte er sich ihr erstes Mal zwar nicht vorgestellt, aber er konnte sich nicht erinnern, bei einem Quickie je so intensive Gefühle gehabt zu haben. Dicht aneinander gekuschelt tauschten sie endlos Zärtlichkeiten und Küsse aus.

Ein Warnton aus der Küche unterbrach sie.

»Das Essen ist fertig«, bemerkte Frauke.

»Ich will jetzt nicht«, stöhnte er. »Ich will ewig mit dir hier so weiter rumliegen. Bitte ... bleib hier ... bei mir. Ich hab nur Hunger nach Zärtlichkeit ... nach dir.«

Frauke lachte leise.

Elias entfuhr ein Schnaufen. »Ich habe die Vorspeise viel zu schnell verschlungen. Tut mir so leid, eigentlich wollte ich es mehr genießen, uns genießen.«

»Es war schön. Schnell, ja, aber es war trotzdem schön. Und der Abend ist doch noch lang. Wenn ich ehrlich bin, ich hab es einfach gebraucht ... Dank der Segnungen moderner Technik, stellt sich der Herd automatisch aus«, sagte sie augenzwinkernd und zog seinen Kopf zu einem Kuss heran. So versanken sie weiter in ihrer Schmuserei.

»Jetzt bekomme ich aber doch Hunger«, bemerkte sie irgendwann. Behutsam löste sie sich und fing an, sich anzuziehen. Elias war überrascht, denn inzwischen war es dunkel geworden.

»Warum ziehst du dich an?«, fragte er.

»Weil man das so macht, beim Essen.«

»Hast du noch nie nackt gegessen?«

»Pfft«, entfuhr es Frauke, »warum sollte ich? Dann fühle ich mich nicht wohl.«

»Stört es dich, wenn ich mich nicht anziehe?«

»Na ja, die Lasagne ist höchstens noch lauwarm, wenn du kleckerst, wirst du dich nicht verbrennen. Also, wenn's unbedingt sein muss«, gab sie zurück und grinste.

Seufzend zog er daraufhin seine Hose an und trottete hinter ihr her, in die Küche. Diese ›Anständigkeit‹ hatten die meisten Frauen wohl in ihren Genen.

Mit Kerzen auf dem Tisch, edlem Geschirr und den Stoffservietten hatte ihre Mahlzeit fast Restaurantatmosphäre.

»Mit freiem Oberkörper im Restaurant, das hat schon was«, bemerkte Elias.

Frauke lachte. »Ja, nicht wahr? Aber du musst zugeben, ohne Hose ein ›No-Go‹.«

Hungrig fiel Elias über die lauwarme Lasagne her. »Mhm, die Lasagne ist wirklich lecker, willst mal probieren?«, fragte er grinsend und hielt ihr seine Gabel hin.

»Mhm, wirklich lecker«, antwortete sie und hielt ihm ihre Gabel hin. »Meine schmeckt ganz anders, probier mal.« Sie lachte, als er mit einem »Hhm« ihre Gabel lehrte.

»Tatsächlich! Ganz anders«, sagte er mit Augenzwinkern. »Woher kannst du so etwas?«

»Meine Oma kommt aus I... *kam* aus Italien. Sie ist tot. Das Rezept ist von ihr. In den Ferien war ich immer bei ihr.« Frauke senkte den Kopf. »Wenn ich sie nicht gehabt hätte ...«, ergänzte sie nachdenklich.

»Oh, das tut mir leid.« Elias ergriff Fraukes Hand und strich mit dem Daumen darüber.

»Das muss es nicht. Sterben müssen wir alle mal«, antwortete sie gekünstelt fröhlich. Sie griff zum Weinglas. »Prost! Auf das Leben!«

Elias sah die Melancholie in ihren Augen, prostete aber dennoch zurück. »Und auf die Liebe!«

Frisch gestärkt gingen sie ins Wohnzimmer zurück. Da fiel sein Blick auf den Kamin.

»Hat der eigentlich schon mal gebrannt?«, erkundigte er sich und wies mit dem Kopf in die Richtung.

»Nein«, Frauke schüttelte den Kopf. »Als wir damals eingezogen waren, und der Kaminbauer ihn endlich fertiggestellt hatte, war Frühling. Zur neuen Saison war mein Mann schon ausgezogen. Allein hab ich keine Lust, mir die Arbeit zu machen.«

»Seit wann ist dein Mann schon ausgezogen?«

»Seit anderthalb Jahren.«

»Und seitdem bist du allein?«

Frauke nickte und wirkte auf einmal verloren.

Elias gab dem plötzlichen Bedürfnis nach, sie in den Arm zu nehmen. So ging er auf sie zu und zog sie an sich.

»Ja, und?«, murrte sie und legte den Kopf gegen seine Schulter.

»Ganz allein, ohne Mann, die ganze Zeit?«, fragte er ungläubig und strich ihr übers Haar.

»Können wir das Thema wechseln?«, antwortete sie mürrisch.

»Ja klar, Tschuldigung, ich wollte dich nicht ausfragen. Können wir den Kamin nicht anmachen? Das wäre so gemütlich. Bitte! Da liegt doch auch Holz. Wenn das da so lange liegt, ist es bestimmt trocken genug.«

»Ja klar, warum nicht. Ich schau mal nach, wo der ganze Anzündkram ist«, sagte sie und fing an, in einer Schublade zu kramen. »Ich kann aber kein Feuer machen. Ich habe überhaupt keine Erfahrung. In unserem Ferienhaus war zwar ein Kamin, aber ich war noch zu klein damals.«

»Ich aber, in meinem Elternhaus ist auch einer. Das war als Kind mein größtes Vergnügen. Da habe ich auf dem Bärenfell davorgelegen und in die Flammen gesehen, das konnte ich stundenlang.« Während er fachmännisch das Holz stapelte und die Anzünder oben drauf arrangierte, plapperte Elias fröhlich vor sich hin.

Als die Flammen stärker züngelten, trat er einen Schritt zurück und betrachtete sein Werk.

»So, jetzt fehlt nur noch das Bärenfell und dann könnte man Liebe darauf machen«, grinste er breit.

Frauke grinste zurück. »Die Idee hat was. Komm mal mit in den Keller«, sagte sie und krümmte lockend den Finger.

Sie holten zusammen ein, in Plastikfolie verpacktes, großes Eisbärenfell aus dem Keller. Als sie es auspackten und vor dem Kamin ausrollten, fiel ein Zettel heraus. Frauke hob ihn auf und las ihn.

Elias konnte sehen, wie Tränen ihre Augen füllten, und trat ein Stück näher.

Schnell zerknüllte sie das Blatt und warf es mit einer wütenden Bewegung in den Papierkorb.

Elias stand etwas hilflos daneben. Tröstend nahm er sie schließlich in den Arm. »Möchtest du darüber reden?«

Frauke schüttelte den Kopf und schmiegte sich an seine Schulter. Instinktiv begann Elias, ihren Kopf zu streicheln, was sie ausatmen ließ. Er konnte aber immer noch ihre Anspannung fühlen. Das beunruhigte ihn, deshalb zog er sie noch ein bisschen fester an sich.

Nach einiger Zeit löste sich Frauke. Elias sah sie an und lächelte. Er hatte sich vorgenommen, die dunklen Wolken am Gefühlshorizont einfach weiterzuschieben.

»Was?«, kam es genervt von Frauke.

»Vergiss es, ich weiß etwas Besseres. Nachtisch ... dafür bist du definitiv zu verpackt«, raunte er ihr ins Ohr. Mit Genugtuung sah er ihre Gänsehaut, die seine Worte verursachten.

»Ist dir kalt? Oder warum hast du eine Gänsehaut? Soll ich Holz nachlegen?« Zärtlich knabberte er mit den Lippen an ihrem Ohr.

»Bei der Hitze, die du ausstrahlst«, erwiderte Frauke. »Mach mal ein bisschen Piano.« Sie schloss die Augen und seufzte ganz leise, während sie ihren Kopf an seine nackte Brust legte, um diese mit zarten Küssen zu bedecken.

Elias zog scharf die Luft ein. »Aber nur, wenn du kein Forte machst.« Erleichtert, dass sie auf sein Spiel einging, zog er sie noch fester an sich. Ein Kuss auf ihren Kopf erlaubte ihm, sich in ihr Haar zu vergraben und den Duft zu genießen. Die sanften Berührungen ihrer Hände, die seinen Rücken streichelten, erzeugten ein angenehmes Kribbeln.

Als Frauke ihm dann auch noch fest an den Hintern packte, spürte er Hitze in seinen Unterleib schießen. »Pianoforte«, murmelte sie. »Das Ding heißt Pianoforte, weil man damit laut und leise spielen kann.«

Jetzt war es Elias, der sehnsuchtsvoll seufzte. »Du bist eine grandiose Klavierspielerin, meine Tasten schlägst du jedenfalls ganz virtuos an. Darf ich meinen Nachtisch jetzt endlich auspacken«, flüsterte er.

»Mich vernascht man nicht so einfach! Das solltest du wissen, sonst muss ich wohl andere Saiten bei dir aufziehen«, murmelte sie mit gespieltem Entsetzen zurück und drückte etwas ab.

»Ausziehen, nicht aufziehen!«, raunte er.

Sie hielt den Atem an, als seine Finger unter ihren Pullover fuhren und seine Hände über ihren Rücken streichelten.

»Kompliment, auch du beherrschst dein Instru...ment«, entfuhr es ihr, als Elias wieder näher trat und ebenso beherzt an ihren Hintern packte.

»Die Vorspeise war viel zu schnell vorbei. Nach der Stärkung durch die Lasagne möchte ich mir wenigstens den Nachtisch auf der Zunge zergehen lassen«, sagte er, als er ihr in den Nacken fasste und sie zu einem innigen Kuss heranzog.

Frauke erwiderte den Kuss mit derselben Wärme. Elias spürte, wie ihr ganzer Körper nachgab und sie gemeinsam in diesem Kuss versanken.

»Okay, fangen wir an auszupacken und die Instrumente zu stimmen«, murmelte er irgendwann und fing an, Fraukes Hose zu öffnen.

»Wie ich sehe, ist dein Taktstock schon bereit«, bemerkte Frauke und begann, auch seine Hose aufzuknöpfen.

»Taktstock? Ganz schön kühn, liebe Kollegin!«

Elias umarmte sie fest, hob sie etwas an und legte sie auf das Fell.

Frauke boxte zwar zärtlich auf seinen Arm, ließ es aber geschehen. Lachend platzierte er sich auf allen vieren über ihr.

»Dann will ich mal den Takt vorgeben. Zeig dein musikalisches Talent.«

»Ich werde dir schon noch die Flötentöne beibringen«, kam die Antwort, als Frauke sich an seinen Hals hängte, ihn zu sich zog und versuchte, die Oberhand zu bekommen.

»Oh ja, alle Tonlagen bitte«, antwortete er mit frechem Grinsen und küsste sie erst auf den Hals, bevor er ihren schönen Mund leidenschaftlich eroberte.

Sie ergab sich zunächst. »Hey! Ich lass mich doch nicht so einfach flachlegen!«, sagte sie aber dann, als sie Luft holen mussten. Jetzt gelang es ihr, ihn herumzudrehen, sie setzte sich auf Elias, der sich auf seine Unterarme stützte.

»Du kannst mich doch nicht aus dem Takt bringen«, flüsterte er. »Du nutzt nur meine Schwäche aus.«

»Gleichklang«, flüsterte sie und legte ihre Stirn an seine Stirn. Sie nahm liebevoll seinen Kopf zwischen ihre Hände und schloss die Augen. »Ich möchte Gleichklang.«

Diese gemunkelten Worte gingen ihm durch Mark und Bein.

»Gleichklang, ja … Liebe machen im Gleichklang«, hauchte er. Er drehte sie noch einmal zärtlich herum, befreite sie vom Rest ihrer Kleider, löste ihr Haar.

Da lag sie nun nackt vor ihm, die Augen sinnlich halb geschlossen. Das leise knisternde Feuer zauberte romantisches, warmes Licht auf ihren wunderschönen Körper. Endlich würde er jeden Zentimeter ihres Körpers anbeten. Ihren Duft genießen, während sich alles in sein Gedächtnis einbrannte. Noch nie hatte er die Liebe so genossen, solche Dankbarkeit verspürt. Er bedeckte sie mit Küssen und anderen Liebkosungen.

Frauke sog seine Zärtlichkeiten wie ein Schwamm auf, wand sich und stöhnte immer wieder leise. Mal hatte sie die Augen genießerisch geschlossen, dann sah sie ihn wieder mit verliebt funkelnden Augen an.

Elias' Herz zerfloss zu Wachs, er hatte nur noch das Bedürfnis, Eins mit ihr zu werden. In stiller Einigkeit öffnete sie sich ein bisschen mehr, bereit, ihn aufzunehmen.

Mühelos und zärtlich drang er schließlich in sie ein. Ihre Blicke waren fest miteinander verbunden, so verschmolzen ihre Körper miteinander. Der Akt war langsam und genüsslich, begleitet von leisem Stöhnen, Flüstern und sanften Küssen.

Erst als beide fühlten, dass sich ihr Orgasmus aufbaute, brach die Leidenschaft durch und bescherte beiden am Ende entspannende Befriedigung.

»Ich liebe dich!«, flüsterte er anschließend. Seine Stimme vibrierte emotionsgeladen.

»Ich liebe dich auch!« Frauke lächelte dabei zufrieden und sah ihn zärtlich an.

Ihre wunderschönen Augen blickten tief in Elias' Seele. Dieser Moment traf ihn tief im innersten Kern. Eine gefühlte Ewigkeit blieben sie vereint und genossen die Nähe. Aber irgendwann mussten sie sich trennen.

Entspannt lag Frauke nach dem Akt mit dem Kopf auf seiner Schulter, streichelte seine Brust. Sie blickte zu ihm hoch, legte die Hand an seine Wange und flüsterte:

»Du hast mir so viele Verse geschrieben. Jetzt möchte ich auch mal dichten ...

Lippen die spüren, fühlen die Haut,
sinnliche Nähe, ewig vertraut.«

Dabei bedeckte sie seine Brust mit zarten Küssen, was ihm eine Gänsehaut bescherte.

»Aus Wärme wird Hitze, Feuer entfacht,
die Nähe verbindet, Liebe gemacht«, murmelte sie weiter und fuhr mit ihrer Hand über seinen Bauch weiter runter, was ihm ein Stöhnen entlockte.

»Hartes und Weiches, Lust sanft verbindet,
Gleichklang der Körper, Glück, das sich findet.«

Als er ihre Worte hörte, drehte er sich zu ihr und nahm ihr Bild tief in sich auf. Er betrachtete die Reflexionen des Feuers auf ihrem Haar. Wenn sie ihn nicht längst schon für sich vereinnahmt hätte, spätestens jetzt gäbe es kein Zurück. Auch bei ihm formte sich Gefühl in Worte. Seine Hand fuhr sanft durch ihr Haar, als er leise flüsterte:

»Gedanken sie formen, in Worte gebaut,
geistige Nähe, ewig vertraut.
Geflüsterte Worte, Vertrautheit erwacht,
die Nähe verbindet, Liebe gemacht.
Gefühle und Ausdruck sich leise verbindet,
Gleichklang des Geistes, Glück, das sich findet.«

Lange sahen sie sich tief in die Augen. Ein Gedicht, wie von einer Person geschaffen. Der Beweis ihrer besonderen Verbindung.

So dicht es eben ging, blieb Elias bei Frauke, streichelte ihr über den Rücken. Immer wieder kreisten seine Gedanken um diese spontane Dichtung. Die Worte hatten sich tief in sein Gedächtnis gebrannt, er würde sie nie wieder vergessen.

In stillem Einvernehmen genossen sie das anschließende Schweigen. Alles fühlte sich so natürlich und selbstverständlich an, wie er es noch nie erlebt hatte. Mit ihr konnte man gut reden, aber genauso gut schweigen. An den regelmäßigen Atemzügen erkannte er, dass sie eingeschlafen war.

Vorsichtig legte er ihren Kopf auf ein Kissen und kroch aus der Decke hervor. Dann schlich er leise zum Papierkorb. Er fischte das zerknüllte Blatt wieder heraus und strich es glatt. Im Feuerschein konnte er die Handschrift gerade noch erkennen:

Mein lieber Schatz,

du hast es sicher erkannt. Das ist das Bärenfell aus unserer Ferienhütte.

Was du vielleicht nicht weißt, du bist auf diesem Fell gezeugt worden. Ich war damals der glücklichste Mann auf diesem Erdball.

Ich weiß, ich habe viele Fehler gemacht und es ist viel zu viel falsch gelaufen. Ich bereue sehr, was damals passiert ist.

Ich erwarte gar nicht, dass du das alles verstehst. Ich verstehe es ja selbst nicht.

Aber vielleicht kannst du mir trotzdem eines Tages verzeihen. Auch wenn du es wahrscheinlich nicht glauben kannst, du warst und bist der wichtigste Mensch in meinem Leben.

Ich hab dich wirklich sehr lieb.

Dein Papa

Nachdenklich zerknüllte Elias das Papier wieder und legte es zurück.

Irgendetwas quälte Frauke und sie wollte nicht darüber reden, so viel hatte er verstanden. Aber ihr Schmerz war auch seiner geworden. Die Hilflosigkeit, mit der er diesem Phänomen gegenüberstand, schmerzte ihn noch mehr.

So leise wie möglich legte er noch einmal Holz nach. Er kuschelte sich dicht an ihren weichen Körper und sog mit jedem Atemzug ihren herrlichen Geruch in sich auf, während er dem Knistern des Feuers lauschte.

Er dachte noch eine Weile nach, bis auch er ins Land der Träume hinüberglitt.

Kapitel 12 Bittersüßer Kaffee

Als Frauke aufwachte, blickte sie direkt in Elias' Gesicht, der sie mit verliebten Augen ansah. Solch ein Erlebnis hatte sie lange vermisst, aufzuwachen und sich einfach nur gut zu fühlen. Sie lächelte ihn glücklich an.

»Guten Morgen«, flüsterte er und streichelte ihre Wange. »Hast du gut geschlafen?«

»Wie eine Tote. Und du? Wie lange bist du schon wach?«

Elias beugte sich vor und küsste sie auf die Stirn. »Noch nicht so lange, habe es aber genossen, dir beim Schlafen zuzusehen.«

Frauke legte den Kopf noch einmal an seine Brust und genoss die Wärme, die der muskulöse Körper abstrahlte. Solche Momente gab es eindeutig zu wenige in ihrem Leben.

Elias zog sie noch einmal dichter heran, so, als ob er sie nie wieder loslassen wollte, und ließ seine Lippen auf ihrem Kopf ruhen. Sie schloss die Augen, spürte seinen Atem und die Sicherheit dieser Geste.

Eine Weile genossen sie schweigend die innige Zweisamkeit, bis Frauke schließlich abrückte.

»Ich weiß ja nicht, wie es dir geht, aber ich hab jetzt richtig Hunger«, bemerkte sie lachend.

Elias grinste.

»Ich hab sogar einen Bärenhunger. Ich wollte nur den Moment nicht kaputtmachen.«

»Erst duschen, oder erst frühstücken?«, fragte sie und gab ihm ein Küsschen auf die Wange.

»Schwierige Entscheidung, aber angesichts deiner Nackt-Essen-Phobie, würde ich mal sagen, erst duschen … vielleicht zusammen?«, sagte er und schmunzelte.

Frauke stand auf und zog ihn am Arm hoch. »Na, dann pass mal auf, dass du nicht gründlich eingeseift wirst«, lachte sie.

Unbeschwert alberten sie unter der Dusche herum.

»Du wolltest mich doch gründlich einseifen. Seine Versprechen muss man auch halten«, raunte er und hielt ihr das Duschgel hin.

Sie nahm einen Klacks, verteilte ihn in ihren Händen und fuhr damit über seinen athletischen Körper. Genießerisch glitt sie mit ihren Händen über jeden Zentimeter, fühlte die harten Muskeln unter der weichen Haut. Er schloss die Augen, seufzte wohlig und schien die sinnliche Erfahrung zu genießen.

Mutig packte sie einmal in den knackigen Hintern und stellte mit Zufriedenheit fest, dass das seine Erregung anheizte. Mit Hingabe trieb sie seine Lust weiter voran und entlockte ihm ein erregtes Knurren.

Sein Atem ging schneller, als er Duschgel auf seinen Händen verteilte und sie herausfordernd anblickte.

»Jetzt bist du dran, mein Schatz«, hauchte er dunkel.

Frauke schloss ihre Augen und fühlte Elias sanfte Berührungen.

Zärtlich verteilte er die Seife auf ihrem Körper, ließ keinen Zentimeter aus. Sie konzentrierte sich voll auf ihre Empfindungen und genoss es, verwöhnt zu werden.

Sie fühlte, wie das warme Wasser der Dusche auf sie herunterprasselte, sich auf ihrem Körper verteilte, seine Wärme an sie abgab und ihre Sinnlichkeit weckte.

Sie fühlte, wie seine Hände über ihre Schultern zu ihren Brüsten glitten. Hörte sein leises Stöhnen, als er die Brustwarzen fand und sie mit den Fingern sanft neckte. Sie erlebte dieses spezielle Ziehen, das seine Reize direkt an den Unterleib sandte. Es war so intensiv wie nie.

Sie fühlte, wie sich Verlangen aufbaute und wuchs. Das ließ ihren Fokus immer mehr nach unten wandern.

Sie fühlte, wie dort die Hitze stärker wurde, als seine Hände über ihren Rücken und Po hinabfuhren und voller Inbrunst zupackten. Die Geste entlockte ihr ein leises Stöhnen.

Sie fühlte die Hitze seines Körpers, als er sich näherte, und wie sich ihre Sehnsucht verstärkte, als sie seine Härte spürte.

Sie fühlte Glück, als ihre Münder sich vereinigten und die Zungen einen Tanz begannen.

Sie fühlte seinen heißen Atem, seinen Mund an ihrem Hals, hörte sein Stöhnen, das eine Gänsehaut verursachte.

Sie fühlte, wie ihre Lust sich während der Vereinigung zur Begierde aufbaute und schließlich in erlösender Entspannung abflachte.

Sie fühlte die vollkommene Glückseligkeit.

Diese Vereinigung war wie ein Rausch.

Sie fühlte, dass sie lebte.

Nie zuvor hatte sie ihre eigene Sinnlichkeit so genossen und ausgelebt. Niemals vorher war sie so froh gewesen, zu leben.

Sie flachsten und scherzten immer noch, als sie sich in Handtücher wickelten.

Als sie, so verpackt, einander gegenüberstanden, wurde Elias plötzlich ganz ernst.

Er sah sie durchdringend an. »Ich liebe dich!«

Sein Blick und die Worte gingen Frauke unter die Haut. Plötzlich waren ihr ihre Gefühle vollkommen selbstverständlich und sie fühlte sich sicher.

Alle Bedenken fielen von ihr ab wie die stachelige Hülle einer reifen Kastanie, wenn diese auf den Boden traf. Nackt, glatt und schutzlos war ihre Seele in diesem Moment, dennoch war sie voll Vertrauen.

»Ich liebe dich auch!«, antwortete sie mit fester Stimme und erwiderte Elias' Blick.

Sie umschlangen sich fest und versiegelten ihre Geständnisse mit einem zärtlichen Kuss.

Nach der Säuberungsaktion zogen sie sich fürsorglich gegenseitig an. Es dauerte eine kleine Ewigkeit, weil sie dabei immer wieder ins Schmusen verfielen, unterbrochen von langen, innigen Küssen.

Irgendwann schafften sie es Arm in Arm in die Küche.

»Hast du Eier? Eier stärken die Manneskraft.« Elias lachte, als er in den Kühlschrank blickte und eine Packung mit einem »Da sind sie ja!« aus dem Kühlschrank zog. »Und dann brauch ich noch Speck! Ich bin berühmt für meine Rühreier mit Speck. Sie sind der beste Start in den Tag.« Er tauchte mit dem Kopf noch mal in den Kühlschrank.

»Speck ist viel zu fettig!«, meckerte Frauke, obwohl sie insgeheim Speck liebte. Ihre Oma hatte ihn früher immer reichlich im Essen verwendet. »Kochschinken hätte ich als Alternative.« Mit diesen Worten schob sie Elias vom Kühlschrank weg und kramte in den Fächern.

Er grinste und sah ihr mit verschränkten Armen dabei zu.

»Überredet! Wir müssen uns ja nicht gleich gehen lassen. Obwohl ... eigentlich verbrauchen wir doch jede Menge Kalorien!«

Frauke boxte ihm gegen den Oberarm. Elias lachte und schlang versöhnlich die Arme um sie. Seine Augen funkelten, als er sie wieder heranzog, um sie zärtlich zu küssen.

Zusammen machten sie sich daran, das Frühstück aufzutischen.

Frauke kicherte, als er sie auf seinen Schoß zog und anfing, sie mit Rührei zu füttern. Sie revanchierte sich mit einem Kuss für jeden Happen.

Als der Teller leer war, vergrub Elias sein Gesicht an ihrem Hals. Enttäuscht blickte er zu ihr hoch. »Duschen war eine blöde Idee. Du hast vorher so gut gerochen!«

Seine Worte bescherten ihr eine Gänsehaut.

Er wanderte mit dem Mund nach oben, knabberte an ihrem Ohrläppchen. Seine Hand tauchte unter den Pullover, fand ihre weiche Brust und knetete sie sanft.

Frauke stöhnte leise. Sie nahm sein Gesicht in beide Hände. Sein Blick sprach nur von Liebe.

Langsam näherte sie sich seinem Mund, spürte seine Lippen, öffnete ihren Mund. Beide erforschten und neckten sich gegenseitig mit ihren Zungen.

»Ich habe schon wieder Hunger auf dich!«, stöhnte er. »Was machst du nur mit mir?«, fragte er, als er wieder ihren Hals entlang fuhr.

Auch Frauke fühlte schon wieder ein Kribbeln im Unterleib. »Nur nicht so ungeduldig«, seufzte sie, »ich muss noch meinen Kaffee trinken.«

Fasziniert beobachtete er, wie sie sich großzügig Zucker in den Kaffee löffelte.

»Ich dachte, so etwas machen nur die Verliebten in den Liebesfilmen«, bemerkte er.

»Was meinst du?«, antwortete sie und löffelte versonnen weiter.

»Na, sich unkontrolliert Zucker in den Kaffee löffeln.«

»Oh, das ist nicht unkontrolliert. Ich nehme immer sechs Löffel in den Becher. Ehrlich gesagt, mag ich Kaffee gar nicht so gerne. Er ist mir zu bitter. Ich brauche aber den Kick am Morgen, und süß bekomme ich ihn dann auch hinunter«, erklärte sie und lächelte.

»Sechs Löffel, ganz schön ... bittersüß!«, murmelte Elias nachdenklich und schloss Frauke fest in die Arme.

Schweigend trank sie ihren Kaffee in kleinen Schlucken und er schmuste derweil hingebungsvoll weiter.

»Elias, geh doch schon mal zurück ins Wohnzimmer, ich räume hier nur noch schnell auf«, sagte sie, als sie sich schließlich erhoben.

»Soll ich dir nicht beim Abräumen helfen?«, fragte er erstaunt.

»Ach, du weißt doch nicht, wo die Sachen hinkommen. Das ist doch schnell gemacht.«

»Dann will ich dir wenigstens zusehen«, maulte er und umarmte sie von hinten.

»Es gibt drei Dinge, denen der Mensch gerne zusieht: fließendes Wasser, prasselndes Feuer und anderen beim Arbeiten. Nein danke! Mach du uns doch noch mal ein Feuer an, da könnte ich dann zusehen«, sagte Frauke und grinste süffisant.

»Ja, noch mal ein Feuer, da hätte ich auch Bock drauf.« Elias seufzte, ließ sie los und verließ den Raum.

Frauke machte sich ans Aufräumen. Da drangen vertraute Klänge ihrer Kindheit aus dem Wohnzimmer.

Elias spielte Gitarre und sang dazu:

»Morgens um halb sieben klingelt der Wecker.

Eine Runde Frühsport und schnell vorbei beim Bäcker.

Selbstoptimierung, das ist dein Leben.

Nur für die Liebe lohnt sich kein Streben.

Dir bedeutet nichts so viel wie Karriere und Geld.

Das hat dich blind gemacht für die Schönheit der Welt.

Grau ist der Alltag, düster dein Blick.

Vor lauter Arbeit vergisst du dein Glück.

Du denkst wohl, irgendwann lohnt sich die Pein.

Ich hoffe, du vergisst nicht, du selbst zu sein.

Du bist ein Arbeitstier, du bist ein Arbeitstier,

du legst dich krumm, tust alles, doch keiner dankt es dir.

Du bist ein Arbeitstier, du bist ein Arbeitstier.

Was ist der Sinn des Lebens ... verrat es mir!«

Das Gefühl der Zerrissenheit, das sie die Tage zuvor begleitet hatte, war schlagartig wieder da.

Die Gefühlsachterbahn raste durch ein Looping, stellte alles auf den Kopf, um anschließend ins Bodenlose zu fallen. Ihr Herz setzte aus, der Atem stockte und sie ließ ihr Tablett mit dem Geschirr laut scheppernd zu Boden fallen.

Die Musik verstummte plötzlich.

»Frauke? ... Frauke! Was ist passiert?« Aufgeregt steckte Elias seinen Kopf durch die Küchentür.

Frauke stand kreidebleich da und hatte die Faust im Mund. Dann sah er das Tablett mit dem Scherbenhaufen.

Er trat näher und betrachtete sie ratlos.

»Was ist los? Das ist doch nicht schlimm, so was kann doch passieren«, versuchte er, sie zu trösten.

Doch Frauke war wie gelähmt. Instinktiv nahm er sie in den Arm.

»Irgendetwas ist doch. Willst du mir nicht sagen, was los ist?«

Elias zog sie noch etwas fester an sich, um ihr mehr Sicherheit zu geben.

Doch sie konnte nicht sprechen und war immer noch starr. Wie das Meer bei einer Riesenwelle hatten sich ihre Ängste durch die Harmonie zurückgezogen. Und nun war die Unsicherheit wie ein Tsunami wieder über sie geschwappt. Was machte sie da? Es war der glatte Wahnsinn! Wie oft wollte sie sich noch den Boden unter den Füssen wegziehen lassen?

»Ich bringe dich jetzt ins Wohnzimmer und du trinkst ein Glas Wasser. Das Feuer brennt schon. Dann beseitige ich hier den Scherbenhaufen. Danach reden wir darüber, was los ist. Okay?«, drang Elias besorgte Stimme zu ihr durch.

Er hielt die Hand unter ihr Kinn und zwang sie so, ihn anzusehen.

Sie nickte.

Mit einer liebevollen Umarmung brachte er sie ins Wohnzimmer.

Sofort nach dem Aufräumen setzte er sich zu ihr auf das Sofa. Sie hatte ein Bein aufgestellt, ihr Kinn daraufgelegt und starrte immer noch reglos ins Leere.

Sie hatte schon bemerkt, dass er sie besorgt betrachtete und auf eine Reaktion wartete. Aber sie war noch nicht so weit.

»Und?«, fragte er irgendwann auffordernd. »Willst du mir nicht sagen, was los ist?«

Frauke holte tief Luft und seufzte. »Das Lied.«

»Was ist mit dem Lied?«

»Das Lied ist von meinem Vater.«

»Das Lied ist von deinem Vater? Moment mal ...« Mit offenem Mund sah er Frauke an.

»Mein Geburtsname ist Frauke Jansen«, erklärte sie müde, ohne aufzublicken.

»Das Lied ist von Hauke Jansen. Einem Liedermacher, den ich früher sehr bewundert habe. – Ja klar, Hauke – Frauke«, murmelte er. »Du bist seine Tochter? Er ist toll!«

»Er ist ein Arsch.« Diese Worte spuckte sie voller Verachtung aus. »Nach dem Tod meiner Mutter musste ich ins Internat.« Frauke schloss die Augen, der Schmerz zerriss sie fast. Sie wollte das alles nicht noch einmal ins Bewusstsein holen.

***

Augenblicklich erinnerte sich Elias an den Zettel von gestern. Er wollte natürlich nicht verraten, dass er ihn wieder aus dem Papierkorb herausgeholt hatte. So kramte er in seinen Erinnerungen, ob ihm etwas zum Leben von Hauke Jansen einfiel.

»Nach dem Tod seiner Frau musste er doch selbst in die Klinik, kam mit ihrem Tod nicht zurecht«, sinnierte er.

»Er ist ein selbstsüchtiger Arsch! Und ich will nicht mehr über ihn sprechen.«

Schweigend nickte Elias. Gerne hätte er mit Frauke noch darüber gesprochen, was sie offensichtlich belastete. Aber sie hatte sich von ihm abgewandt.

Dennoch rückte er näher und versuchte, sie wieder in den Arm zu nehmen. Doch er fühlte Abwehrspannung in ihrem ganzen Körper. So setzte er sich wieder etwas zurück und streichelte ihr nur über den Kopf.

»Ich liebe dich ... und ich bin für dich da, okay?«

Frauke nickte und dann flossen ihre Tränen. Elias schmerzte das Herz. Wie sollte er nur helfen? Vorsichtig berührte er ihre Wange und streichelte sie. Ihre Abwehrspannung löste sich und er konnte sie endlich in den Arm nehmen.

Es dauerte lange, bis sie sich wieder beruhigt hatte. Geduldig blieb Elias bei ihr und spendete Trost. Die Unbeschwertheit der letzten Stunden war dahin und es gab nichts, was sie hätte wiederherstellen können.

»Mein Mann bringt die Kinder gleich zurück«, murmelte Frauke irgendwann. »Es ist besser, wenn du dann nicht mehr da bist.«

Traurig über das abweisende Verhalten erhob sich Elias langsam, um seine Jacke zu suchen. Frauke entwickelte sich für ihn zu einer emotionalen Kneippkur, ein irrwitziger Wechsel zwischen heiß und kalt.

Zum Abschied ging er vor ihr, die immer noch auf dem Sofa saß, in die Hocke, blickte ihr lange prüfend ins Gesicht. Aber sie zeigte keine Regung.

»Ich schätze, wir können uns erst wieder in vierzehn Tagen sehen.«

Frauke nickte. Erleichtert atmete Elias aus. Es war anscheinend kein Abschied für immer. Offensichtlich musste sie etwas verarbeiten – allein.

»Kommst du dann nach Düsseldorf?«, fragte er leise.

»Kann ich machen«, antwortete sie heiser und räusperte sich.

»Dann zeige und erzähle ich dir mehr von mir, ja?«

Frauke nickte wieder.

»Frauke, ich weiß jetzt schon, das werden die längsten vierzehn Tage meines Lebens. Ich liebe dich! Vergiss das bitte nie!«, flehte er.

Wieder hatte sie nur ein Nicken für ihn.

»Bringst du mich an die Tür?«

Schweigend erhob sie sich.

Elias packte sofort ihre Hand und ging zusammen mit ihr zur Haustür. Doch diese Geste fühlte sich diesmal nicht so gut an, das Gefühl der Verbundenheit war praktisch verschwunden. Eine unsichtbare Mauer war zwischen ihnen entstanden und ließ ihn erschaudern.

Im Flur blieben sie stehen und tasteten sich mit den Augen ab. Beide hatten ein herzerweichendes Flehen im Blick. Es war wie ein Versuch, den anderen zu beschwören. Doch die dunkle Wand blieb bestehen.

In einem Akt der Verzweiflung riss Elias seine Geliebte an sich und fing an, sie zu küssen.

Energisch forderte er von Frauke Zugeständnisse und registrierte zufrieden, wie sie nachgab und sich hingab.

Minutenlang vergaßen sie die Zeit und alles um sich herum. Irgendwann löste er sich, sah sie eindringlich an und küsste sie noch einmal kurz auf den Mund. Mit flehendem Blick suchte er nach Zeichen der Zuneigung.

Da rasselten Schlüssel in der Haustür.

Die Tür öffnete sich und ein Mann stand in der Tür. Die blendende Sonne als Aura seiner Silhouette, die Kinder hinter ihm, zerschlug er wie ein Racheengel die zarte Verbindung der beiden.

Instinktiv wich Frauke einen Schritt zurück.

Elias blickte in sein süffisantes Gesicht. Das konnte nur der Ex-Mann sein!

Frauke war noch nicht bereit gewesen, ihn ihrer Familie vorzustellen. Jetzt hatte es das Schicksal anders entschieden. Kein Abschiedskuss vor der Familie, entschied er blitzschnell, das könnte Frauke nicht gefallen. Womöglich gab es dem Ex-Mann Futter für dumme Bemerkungen.

»Ich melde mich«, flüsterte er deshalb nur sanft. Frauke rührte sich nicht.

Er nickte Stephan kühl zu und verließ das Haus, ohne sich umzudrehen.

***

Frauke sah, wie ihre Familie ihm nachblickte, als hätte sie einen Geist gesehen. Eigentlich hatte sie noch nichts offiziell machen wollen, aber jetzt war der Geist aus der Flasche und sie froh, dass ihr die weitere Aufklärung erspart blieb.

Stephan blickte seine Exfrau herablassend an und trat mit den Kindern ein.

»Du willst also lieber mit Teenies vögeln, statt mit mir und den Kindern in die Osterferien zu fahren? Musst du deine Stecher eigentlich gleich hier anschleppen?«, spottete er.

Frauke blickte zu den Kindern, doch sie waren schon nach oben verschwunden. Sie wurde das Gefühl nicht los, dass sie mal wieder ihre Anweisungen von Stephan bekommen hatten.

Frauke spürte, wie ihr Blut in den Kopf stieg. »Musst du neuerdings ohne Ankündigung immer früher kommen? Ja, er ist fünf Jahre jünger, wo ist das Problem? Ist Rebecca nicht sogar acht Jahre jünger als du?«

Stephan grinste spöttisch und packte Frauke am Arm.

»Genau. Und das war ja das Problem. Sie wollte in Clubs und solche Sachen, da hatte ich keine Lust drauf. Aber klar, wenn es dir nur um das Eine geht ... da ist so ein junger Hengst natürlich in vollem Saft! Das ist viel aufregender, als sich um seine Kinder zu kümmern.«

»Du hast überhaupt kein Recht, so fies zu sein! Lass mich gefälligst los, du spinnst ja!« Fraukes Augen funkelten böse, während sie sich Stephans Griff mit einem Ruck entzog.

Dann fiel sein Blick auf den Kamin mit dem Bärenfell davor und er zeigte drauf.

»Das sagt ja wohl alles! Ist er wenigstens gut? Dumm bumst gut, sagt man ja.«

»Das muss ich mir von dir nicht bieten lassen«, entrüstete sich Frauke und drehte sich weg.

»Verschwinde endlich! Und ich möchte nicht, dass du noch einmal mit reinkommst, wenn du die Kinder zurückbringst. Was ich tue, geht dich nichts an!«

Da erst schien sich Stephan zu besinnen. Er fuhr sich durch die Haare, ging vor Frauke in die Hocke und packte ihre Hände.

»Entschuldigung Frauke, es tut mir leid! Da ist mal wieder die Eifersucht mit mir durchgegangen. Verzeihst du mir? Sieh es doch mal so: Dass ich eifersüchtig bin, zeigt doch meine Gefühle für dich. Ich möchte einfach gerne, dass wir wieder eine Familie sind. Ist das denn so falsch?«

In seinem Gesicht glaubte Frauke, Reue zu erkennen. Sie schloss die Augen und atmete tief durch. »Ich lass mir nicht gefallen, wenn du Elias oder mich beleidigst, hörst du?«

Stephan nickte.

»Wie ernst ist das denn, mit diesem Elias und dir?«

»Ich weiß es auch noch nicht so genau. Ich weiß nur, das Wochenende war wunderschön.«

Frauke wunderte sich mal wieder über sich selbst, wie selbstverständlich ihr diese Worte über die Lippen gekommen waren. Obwohl immer noch die bitteren Gefühle in ihrem Bauch rumorten, die das Lied ihres Vaters bei ihr ausgelöst hatten, war plötzlich das gute Gefühl der Liebe und Lebendigkeit wieder da.

Stephan schluckte.

»Wenn du es noch nicht so ganz genau weißt, dann hab ich ja vielleicht doch noch eine Chance. Bitte, denk noch einmal darüber nach. Ich wusste nicht, wie wichtig mir die Familie ist. Aber jetzt ist das anders. Das musst du mir glauben!«, flehte er.

Frauke drehte sich weg, sie konnte Stephan jetzt keine Antwort geben.

»Ich glaube, es ist besser, wenn du jetzt gehst«, sagte sie müde.

»Ja natürlich«, antwortete er ergeben.

»Tschüss! Ich melde mich«, sagte er, als er das Haus verließ.

»Ja, tschüss«, erwiderte Frauke.

Sie vergrub ihr Gesicht in den Händen. Das vertraute Gefühl der Zerrissenheit schlug wieder zu und ließ sie in einem noch tieferen Loch zurück.

Da gab das Handy wieder das Zeichen für einen Nachrichteneingang:

– Bittersüßer Kaffee,
als gemischte Gefühle.
Süße Erinnerungen, unvergessen
und bitterer Schmerz über den Verlust.
Will den Kaffee trinken, meine staubtrockene Kehle befreien,
dich spüren und schmecken, meine Sucht nach dir stillen. –

Kein weiteres Wort, nur diese Verse. Frauke musste schlucken, auch ihre Kehle war staubtrocken.

Sie setzte sich auf das Sofa und rieb sich über die Augen. Mit zur Brust gezogenen Beinen starrte sie vor sich hin und unternahm den verzweifelten Versuch, ihre Gefühle zu sortieren.

Kapitel 13 Die andere Seite

Nach dem Wochenende mit Frauke war Elias wie durch die Mangel gedreht und elektrisiert zugleich. Während des Kneipenauftritts kreisten seine Gedanken nur um Frauke. Hatte er sonst immer mit dem Publikum gescherzt und mit den Frauen geflirtet, so war ihm nun die Lust darauf schlagartig vergangen.

Er spulte sein Programm so unkonzentriert runter, dass Armin missbilligend zu ihm herübersah. Beim Feierabendbier saß er an der Theke und starrte auf sein Glas. Immerzu drehte er es auf dem Bierdeckel hin und her und strich mit den Fingern durch das Kondenswasser.

Armin kam zu ihm herüber und sah ihn prüfend an. »Was ist denn mit dir los? Hast du schon jetzt keine Lust mehr, bei mir zu spielen? Du hast einen Vertrag, Freundchen. Wenn du nicht genug Publikum generierst, rechnet sich das Ganze nicht. Jeder kann mal einen schlechten Tag haben, aber die Betonung liegt auf *einem* schlechten Tag, klar?«

Elias nickte. Armins Umsatzzahlen waren ihm gerade so was von egal.

»Was ist los mit dir, Süßer? Hat dich deine neue Flamme abserviert?« Ava trat von hinten an Elias heran und legte ihm einen Arm um die Schulter.

Genervt schüttelte er ihn ab. »Was soll das Ava?«

»Komm schon, ich seh' doch, dass du irgendetwas auf dem Herzen hast. Erzähl schon, was ist los?«

»Es ist nichts, Ava, wirklich«, seufzte er genervt.

»Das erzähl doch, wem du willst, schließlich kenne ich dich ganz gut. Es ist bestimmt diese Frau, die seit Karneval deine Gedanken besetzt, und der du ständig schreibst. Oder sie dir? Sie will dich bestimmt für sich, oder? Aber glaube mir, so etwas funktioniert nicht. Du gehörst dem Publikum und nicht nur einer Frau.«

»Mann, Ava … nerv mich nicht!«, schnauzte er und drehte sich weg.

»Siehst du, sag ich doch! Glaube mir mein Lieber, es funktioniert nicht. Je eher du das einsiehst, desto besser. Wenn man mit einer Karriere durchstarten will, muss man frei sein. Frei im Kopf und im Herzen, beides darf nur der Kunst gehören. Wenn du dich erst mal etabliert hast, sieht es anders aus.« Sie drehte bei diesen Sätzen sein Gesicht wieder zu sich und sah ihn eindringlich an. »Und ich weiß, wovon ich rede … Schätzchen.«

Elias entfuhr ein Schnauben. Er befreite sich aus Avas Griff und machte sich auf den Weg in sein Zimmer.

Er fühlte sich einsam. Gerne hätte er noch mit irgendjemandem geredet. Den Kontakt zu seinen alten Schulfreunden hatte er vernachlässigt. Um ihn herum jede Menge oberflächliche Bekanntschaften. Armin und Ava waren zum Reden denkbar ungeeignet – von seiner Mutter einmal ganz zu schweigen.

Durch die intensive Verbindung mit Frauke wurde ihm diese Einsamkeit plötzlich klar. Er hatte das Gefühl, mit ihr über alles reden zu können. Nur das, was sie belastete, war anscheinend tabu.

Vielleicht könnte er ja anderweitig herausfinden, was sie so verstörte. Er nahm sein Smartphone und gab den Namen Hauke Jansen ein. Viel war nicht zu finden. Nur ein paar Artikel, die ihn als notorischen Weiberhelden darstellten. Dann seine Zeit im Krankenhaus und das Comeback. Seine Karriere plätscherte zurzeit nur verhalten dahin.

Musiker = untreuer Weiberheld.

Möglicherweise war es das, was Frauke störte. Dann musste er eben mit Worten und Taten überzeugen, so lange, bis sie ihm vertraute und sich ihrer Gefühle genauso sicher war wie er.

Er zog seine Stiefel aus und legte sich auf Armins breites Gästebett. Nachdenklich faltete er die Hände unter dem Hinterkopf. Ja, er war sich seiner Gefühle mittlerweile so sicher, dass er auch mögliche Nachteile seiner Karriere in Kauf nehmen würde.

Seine Gedanken kreisten um mögliche, vertrauensbildende Maßnahmen für Frauke. Sie sollte unbedingt seine Mutter kennenlernen. Über seine Herkunft zu sprechen, das hatte er bisher vermieden. Er wollte auf gar keinen Fall wie ein reiches, verwöhntes Muttersöhnchen rüberkommen. Er musste ihr genau erklären, warum er das alles tat und warum sie sich seiner mehr als sicher sein konnte.

Ein echter Partner, das wollte er für sie sein. Er würde ihr alles über sich erzählen – einfach alles, was sie wissen wollte. Das musste ihr genug Sicherheit geben, damit sie sich ohne Angst auf ihn einlassen konnte.

Elias schloss die Augen und sah ihr Bild vor sich. In Gedanken spürte er ihren Berührungen nach, küsste sie. Dabei durchlief ihn ein warmes Bauchkribbeln. Sie fehlte ihm so! Ihre Abwesenheit schmerzte.

In seiner Vorstellung erlebte er das Frühstück noch einmal. Das baute eine fast unerträgliche Sehnsucht auf. Verse, er wollte ihr noch Verse schreiben ...

So knipste er das Licht wieder an und griff zu Stift und Block, bannte seine Sehnsucht wieder einmal mit Worten.

> Weil ich nachts aufwache
> und nicht mehr schlafen kann.
> Im Dunkeln suche
> und trotz offener Augen nichts finde.
> Weil ich verzweifelt Kissen umarme,
> mir vorstelle, du wärst stattdessen da.
> Weil ich jeden Abend versuche,
> in den Schlaf zu sinken
> und ihn nicht finden kann.
> Weil du mir fehlst!

Gleich morgen früh würde er sie abschicken. Beruhigt legte sich Elias zurück und nahm die Bettdecke zwischen die Arme – genau so, wie er es in den Versen geschrieben hatte –, schloss seine Augen und versuchte zu schlafen.

Er war gerade am Wegrauschen, da hörte er eine Melodie, schlagartig war er wieder wach.

Das war es, so müsste es klingen!

Rasch holte er seine Gitarre, kramte Notenpapier und Stift hervor und komponierte. Nach einer Stunde war das Lied fertig und Elias hochzufrieden mit dem Ergebnis. Frauke war für ihn eine wahre Muse.

Entspannt und erschöpft legte er die Gitarre und die Noten vors Bett auf den Fußboden, schlüpfte unter die Decke und fiel in einen tiefen Schlaf.

Die vierzehn Tage bis zum nächsten Treffen versuchte Elias, einen guten Job zu machen und den Entertainer in sich wieder herauszuholen. Da er mit Frauke im vertrauten Ton mailte, beruhigte er sich zunehmend.

Es nervte ihn, dass sich seine Arbeitszeit mit Fraukes spärlicher Freizeit überschnitt. Hatte er frei, beantwortete sie seine Nachrichten nur kurz und unregelmäßig. Hatte sie Feierabend, musste er arbeiten. Die Sache war mehr als unbefriedigend.

Nach dem Auftritt verzog er sich immer schnell in sein Gästezimmer, um Frauke noch vorm Zubettgehen am Handy zu erwischen. Meist wartete sie schon auf ihn und sie wechselten noch ein paar Worte. Danach fühlte er seine Einsamkeit doppelt so heftig.

Seiner Kreativität gab diese Sehnsucht allerdings einen gewaltigen Schub. Elias komponierte jeden Abend. Oft wachte er mitten in der Nacht auf, um etwas zu notieren, oder die Ideen blitzten am frühen Morgen in seinem Hirn auf. Fünf Lieder hatte er in diesen vierzehn Tagen schon geschrieben. Er hätte längst genügend für ein Album beisammen. Jetzt fehlte nur noch das Geld – oder ein Vertrag.

Irgendwann war er schließlich da, der Tag, an dem er Frauke seiner Mutter vorstellen wollte. Aufgeregt stand Elias am Hauptbahnhof, wo gerade die Bahn einlief. Sein

Herz schlug mal wieder bis zum Hals, als er Fraukes schönes Gesicht in der Menge ausmachte.

Sie liefen mit einem strahlenden Lächeln aufeinander zu und schlossen sich fest in die Arme. Elias hob sie hoch und drehte sie im Kreis, während sie sich wild küssten. Zwischendurch unterbrachen sie den Kuss, um sich in die Augen zu sehen, dann ging der Kuss in die nächste Runde. Als die stürmische Begrüßung endlich zum Ende kam, machten sie sich Arm in Arm auf den Weg.

»Du kennst wohl auch keine Leute mehr«, tönte es plötzlich von der Seite.

Frauke und Elias drehten sich in die Richtung, aus der die Worte gekommen waren.

»Hallo Elias, dir scheint es ja gut zu gehen, du strahlst wie ein Honigkuchenpferd.«

Das klapperdürre Mädchen, das Elias ansprach, lächelte. In ihrem Mund blitzten faulige, dunkle Zahnstumpen, unterbrochen von Lücken. Ihr Gesicht war käseweiß, mit tiefen Ringen unter den dick geschminkten Augen. Um ihr Gesicht hing dünnes, ungepflegtes Haar.

»Oh hallo, Kathi. Ja, ich scheine wirklich einen Tunnelblick zu haben.« Elias strahlte die herunter-gekommene Erscheinung an. »Wie geht es dir denn?«

»Ganz gut, ich bin jetzt im Methadon-Programm«, antwortete sie mit einem schiefen Lächeln.

»Das ist toll Kathi, ich freu mich für dich.«

»Hast du vielleicht ein bisschen Geld für mich?«

»Ja klar, warte mal.« Elias griff in seine Tasche und kramte ein paar Münzen hervor. Kumpelhaft klopfte er ihr auf die Schulter, als er das Geld überreichte. »Tschüss Kathi, mach's gut«, verabschiedete er sich und griff wieder nach Fraukes Hand.

Frauke sah erschrocken aus. »Wer ist das? Woher kennst du sie?«, stammelte sie.

Das wiederum machte Elias Angst. Er musste ihr wohl erklären, warum er Menschen kannte, die auf der Straße lebten.

»Dafür muss ich weiter ausholen«, druckste er herum und atmete durch. »Also ... Ich hab vor ungefähr einem Jahr bemerkt, dass ich mein Leben so nicht mehr weiterführen wollte. Ich hatte Musik studiert, eine feste Freundin, das volle Programm ... Mein ganzes Leben war vorhersehbar und langweilig. Ich hatte die Schnauze voll. Da hab ich einfach alles hingeschmissen ... von heute auf morgen. Ich wollte unabhängig sein, kreativ und von meiner Musik leben.«

»Und dann? Und das Mädchen eben? Und was ist mit deiner Freundin?«

Fraukes entgeisterter Gesichtsausdruck verstärkte seine Angst. Sie sah ihn skeptisch, fast wie einen Fremden an. Die Vertrautheit war mal wieder wie weggeblasen.

Elias holte noch einmal tief Luft. »Eins nach dem anderen. Ich beantworte ja alle deine Fragen. Alle!«

Elias atmete schneller. Hoffentlich verstand sie jetzt nichts falsch, denn sie sollte ihm ja vertrauen.

»Am wichtigsten ist mir, dass du begreifst, dass du die wichtigste Frau in meinem Leben bist. Ich liebe dich! ... Und du bist die Einzige ... ich schwöre.« Elias sah Frauke eindringlich an und ihre Züge entspannten sich etwas.

»Also ... ich hab mir eine Lizenz besorgt, Straßenmusik gemacht und gelegentlich in Kneipen gespielt. Da lernt man eine ganze Menge Menschen und Schicksale kennen. Wie dieses Mädchen eben. Die Geschichten sind oft sehr traurig und inspirierend zugleich.«

»Deine Freundin, was hat die dazu gesagt? Warum hast du sie verlassen?«

»Oh, *sie* hat *mich* verlassen. Sie fand meine Pläne albern und kindisch. Sie hat mich dann vor ein Ultimatum gestellt. Entweder ich nehme mein Studium wieder auf, oder sie verlässt mich. Da meine Gefühle schon lange abgekühlt waren, fiel mir die Entscheidung leicht.«

Er hielt inne, weil er Unbehagen in Fraukes Gesicht bemerkte. Ein kalter Schauer lief ihm über den Rücken. Er wollte ehrlich sein, hatte damit aber offensichtlich nur ihre Ängste verstärkt.

»Frauke«, flehte er und legte seine Hände auf ihre Wangen. »Die Beziehung war schon lange nichts mehr. Iris war nur noch auf Karriere aus. Wir hatten überhaupt keine Zeit mehr füreinander.«

Er sah sie durchdringend an, bevor er sie wieder losließ.

Frauke nickte.

»Ich denke, so viel verdient man nicht mit Straßenmusik. Es reicht bestimmt nicht für eine Miete und den Lebensunterhalt. Wo hast du gewohnt?«, fragte sie nach einiger Zeit.

»Meistens bei Freunden. Im Sommer auch auf der Straße. Ich wollte einfach die andere Seite kennenlernen. Ein ganz anderes Leben als das, was ich bisher führte«, antwortete er wahrheitsgemäß und fragte sich, was ihr wohl durch den Kopf ging. Die Skepsis in ihrem Gesicht war immer noch nicht verschwunden.

»Wie Ed Sheeran, der hat sich auch in London durch die Kneipen gespielt, als er noch nicht berühmt war. Damals ist das Lied ›The A-Team‹ entstanden. A-Team bedeutet ...«

»Konsumenten von Drogen der A-Klasse. Harte Drogen, in England werden sie in Klassen eingeordnet. Ist mir ein Begriff«, ergänzte Frauke.

Er legte einen Arm um ihre Schulter und nickte Richtung Zug. »Komm, wir müssen diese Bahn nehmen.«

In der Bahn benahm sich Elias wie ein Teenager. Als Zeichen, dass alles in Ordnung ist, brauchte er Zuwendung und Zärtlichkeit.

Nur zögernd willigte Frauke in den Kuss ein. Solche Gefühlsbekundungen in der Öffentlichkeit waren ihr offensichtlich unangenehm. Als er ihr dann auch noch liebeshungrig an die Brust fasste, schob sie energisch seine Hand weg.

Das schamhafte Benehmen heizte ihn jedoch noch mehr an. Er konnte sich nur schwer kontrollieren. Die Hand blieb zwar weg, aber er stöhnte in den Kuss.

Da räusperte sich jemand laut hinter ihm. »Ihre Fahrkarten, bitte.« Missbilligend blickte der Kontrolleur auf sie beide.

Sofort rückten sie auseinander und kramten nach ihren Fahrkarten. Während Frauke peinlich berührt war, konnte sich Elias ein Lachen nicht verkneifen.

»Wo fahren wir überhaupt hin?«, fragte Frauke, als die Bahn über die Rheinbrücke fuhr.

»Wir sind gleich da.«

»Dann sind wir in Düsseldorf-Oberkassel, ein Nobelviertel. Was willst du dort?«

»Da bin ich aufgewachsen. Ich habe dir ja versprochen, ich erzähle dir mehr von mir. Du sollst alles über mich erfahren. Es ist vielleicht noch etwas früh, aber ich möchte dir meine Mutter vorstellen.«

Frauke riss die Augen auf und schluckte.

»Keine Angst, ich habe sie schon vorbereitet. Sie ist Einiges von mir gewohnt und natürlich nicht damit einverstanden gewesen, dass ich ganz aus meinem Leben raus wollte. Du bist so brav und solide, du wirst ihr gefallen.«

»Brav und solide? Soll das jetzt ein Kompliment sein? Überhaupt, du hättest mich ruhig fragen können.«

Elias senkte den Kopf. »Ja schon, aber ich hatte es meiner Mutter bereits angekündigt. Sie macht sich immer Sorgen um mich. Ich wollte nicht das Risiko eingehen, dass du Nein sagst«, murmelte er.

Frauke schüttelte den Kopf.

Er fragte sich, ob er sie nicht doch überforderte. In seiner Magengegend hatte sich ein kleiner Knoten gebildet, der im Laufe des Gesprächs immer größer wurde.

»Komm, hier müssen wir aussteigen.« Elias war froh, nichts weiter erklären zu müssen.

Auf dem Weg legte er wieder einen Arm um Frauke und zog sie fest an sich.

An der Villa angekommen, drückte er auf den Klingelknopf und sah seiner Freundin dabei fest in die Augen. »Meine Mutter ist eigentlich ganz in Ordnung. Aber sie ist eben eine Mutter ... wie alle Mütter.«

Frauke nickte.

Die Tür öffnete sich und Elias' Mutter lächelte sie zuckersüß an.

»Da seid ihr ja schon. Kommt herein. Du bist also Frauke? Schön dich kennenzulernen.«

Sie reichte Frauke die Hand, bevor sie ihren Sohn umarmte. Unschlüssig blieb Frauke in der Eingangstür stehen, bis Elias sie durch den Eingang schob. Frauke wusste offensichtlich nicht so recht, was sie von der Sache halten sollte, und schaute sich unsicher um.

»Ich hab Kuchen besorgt. Wollen wir einen Kaffee trinken? Oder Tee?«

»Kaffee«, antwortete Elias, »mit jeder Menge Zucker. Aber ich möchte Frauke jetzt erst mal mein Kinderzimmer zeigen.«

Mit einem Grinsen schob er Frauke Richtung Treppe.

»Ich hätte gerne einen Tee. Kaffee trinke ich nur am Morgen«, konnte Frauke gerade noch sagen.

Nur zögernd ergriff sie seine angebotene Hand und folgte ihm die Treppe hoch in sein Kinderzimmer.

Elias' Mutter stand mit offenem Mund da und sah ihrem Sohn hinterher. Dann drehte sie sich kopfschüttelnd weg.

Elias öffnete die Tür und ließ Frauke in den großzügigen Raum eintreten.

Frauke sah sich um. Ihr Blick blieb am großen Bett hängen – definitiv zu breit für ein reines Jugendbett. Ihm lief es heiß den Rücken hinab. Das könnte sie auch falsch verstehen.

»Du hast aber ein ziemlich großes Jugendbett«, bemerkte sie.

Fuck!

Mit dem Fuß kickte er die Tür hinter sich zu. Schnell stürmte er auf seine Freundin zu und umarmte sie fest. Er hätte sie besser vorbereiten müssen.

»Na ja, meine Eltern wollten, dass ich als Teenager mal zu Hause schlafe.«

Sie nickte, das ließ ihn etwas entspannen.

Den ganzen Tag hatte er an das letzte Wochenende denken müssen. Dabei war jedes Mal ein Kribbeln durch seinen Körper gezogen. Jetzt wo er mit ihr allein war, zeigte sein Körper eindeutige Signale. Er sehnte sich so nach ihrer Nähe. Diese Begegnung fühlte sich bisher einfach unrund an. Vielleicht verschwand die Distanz, wenn sie sich näherkamen. So nah, wie beim Wochenende bei ihr.

Deshalb wagte er einen Vorstoß und zog sie so dicht an sich heran, dass sie seine Erregung spüren musste. Mit Genugtuung registrierte er ihren leisen Seufzer. Aber leider nahm sie auch eine gewisse Abwehrhaltung ein.

»Du hast sicher schon viele Herzen gebrochen«, kam es zögernd von ihr.

Elias schloss die Augen und holte tief Luft. Wieso konnte er sie eigentlich nicht dauerhaft beruhigen?

»Also, das mit dem Bett ... das haben mir meine Eltern gekauft, weil sie wollten, dass ich trotz Freundin auch mal zu Hause schlafe. Ich bin kein Weiberheld, wirklich nicht!« Verlegen presste er die Lippen aufeinander und wagte nur einen kurzen Blick.

»Und dafür braucht man solch ein großes Bett? Du willst mich veräppeln.«

»Nein, bestimmt nicht! Ich habe dir doch schon auf dem Bahnhof gesagt, dass ich eine feste Freundin hatte. Eigentlich kann ich mir nur noch *eine* Frau in diesem Bett vorstellen. Du weißt, wer das ist.«

Er fing er an, sie zu küssen. So leidenschaftlich, dass sie etwas zurückwich. Elias atmete tief und unterdrückte ein Seufzen. Irgendwie musste sie doch zu überzeugen sein!

»Wenn du mir nicht glaubst, muss ich dir meine Liebe auf andere Art beweisen. Und zwar jetzt!«, raunte er. Sein Atem ging schnell und ihr Duft hatte seinen Verstand ausgeschaltet.

Doch Frauke wand sich aus seinen Armen. »Mann, Elias, doch nicht hier und jetzt!«, murrte sie, als er sie widerwillig entließ.

Er seufzte. Verstand ausgeschaltet – klar. Er musste taktisch klüger an die Sache gehen.

Dann fing sie an, sich in seinem Zimmer umzusehen. Ihr Blick fiel auf seine vielen Konzertposter. Lange, zu lange, blieb er bei dem Plakat von ihrem Vater hängen.

Fuck! Warum hatte er denn nicht dafür gesorgt, dass das Ding verschwand?

Ihr Vater war darauf jung, mit Dreitagebart, Jeanshemd und Gitarre – auf dem Höhepunkt seiner Karriere.

Elias fragte sich, was wohl gerade in ihr vorging, denn dass etwas in ihr vorging, war nicht zu übersehen. Er biss sich auf die Lippen.

»Also ... du weißt ja, dass ich ihn gut finde ... Was denkst du gerade?«, fragte er und sah ihr prüfend ins Gesicht.

Doch sie wich seinem Blick aus und schritt auf das Regal mit den Kinderbüchern zu.

»Mann, sind das viele! Hast du sie alle gelesen? Welche sind deine Lieblingsbücher?«

Froh, endlich halbwegs sicheres Terrain unter den Füßen zu haben, trat Elias hinter Frauke, umarmte sie und gab ihr ein Küsschen in den Nacken.

»Kinderbücher? Ja, ich habe viel gelesen. Ich mochte die Klassiker, die mein Vater schon gelesen hat. Seine Karl May Bücher habe ich alle durch ... und Harry Potter natürlich.«

Dann griff er Michael Endes ›Momo‹. »Kennst du das ... mit den Zeitdieben? Den grauen Herrn, die allen Menschen die Zeit stehlen? Keiner hat mehr Muße, das Leben zu genießen?«

»Das habe ich auch gelesen, das ist toll. Genau wie seine anderen Bücher, ich liebe sie!«

Elias stellte das Buch zurück und fuhr mit dem Finger über ein paar älter aussehende Exemplare.

»Ich habe alle Bücher verschlungen, in denen die Helden Abenteuer erlebt haben. Viele davon sind Jugendbücher meiner Eltern. Da konnte ich mich aus meinem eigenen öden Leben wegträumen. »Der 35. Mai«, von Erich Kästner, wo die Helden verrückte Dinge machen und Fleischsalat mit Himbeersoße essen ... So etwas wollte ich damals auch. Das Buch habe ich jedes Jahr einmal gelesen.«

»Viele Jahre meines Lebens war die Bücherei mein zweites Zuhause, nein, mein erstes. Ich hab fast alle

Klassiker der Jugendliteratur gelesen. Am meisten habe ich Pippi bewundert«, erklärte Frauke und lächelte ihr unwiderstehliches Lächeln.

Als Elias das sah, fiel ihm ein Stein vom Herzen. Nicht nur das, sein Herz schmolz gerade, weil sie nicht nur die Liebe zur Musik gemein hatten.

Dann zog er wieder ein Buch heraus. »Tom Sawyer und Huckleberry Finn ...«

»Ja, das war ja klar! ... Leider hast du in Düsseldorf keine Tonne gefunden.« Frauke grinste provozierend.

»Du kannst dir das vielleicht nicht vorstellen, aber ich habe immer hier in dieser Blase gelebt. Wenn wir mal in Urlaub gefahren sind, dann in ein Luxushotel. Dort musste ich mit Seitenscheitel brav am Tisch sitzen. Das war sterbenslangweilig! Gott sei Dank hatte mein Vater dafür immer nur ein oder zwei Wochen Zeit im Jahr.«

Elias setzte sich auf sein Bett. »Die meisten meiner Freunde waren im Urlaub. Viele sogar in einem Ferienlager ... im Ausland. Ich hätte das nur mit Bodyguard gedurft ... wie cool!« Sein Herz pochte. Er musste sich beruhigen und atmete tief durch. Vor allem aber sollte er die Stimme wieder senken.

»Ich sollte immer brav hierbleiben. Meine Mutter hatte ständig Angst um mich. Auch, dass ich womöglich entführt werde ... Da blieben mir nur meine Bücher, meine Fantasie und die Musik. Irgendwann hab ich dann dagegen rebelliert, da wurde es etwas besser.«

Elias lehnte sich auf dem Bett zurück und stützte sich auf die Ellenbogen. »Warum stehst du so rum? Entspann dich doch, setz dich bitte zu mir.« Er lud sie ein, indem er mit der flachen Hand neben sich klopfte.

»Wir müssen doch gleich wieder runter, deine Mutter wartet.«

»Mach dich doch locker ... ein bisschen Zeit ist schon noch.«

»Na gut, aber kein Sex.«

Er stöhnte. »Nein kein Sex ... versprochen.«

Zögernd setzte sich Frauke zu ihm auf das Bett. Ihm zugewandt stützte sie den Kopf auf die Hand und sah ihn an. »Mir ging es übrigens ähnlich. Ich habe das Internat gehasst. Es war dort wie in einem Gefängnis. Ein sehr trauriges Gefängnis, mitten in der Schweizer Einöde. Dort hat man gelernt, wie der Salat beim Essen richtig mit der Gabel gefaltet wird. Nur in den Ferien durfte ich zu meiner Oma. Bücher, Fantasie und Musik, daraus bestand auch mein Leben.«

Elias drehte sich zu ihr. Er streichelte ihr übers Haar. Jetzt war es wieder da, das Gefühl der Verbundenheit und Vertrautheit. Glücklich lächelte er sie an. »Ich hab so ein französisches Geschichtenbuch. Da kommt ein Mann in den vermeintlichen Himmel. Er darf sich sein Leben selbst gestalten. Er wünscht sich jeden Tag sein Lieblingsgericht, eine Tageszeitung und ein Leben, in dem materiell nichts fehlt. Die Engel kommen immer mal wieder fragen, wie es ihm gefällt. Er behauptet immer, es wäre gut. Aber eigentlich findet er es immer öder. Bis er eines Tages ausrastet. Ihm wäre ja so langweilig, der Himmel wäre doch ein Dreck und er würde sich lieber in die Hölle wünschen ... Da fragen die Engel, ob er es denn nicht wüsste, dass er bereits in der Hölle ist.«

»Ja, in der Hölle ...«, erwiderte Frauke und nickte grüblerisch.

Elias sah sie nachdenklich an. Gerne hätte er gefragt, was in ihrem Kopf vor sich ging. Sie wirkte schon wieder so traurig. Aber aus Angst vor erneuter Zurückweisung traute er sich nicht, sie zu fragen.

Nach einiger Zeit ging ein Ruck durch Frauke. »Ist es nicht unhöflich, deine Mutter so lange warten zu lassen?«

»Ach, so was ist sie von mir gewohnt«, antwortete er lässig.

Sofort hätte er sich dafür am liebsten auf die Zunge gebissen. »Ähm, früher habe ich mich meistens schnell verkrümelt. Wie jeder Teenie, kennst du ja sicher.«

»Schön wär's«, antwortete Frauke.

Elias biss sich auf die Unterlippe. Warum konnte sie nicht ein bisschen mehr entspannen? Er musste sich dringend etwas einfallen lassen, damit sie fröhlicher wurde.

Tief atmete er durch und seufzte. »Na, komm! Dann lass uns nach unten gehen. Du hast recht, meine Mutter wartet sicher schon. Sie hat bestimmt eine erlesene Kaffeetafel für uns arrangiert«, erklärte er und erhob sich. Als Frauke zu ihm aufblickte, zwinkerte er ihr lächelnd mit einem Auge zu. Erleichtert registrierte er, dass sie zurücklächelte.

Diese Situation eben war so schön und vertraut gewesen. Die Gemeinsamkeiten der Kindheit hatten sein Verbundenheitsgefühl noch einmal wachsen lassen. Aber jedes Mal kam hinterher die kalte Dusche, wenn sie ihre traurige Mauer hochzog.

Er reichte ihr die Hand und half ihr beim Aufstehen. Hand in Hand gingen sie nach unten.

Kapitel 14 Blattgold

»Wow, das ist aber eine tolle Aussicht«, entfuhr es Frauke, als sie das Wohnzimmer betraten. Mit offenem Mund sah sie sich um. Die schweren antiken Edelholzmöbel schienen ihr zu gefallen. Ihre Schritte hallten auf dem Parkettboden, der in manchen Bereichen von Perserteppichen geschützt wurde.

»Ja, schön, nicht wahr. Du solltest es einmal nachts sehen, wenn die beleuchteten Schiffe vorbeifahren. Wie damals, als wir uns kennengelernt haben«, bemerkte Elias, während er ihr ein Küsschen auf die Wange gab.

Die Kaffeetafel war bereits gedeckt. Die weiße Spitzentischdecke, der Blumenschmuck und das edle Porzellan waren geschmackvoll aufeinander abgestimmt.

Elias' Mutter trat ein und lächelte die beiden unsicher an. »Nehmt doch schon mal Platz«, bat sie und wies auf die schweren Polsterstühle.

Elias wollte am liebsten im Erdboden versinken. Steifer konnte die Atmosphäre nicht sein. Seine Mutter musterte Frauke wie einen Hardcore-Metaller in einer Clubdisco.

»Möchten Sie ein Mandelhörnchen? Elias liebt diese Mandelhörnchen«, sagte sie, nachdem sie ihren 3D-Scan beendet hatte. Mit einem gekünstelten Lächeln bot sie Frauke den Teller mit Gebäck.

»Mama, kommst du mal mit in die Küche?« Elias stand auf und packte seine Mutter am Arm. »Komm bitte, ich muss dringend etwas mit dir besprechen«, raunte er, während er sie Richtung Küche zog.

Er schloss die Tür hinter ihnen. »Mutter, bitte nicht so steif! Ich hab dir ja gesagt, mir liegt viel an ihr. Ich möchte, dass sie sich wohlfühlt. Bitte!«, zischte er unwirsch.

Seine Mutter nickte eingeschüchtert. »Ja, natürlich. Aber man wird sich doch wohl noch ansehen dürfen, was du mir da als deine Freundin präsentierst.«

»Du durchbohrst sie ja mit deinen Blicken. Das verunsichert sie doch völlig. Merkst du das denn nicht? Ich hab sie sowieso schon ein bisschen überrumpelt, als ich sie hierhergebracht habe. Das habe ich für dich getan, damit du siehst, dass ich sehr wohl über meine Zukunft nachdenke. Verstehst du?«

»Okay, mir war nicht klar, dass es dir so ernst mit ihr ist ... Sie sieht älter aus als du.«

»Ja ist sie ... etwas, aber das ist nicht wichtig. Und ja, es ist mir ernst mit ihr. Verdammt ernst sogar. Ich liebe sie! Und ich wäre dir dankbar, wenn du ihr zeigst, dass sie willkommen ist. Sie ist der liebenswerteste Mensch, den ich kenne. Du wirst sie mögen.«

Elias' Mutter seufzte. »Wenn dir so viel daran liegt ... Natürlich mein Sohn. Du musst ja wissen, was du tust.«

»Glaub mir, ich weiß genau, was ich tue ... und was ich will«, raunte er, während er wieder die Tür zum Wohnzimmer öffnete.

Elias' Mutter richtete sich die Haare, bevor sie das unnatürliche Lächeln wieder aufsetzte und mit erhobenem Kopf zurück ins Wohnzimmer schritt.

»Möchtest du Tee, Frauke?«, fragte sie mit honigsüßem Lächeln. »Zucker? Milch?« Sie goss Frauke ihren Tee ein, bevor diese überhaupt antworten konnte.

»Ja, danke«, antwortete Frauke höflich.

Elias beobachtete besorgt, wie sie ihre Finger knetete. Sie schien sich immer noch nicht wohlzufühlen.

»Frauke trinkt Kaffee und Tee mit gaaanz viel Zucker, sie ist eine ganz Süße«, bemerkte er grinsend, um die Stimmung aufzulockern. Beruhigend legte er seinen Arm um ihre Schulter und zog sie zu sich heran. »Schließlich ist sie Ostfriesin. Die trinken ihren Tee doch mit Milch und Zucker, oder?«

Elias nahm eins von den Mandelhörnchen und biss herzhaft hinein. Er schaute kauend in die anderen Gesichter. Sein Versuch, die Atmosphäre etwas aufzulockern, war offensichtlich gescheitert.

***

Frauke räusperte sich. Um die steife Atmosphäre etwas aufzulockern, könnte sie ja etwas erzählen.

»Es gibt eine richtige Teezeremonie in Ostfriesland«, erklärte sie. »Man legt unten in die Tasse einen großen Kandis, den Kluntje. Danach wird der Tee oben draufgegossen und zuletzt ganz vorsichtig ein Sahnewölkchen aufgeschichtet. Trinken tut man ihn dann, ohne umzurühren.«

»Das ist auch gut so, denn dann bekommen sie auch kein blaues Auge.« Elias grinste sie frech an.

Frauke blickte nur fragend zurück.

»Na, weil Ostfriesen doch nur ein blaues Auge haben … Denn sie vergessen beim Trinken immer den

Löffel ... aus der Tasse ... zu nehmen«, sagte er und ebbte mit der Stimme immer mehr ab.

Elias' Lächeln starb und seine Mutter rutschte auf ihrem Stuhl herum.

Frauke tat Elias gerade leid. Seine Versuche, die Atmosphäre aufzulockern, konnten kaum ungeschickter sein. Aber so richtig frei fühlte sie sich auch nicht. Warum hatte die Mutter auch solch einen ernsten Blick? Mochte sie keine diskriminierenden Witze oder fand sie nicht passend? Vielleicht konnte man mit weiteren Witzen die Stimmung etwas auflockern?

»Warum haben sich die Ostfriesen noch nie über die Witze beschwert?«, startete Frauke einen Versuchsballon und grinste wissend.

Die anderen beiden schauten perplex.

»Weil sie sie nicht verstehen«, löste Frauke das Rätsel.

Mutter und Sohn fingen endlich an, zu lachen.

Elias' Mutter versuchte daraufhin, mit diversen unverbindlichen Themen, die Stimmung weiter zu verbessern. Ihr schien doch etwas daran zu liegen, dass sie sich wohlfühlte. Eigentlich war sie ganz sympathisch. Ihren Ex-Schwiegereltern war es immer egal gewesen, ob sie sich wohlfühlte. Schon die kleinste Verfehlung führte zu einem unterschwelligen Tadel.

Elias beteiligte sich kaum. Für Smalltalk in der Familie schien ihr Freund gar nichts übrig zu haben. Durch seinen missglückten Witz war er selbst womöglich unsicher geworden.

Deshalb griff Frauke nach einem Mandelhörnchen und biss mit einem »Mhm« hinein.

Nach endlos scheinenden Schweigeminuten brachte sich Elias' Mutter neu ein. »Bevor ich deinen Vater kannte, hatte ich auch mal eine Affäre mit einem Ostfriesen«, versuchte sie, die Stimmung wieder zu heben.

»Ach, ist ja interessant! Erzähl!« Elias sah seine Mutter mit einem breiten Grinsen an. Offensichtlich war es ungewöhnlich, dass sie aus dem Nähkästchen plauderte.

»Er war Musiker und hat mich für die Karriere verlassen. Er ließ mich mit gebrochenem Herzen zurück und ich schwor mir, nie wieder etwas mit einem Musiker anzufangen.«

»Musiker? Ein bekannter Musiker? Wer hat dir das Herz gebrochen?« Elias schien gerade eine neue Seite an seiner Mutter zu entdecken.

»Oh ja, ziemlich bekannt. Du magst ihn. Du hast sogar ein Poster von ihm in deinem Zimmer. Es ist ... war Hauke Jansen.«

Elias spuckte seinen Kaffee im weiten Bogen über die hochwertige Spitzendecke. Seine Mutter sprang sofort auf und nahm den Fleck mit ihrer Stoffserviette auf.

Frauke bekam einen Hustenanfall, weil sie sich am Mandelhörnchen verschluckte.

Elias' Mutter blickte die beiden ratlos an.

»Hauke Jansen ist Fraukes Vater«, erklärte Elias, als er sich wieder gefangen hatte.

Seine Mutter guckte erst überrascht, dann wandelte sich ihr Gesichtsausdruck in alle vorstellbaren Nuancen. »Oh, interessant! Wie geht es ihm?«, fragte sie Frauke mit reserviertem Blick.

Was da gelaufen war, interessierte sie natürlich, aber nachfragen sicher nicht klug, wenn sie eine der unzähligen Frauen war, die ihr Vater das Herz gebrochen hatte.

»Keine Ahnung«, grummelte Frauke. »Ich habe keinen Kontakt mehr zu ihm.«

Warum wurde sie in letzter Zeit eigentlich ständig an ihn erinnert? Die schmerzhaften Kindheitserinnerungen ließen sie kaum noch zur Ruhe kommen. Es hatte viel zu lang gedauert, bis sie das Thema im letzten Winkel ihrer Seele abgelegt hatte. Sie hatte keinen Vater mehr, höchstens einen Erzeuger, der zu Unrecht so von seinem Publikum geliebt und bewundert wurde.

Elias schien sofort ihre Stimmung zu erfassen, denn er stand vom Tisch auf. »Komm, lass uns ein wenig am Rhein spazieren gehen. Es ist so schöne Frühlingssonne.« Mit diesen Worten zog er sie vom Stuhl.

»Ja gerne, aber lass uns noch kurz deiner Mutter beim Abdecken helfen«, antwortete sie, obwohl sie insgeheim froh über dieses Fluchtangebot war.

»Nein danke, geht nur, ich mach das hier schon«, wehrte die Mutter ab.

Frauke zuckte mit den Schultern und lächelte entschuldigend, als Elias sie in Richtung Flur schob.

»Was wollt ihr eigentlich heute Abend essen?«, rief Elias' Mutter den beiden hinterher.

»Du brauchst dich nicht ums Essen zu kümmern, wir gehen Essen«, warf er zurück, während er bereits in der Haustür stand.

Krachend ließ Elias die schwere Haustür ins Schloss fallen und lehnte sich erleichtert mit dem Rücken dagegen.

»Du bist unmöglich«, tönte es von Frauke. »Deine Mutter gibt sich so viel Mühe.«

»Was?«, erwiderte Elias grinsend. »Du willst nicht die veganen Kochkünste meiner Mutter kennenlernen, da bin ich mir sicher.«

»Sie hat mir richtig leidgetan. Ich glaube, du hast sie gut im Griff. Wo willst du denn mit mir essen gehen? Currywurst? Fast Food? Ach nein, hier in dieser Gegend ist die Currywurst bestimmt mit Blattgold überzogen und entsprechend teuer.«

Er zeigte sein breitestes Grinsen, seine Augen funkelten schelmisch. »Es gibt hier tatsächlich eine Bude mit Nobelcurrywurst. Aber mit dem Blattgold sind schon die Leute hier überzogen. Deshalb dürfen sie sich auch nicht zu heftig bewegen, sonst fängt die dünne Schicht an abzublättern.«

»Und in solch eine Bude willst du mich entführen?«

»Wenn du unbedingt willst …«

»Nein, will ich nicht. Aber deine Mutter bemüht sich so um dich. Sei froh, dass du sie hast. Ich denke, du weißt es gar nicht so richtig zu schätzen.«

Elias blickte nachdenklich. »Komisch, so selbstbewusst bist du mir eben noch gar nicht vorgekommen, als sie dich so abgescannt hat. Ich hasse es, wenn sie so steif ist«, sagte er und zog Frauke an sich.

Sie bog sich, als er die Nase in ihre Halsgrube drückte und zärtlich ihren Hals küsste. Ein kribbeliger Schauer zog durch ihren Körper. Der warme Vorfrühlingswind spielte mit ihrem Haar und kitzelte im Gesicht. Frauke schloss die Augen und ihre Körperspannung löste sich. Er schaffte es doch immer wieder, dass sie ruhiger wurde.

»Komm, lass uns ein bisschen laufen, es ist so schöne warme Frühlingsluft«, murmelte er an ihren Hals.

Frauke bekam eine Gänsehaut. Als sie sich umdrehte, wanderte seine Hand ihren Rücken hinab und griff ihr an den Po.

Sofort entzog sie sich und schlug ihm auf die Hand. »Bitte! Kein Gegrabbel in der Öffentlichkeit! In der Bahn war mir das schon so peinlich.«

Elias seufzte und hielt ihr seine Hand hin, damit sie sie ergreifen konnte. »Du hast selbst Schuld. Eben durfte ich dir ja nicht zeigen, wie sehr du mir gefehlt hast.«

Der Wind strich durch die hohen Uferbäume und ließ die Lichtstrahlen durch das frische Grün tanzen.

Elias gab ihr ein Küsschen auf die Wange und sie setzten sich in Trab. Übermütig und fröhlich schwang er ihre verbundenen Hände vor und zurück. Seine unbeschwerte Art war ansteckend. Das lang vermisste Gefühl der Leichtigkeit kehrte zurück.

»Kein Essen, wenn man nackt ist. Kein Gegrabbel in der Öffentlichkeit. Kein Kinderzimmersex. Du bist so … erwachsen. Wo bleibt der Spaß?«, fragte er ganz unvermittelt.

Frauke seufzte und ließ seine Hand los. »Du bist so … pubertär.«

Mit ein paar schnellen Schritten brachte sie etwas Abstand zwischen sich und Elias.

Er holte auf, umarmte sie von hinten und hob sie hoch. Frauke juchzte, als er sich mit ihr um die eigene Achse drehte.

»Kein Wunder«, lachte er. »Ich bin ja auch verliebt wie ein Teenager.«

»Ist ja gut!«, kreischte Frauke. »Jetzt lass mich wieder runter, ja?«

Elias ächzte dramatisch und gab sie frei. »Ja klar, du bist mir sowieso viel zu schwer«, scherzte er und wischte sich über die Stirn. »Ich wette, du warst schon immer so ›erwachsen‹«, spottete er und machte Anführungszeichen mit den Fingern in die Luft. »Du weißt überhaupt nicht, was dir entgeht«, plapperte er weiter. »So verpasst du viel im Leben. Man muss doch auch mal loslassen können.«

Frauke drehte den Kopf weg und sah auf den Rhein, der sich glitzernd seinen Weg durch das Flussbett bahnte. Spaß haben, sich frei fühlen und verrückte Sachen machen, das hatte sie nie mitgemacht. Wenn ihre Mitschülerinnen im Internat loszogen, um das Dorf unsicher zu machen, dann lag sie meist auf ihrem Bett und las, oder hörte Musik. Irgendwann hatten es die Mitschülerinnen aufgegeben, sie zum Mitmachen zu animieren.

Elias hielt an und berührte Frauke am Arm. Sie blieb stehen und sah ihn ernst an.

»Hast du nie das Gefühl gehabt, du verpasst etwas?«, fragte er leise.

Frauke schüttelte leicht den Kopf und drehte sich weg. »Themenwechsel«, murmelte sie.

Aber Elias schien entschlossen, seine Finger in ihre Wunden zu legen.

»Was sagst du eigentlich dazu, dass wir auch Geschwister hätten sein können? Oder stell dir mal vor, wir wären Halbgeschwister ... Verbotene Liebe ... uhuh.«

Frauke stöhnte innerlich tief und seufzte äußerlich laut. »Kannst du nicht endlich mit diesem Thema aufhören? Ich will nicht über meinen Vater reden! Warum kapierst du das eigentlich nicht?«

Ihr Unbehagen wuchs und ihre Stimmung sank zusehends.

Aber Elias schien das Thema am Herzen zu liegen. »Ist es eigentlich wegen seiner ganzen Frauengeschichten?«, fragte er.

»Nein«, blaffte Frauke ungeduldig.

Elias wich zurück. Aber er ließ sich nicht einschüchtern und sah sie weiter fragend an. »Nicht nur ... Auch, dass er mich ins Internat steckte ... und ... Elias, bitte! Ich mag darüber nicht reden.«

»Ist ja schon gut, ich meine es nicht böse. Ich möchte nur wissen, was dich quält, denn dass dich da etwas quält, das kannst du nicht verbergen. Erzählst du es mir ... irgendwann ... wenn du bereit dafür bist.«

Frauke senkte den Blick und nickte langsam. »Irgendwann ... vielleicht.«

Elias sah sie ernst an. Schweigend liefen sie eine Zeit lang Hand in Hand dicht am Rhein entlang. Jeder sah für sich in die Ferne. Nachdenklich kickte er ab und zu größere Kiesel vor sich her.

Auf einmal hielt er an und bückte sich nach einem durchsichtig schimmernden grünen Kiesel. Frauke unterbrach ihren Schritt und sah ihm zu.

»Sieh mal, eine Glasscherbe, geschliffen vom Strom ... keine Ecken und Kanten, kein Glanz, kein Licht, das sich bricht ... rau, rund, platt ... stromlinienförmig ... das ist sie mit der Zeit geworden«, sagte er langsam. Er drehte den ›Kiesel‹ in der Hand. Dann nahm er ihn zwischen Daumen und Zeigefinger und hielt ihn gegen das Licht.

»Die Farbe ist ganz stumpf ... aber dafür kann sie jetzt übers Wasser wandeln ...«

Gekonnt schleuderte er die Scherbe über das Wasser, sodass sie mehrmals hüpfte und immer größer werdende Kreise auf dem ruhig dahinfließenden Wasser hinterließ.

»Wow, das beherrschst du aber!« Frauke war klar, dass er in Metaphern redete, wusste aber nicht, wie sie sonst reagieren sollte.

»Ja, schließlich bin ich hier aufgewachsen ... Eins der wenigen Dinge, die ich von meinem Vater gelernt habe.«

Elias spuckte die Worte förmlich aus, sodass Frauke jetzt den Drang verspürte, den Finger in eine von seinen offensichtlichen Wunden zu legen.

»Er hat dir nicht viel beigebracht? Hast du dich gut mit deinem Vater verstanden?«

»Das kann man so nicht sagen. Er war eigentlich nie da. Der Vorteil ist, dass man sich da schlecht streiten kann. Er war immer nur arbeiten und Geld verdienen. Er meinte, unser Luxusleben finanziert sich nicht von selbst.«

Elias nahm noch eine Handvoll Kiesel, die er nach und nach übers Wasser peitschte.

»Ich habe immer darunter gelitten, fand es schrecklich. Nicht umsonst habe ich das Lied vom Arbeitstier so gemocht. Mir war klar, dass ich so nicht enden wollte.«

Dann drehte er sich zu Frauke. »Ich will nicht so eine fucking Glasscherbe werden! Als meine Mutter dann noch meinte, weil ich mein Studium abgebrochen habe, wäre ich an seinem Herzinfarkt schuld, sind bei mir alle Sicherungen durchgebrannt. Das war der Zündfunke. Danach bin ich einfach abgehauen ...« Elias hob die Stimme, der Atem ging schneller.

Frauke trat instinktiv einen Schritt zurück.

Er blickte wieder auf, schien zur Besinnung zu kommen, beruhigte sich und fuhr nervös mit der Hand über seine Haare.

»Ich meine, sie hat mich zwar um Verzeihung gebeten ... Aber ich habe immer das Gefühl, dass ich mich dafür entschuldigen muss, geboren worden zu sein. Dabei hat sie das doch selbst verzapft.«

Wieder griff er nach einer Handvoll Kiesel, ließ sie nach und nach übers Wasser tanzen. Diesmal waren seine Würfe eindeutig wütender. Frauke blickte ihnen nach und sah, wie die Sonne in den Wellenkreisen funkelte.

»Meine Mutter war Opernsängerin. Sie hatte glänzende Karriereaussichten, als sie meinen Vater kennenlernte und nach vier Wochen schwanger wurde. Sie haben geheiratet, bevor ich geboren wurde. Meine Mutter hat ihre Karriere unterbrochen. Eine Zeit lang haben sie überlegt, mich auch in ein Internat zu stecken, damit sie an ihren Erfolg anknüpfen könnte. Aber ich hab mich mit Händen und Füssen gewehrt«, fuhr er fort.

Elias fuhr sich noch einmal durch die Haare. »Der Preis dafür war, dass sie anfing, nur noch für mich zu leben. Sie hat mich mit ihrer Fürsorge fast erstickt.«

»Ich finde, du bist irgendwie ungerecht und undankbar zu deiner Mutter.« Fraukes Stimme klang traurig. »Für mich hat nie einer seine Karriere geopfert.«

Elias rieb sich mit einer Hand über die Augen, fasste sich an die Nasenwurzel und atmete tief durch. »Ja vielleicht, wird wohl Zeit, dass ich über meine Kindheit im goldenen Käfig hinwegkomme ... Lass uns nicht die ganze Zeit über unsere blöde Kindheit reden und lieber unser Date genießen. Die Zeit ist sowieso immer viel zu kurz ... Ich liebe dich! Wir lieben uns, das ist jetzt das Wichtigste«, sagte er und legte seine Arme um sie.

Lange Zeit sahen sie sich tief in die Augen, bevor Elias sie zu einem intensiven Kuss heranzog, der Frauke durch und durch ging.

»Komm«, forderte er sie unvermittelt auf. »Hast du Hunger? Hier gibt es eine holländische Frittenbude. Die machen ihre Fritten aus frischen Kartoffeln. Pommes Spezial, mit Mayonnaise, Ketchup und ganz viel Zwiebeln darüber. Magst du Zwiebeln? Die müssen wir beide essen, sonst küsst du mich heute nicht mehr.«

Frauke nickte. Elias' unbekümmertes Geplapper machte es leichter die dunklen Wolken am Gefühlshorizont zu vertreiben. Warum sich immer so viele Gedanken machen? Ihre Freundinnen hatten recht. Einfach den Moment genießen und im Hier und Jetzt leben. YOLO!

Sie lächelte, als sie sich in Gang setzten. »Und du nimmst sicher auch eine eklige Frikandel Spezial.«

»Magst du diese hochwertigen Würstchen etwa nicht?«, fragte er und zwinkerte. »Kommt drauf an, wie viel Kraft du mich heute noch kosten willst. Fahren wir danach zu dir? Feuer machen und auf dem Bärenfell lümmeln?«

»Da müssen wir uns aber noch von deiner Mutter verabschieden.«

»Natürlich, was hast du denn gedacht.« Übermütig fasste er sie wieder um die Taille, hob sie hoch und drehte sich mit ihr.

Als Frauke aus der Frittenbude trat, hatte sie ihre gute Laune wiedergefunden. Sie hatten sich das Essen einpacken lassen.

»Jetzt müssen wir nur noch ein nettes Plätzchen finden, um die Pommes würdevoll zu vernichten.«

»Ja, suchen wir ein würdevolles Plätzchen für ein würdevolles Festmahl«, lachte Frauke.

Inzwischen war es dämmerig geworden, trotzdem konnte sie seinen liebevollen Blick erkennen. Elias blieb stehen.

»So möchte ich dich immer lachen sehen«, sagte er. Er lächelte und zeigte dabei wieder seine unwiderstehlichen Grübchen, die sie so sehr liebte. »Was muss ich dafür tun? Dich mit Blumen überhäufen? Dir Schmuck schenken?«

»Haha, einen Ring aus dem Kaugummiautomaten? Der Klassiker«, lachte Frauke und hängte sich ihm um den Hals, um ihm ein Küsschen aufzudrücken.

»Vorsicht, ich trage unser Festmahl ... Jetzt hab ich's ... dich auf Händen tragen!«

»Natürlich, jede Frau will auf Händen getragen werden. Aber erst, wenn du unser Festmahl abgelegt hast.«

»Dann lass uns hier auf die Bank setzen. Ist doch ziemlich romantisch hier. Ein würdiger Platz für unser Festmahl. Da können wir auch in Ruhe unser Bier trinken.«

Er legte die eingeschlagenen Pommes auf die Bank. Die zwei Dosen Bier, die sie ebenfalls im Imbiss erworben hatten, stellte er dazu. Dann zupfte er eine Packung Taschentücher aus der Tasche und reinigte die Sitzplätze etwas.

»Bitte sehr Mylady«, sagte er mit einer einladenden Handbewegung. »Stets zu ihren Diensten.«

»Danke sehr!« Frauke setzte sich.

Schweigend genossen sie zusammen den romantischen Rheinblick. Die milde Abendluft duftete angenehm nach den Frühlingsblumen eines nahe gelegenen Beetes. Die ersten Lichter spiegelten sich im Wasser. Elias hatte den Arm um sie gelegt.

»Mit dir kann man genauso gut schweigen wie reden. Aber die Pommes werden kalt und das Bier wird warm ...«, sagte er nach einer Weile. Dann reichte er Frauke ihre Packung und eine Dose.

Mittlerweile hatte sie Hunger und öffnete ihre Portion.

»Ich bin übrigens sehr enttäuscht von dir, dass du doch keine Pommes Spezial genommen hast. Zwiebeln sind doch so gesund!«

Trotz der Dämmerung konnte Elias sehen, wie seine Freundin die Augen verdrehte.

»Aber nicht das viele Fett aus der Mayo!«

»Ach was, das Leben ist zu kurz, um schlank zu sein ... YOLO, meine Süße!«

»Du hast gut reden.«

Um ihren Freund zum Schweigen zu bringen, nahm Frauke einen ihrer Pommes und stopfte diesen in Elias Mund. Er schluckte brav. Nahm aber im Gegenzug eine von seinen, mit möglichst vielen Zwiebeln, und hielt ihn seiner Freundin vors Gesicht.

Sie schloss den Mund und so blieb etwas von der Soße an ihren Lippen hängen.

»Hm, ich bin ganz wild auf deinen Spezialmund«, scherzte er und seine Zunge nahm die Soße von ihren Lippen, bevor er sie küsste.

Frauke wich etwas zurück.

»Hab ich dir nicht gesagt, die Zwiebeln verderben den Geschmack, wenn nicht beide dasselbe gegessen haben«, lachte er. »Komm schon! Wenigstens eine, mit viel, viel gesunden, vitaminreichen Zwiebeln!«

Frauke gackerte. »Nur wenn du auch eine von mir nimmst!«, und hielt ihm ebenfalls eine vor den Mund. »Eine für Frauke, eine für Elias!«

Sie lachten, schmierten sich beim Füttern mit Soße voll, küssten sie wieder ab, küssten sich und alberten rum. Immer wieder warfen Passanten pikierte Blicke auf die beiden.

»Soll ich dir mal zeigen, wie wir früher immer Bierdosen getrunken haben? ... Meine Kumpel und ich?«, fragte Elias irgendwann übermütig.

Er holte ein Schweizer Taschenmesser aus der Hose und klappte ein spitzes Teil heraus. »Früher haben wir so richtige Wettkämpfe veranstaltet«, erklärte er. »Also, man bohrt unten ein Loch in die Dosenwand ...« Er hielt den Daumen auf dem Loch, während er weitererzählte. »Dann muss man den Mund dranhalten und gleichzeitig oben die Lasche ziehen. Dann läuft dir das Bier direkt in den Mund und du musst so lange schlucken, bis es leer ist.«

Staunend betrachtete Frauke seinen wandernden Kehlkopf beim geräuschvollen Schlucken. Er zeigte wirklich eine Menge Routine bei dieser zweifelhaften Fähigkeit.

»Jetzt du«, sagte er und hielt ihr das Taschenmesser hin. »Das macht Spaß, wirst schon sehen.«

Frauke schüttelte energisch den Kopf. »Nein, so etwas traue ich mich nicht. Da besudele ich mich bestimmt mit Bier und stinke dann in der Bahn danach. Nachher kommt es mir noch aus der Nase ... Nein danke! Kein Bedarf!«

Um Schlimmeres zu verhindern, zog sie schnell an der Lasche ihrer Dose und nahm einen großen Schluck.

»Ach, du weißt mal wieder nicht, was gut ist ... immer schön vernünftig bleiben. ›Spontanität zur rechten Zeit und am rechten Ort‹«, äffte er und machte Gänsefüßchen in der Luft.

Jetzt musste Frauke lachen und Elias stimmte mit ein.

»Vielleicht übe ich es mal im Sommer, im Bikini«, lenkte sie ein.

»Das merke ich mir. Du hast soeben den Kursus gebucht«, lachte er zurück.

Frauke war satt, zufrieden und fröhlich, nachdem sie ihr ›Festmahl‹ beendet hatten.

»Komm«, forderte er sie schließlich auf. »Lass uns nach Hause gehen.«

Nach Hause, wer weiß schon, wo das ist, schoss es Frauke durch den Kopf, als sie sich auf den Weg machten. Doch sie verdrängte diesen trüben

Gedankenblitz schnell. Heute wollte sie einfach das Leben genießen.

Kapitel 15 Zweifler

Elias' Mutter saß auf dem schweren Wohnzimmersofa und starrte durch das Panoramafenster auf dem Fluss. Vor ihr stand eine Flasche Rotwein. Sie drehte ihr Weinglas in den Händen. Die Flüssigkeit schimmerte dunkelrot im Licht und hinterließ Schlieren am Rand.

»Hallo Mama, wir sind wieder da!«, rief Elias, während er in den Wohnbereich seines Elternhauses schritt. »Wir wollten nur kurz tschüss sagen und fahren gleich wieder.« Als sie beide Hand in Hand das Wohnzimmer betraten, sah sie auf und ihr Gesicht erhellte sich.

»Ach, wollt ihr wirklich schon wieder gehen? Ich dachte, wir unterhalten uns jetzt noch ein wenig. Vorhin war das Gespräch ja nicht so ergiebig. Vielleicht läuft es mit einem Gläschen Wein besser.«

Elias bemerkte die traurigen Augen seiner Mutter und seufzte. »Na gut, aber nur ein Glas ... und ... ich trinke Bier. Du auch Frauke?«

Frauke kniff die Lippen zusammen und nickte. Elias nahm sie an der Hand und zog sie mit sich in die Küche. »Du musst mir tragen helfen«, bemerkte er mit einem verschwörerischen Blick.

Als die Küchentür hinter ihnen geschlossen war, nahm er sie in den Arm und küsste sie kurz. »Du musst nicht hierbleiben, wenn du nicht willst. Wir trinken unser Bier und dann sind wir weg. Ehrlich gesagt habe ich mir diese erste Begegnung zwischen euch lockerer vorgestellt. Sie sollte doch froh sein, dass ich so eine solide Freundin mit nach Hause bringe.«

»Nein, ist schon okay, ich bleibe gerne.« Frauke schüttelte den Kopf. »Sie wirkt doch eigentlich nur unsicher. Leisten wir ihr etwas Gesellschaft, dann können wir uns auch noch besser kennenlernen.«

»Okay, aber wenn du nicht mehr willst, gibst du Zeichen, ja?«

Frauke nickte.

Elias nahm ihre Hand, zog sie zum Kühlschrank und öffnete ihn. »Weißt du eigentlich, warum die Ostfriesen immer eine leere Flasche im Kühlschrank haben?« Er sah Frauke mit einem erwartungsvollen Grinsen an.

»Weil sie auch etwas im Haus haben wollen, für Leute, die nichts trinken«, leierte sie genervt herunter und lachte anschließend.

Als Elias sie ansah, wurde ihm warm vor Liebe. Zufrieden stellte er fest, dass sie sich entspannte. Ihre Augen strahlten, als sie seinen Kopf zwischen ihre Hände nahm und ihm einen zarten Kuss auf die Lippen hauchte.

Mit Bier und Glas bewaffnet machten sie sich auf den Weg zurück ins Wohnzimmer.

Elias' Mutter strahlte. »Schön, dass ihr mir noch ein bisschen Gesellschaft leistet. Manchmal ist es doch arg still hier im Haus. Ich bin auf einem Bauernhof groß geworden. Geschwister, Eltern und die Großeltern in einem Haus. Da war immer etwas los.«

»Ja Mama, erzähl du ruhig von deiner Kindheit, solange du nicht von meiner erzählst.«

»Was gibt es da groß zu berichten«, sagte sie und zwinkerte. »Dein Kinderzimmer sagt doch alles. Das hat Frauke schließlich schon gesehen.«

Elias verdrehte die Augen und schnaubte.

»Frauke, willst du mir nicht ein bisschen von dir erzählen? Elias hat noch nicht viel von dir erzählt.«

Er bekam Angst, dass seine Mutter in eins der zahlreichen Fettnäpfchen treten könnte. »Frauke ist geschieden und hat zwei Kinder«, antwortete er deshalb schnell.

Doch Frauke ließ sich nicht beeindrucken. »Ja, Emma ist acht und Finn sechs. Er kommt dieses Jahr in die Schule.«

»Ach, so große Kinder haben Sie? Dann sind sie ja einiges älter als mein Sohn, oder?«

»Mama! Das ist nicht wichtig«, zischte er.

»Ich bin dreiunddreißig.« Frauke atmete tief ein. »Ich habe meinen Mann mit sechzehn kennengelernt. Als ich dann schwanger wurde, haben wir geheiratet.«

Diese Information war auch für Elias neu. Erstaunt sah er sie an. »Hast du ihn im Internat kennengelernt?«

»Nein, das war ein reines Mädcheninternat. Er war das Nachbarskind meiner Oma.«

»Klingt ziemlich aufregend«, murmelte Elias.

Frauke zog die Augenbrauen zusammen.

»Ja, es geht selten gut, wenn man sich schon so jung kennengelernt hat. Viele denken irgendwann, sie haben etwas verpasst«, sinnierte seine Mutter.

»So ähnlich war es auch«, seufzte Frauke. »Kaum waren wir ins neue Haus gezogen, hat er mir gestanden, dass er eine Freundin hat. Seine Familie würde ihm die Luft zum Atmen nehmen, hat er gesagt.«

»Ach, das tut mir leid.« Elias' Mutter streichelte ihr mitfühlend über den Arm.

»Sei froh, dass du den los bist. Jetzt kannst du selber wieder atmen«, tröstete Elias »Ich finde den Typen viel zu spießig für dich. Du hast was Besseres verdient.«

»Naturgemäß. Du denkst da natürlich an dich«, antwortete Frauke und grinste.

Elias lächelte sein charmantestes Lächeln. »Du nicht?«

»Es ist immer gefährlich, sich als Gottes Geschenk an die Frauen zu betrachten«, konterte sie.

»Na warte!« Er rückte zu ihr und fing an, sie durchzukitzeln.

Elias' Mutter räusperte sich laut, als er versuchte, Frauke zu küssen.

»Mach dich locker Mama. Ich bin erwachsen ... und Frauke auch.«

»Mit wem soll ich denn toben?«, fragte seine Mutter.

Frauke befreite sich aus seiner Umarmung. Sie wirkte peinlich berührt.

»Ja, ist ja schon gut! Ich bin schon brav«, murrte er.

»Brav wärst du, wenn du dich nicht so in der Weltgeschichte herumtreiben würdest. Frauke, was sagst du dazu? Das sind doch keine Lebensumstände«, fragte sie mit erwartungsvollem Blick.

Frauke zuckte eingeschüchtert mit den Schultern.

Elias stupste seine Mutter mit dem Fuß. »Maamaa«, stöhnte er. »Das Thema hatten wir jetzt schon zu oft!«

»Ehrlich gesagt kenne ich Elias' genaue Lebensumstände gar nicht«, gestand Frauke.

»Dann habt ihr aber noch nicht viel geredet«, spottete seine Mutter. Beim Wort »geredet« machte sie Gänsefüßchen mit den Fingern.

Ihr Sohn sah sie giftig an. »Es reicht, oder? Doch, wir haben viel geredet, wirklich sehr viel geredet.«

Frauke sah von einem zum anderen.

»Aber nicht über deine Zukunft, stimmt's?«

»Nein, noch nicht … nicht wirklich. Wir kennen uns doch erst seit Karneval.«

»Länger noch nicht?« Die Augen der Mutter wurden groß. »Wie genau sieht denn eure Zukunft aus?«

»Das kam noch gar nicht zur Sprache.«

»Und doch wisst ihr schon, dass ihr zusammenbleiben wollt?«

Inzwischen war Elias' Gesicht rot angelaufen. »Noch mal zum Mitschreiben: Wir. Lieben. Uns. Alles andere wird sich finden.«

»Fragen wird ja wohl noch erlaubt sein, wenn du nichts erzählst.« Elias' Mutter hob die Hände.

»Und da wunderst du dich, dass wir uns nicht zu dir setzen, um uns verhören zu lassen.«

»Ist ja schon gut, ich bin ja schon still. Aber Ostfriesenwitze will ich auch nicht erzählen«, murmelte sie.

»Mutter!«, rüffelte er.

»Smalltalk kannst du ja auch nicht ausstehen«, brummte sie. »Über deine Kindheit soll ich auch nichts erzählen. Also, worüber dürfen wir uns denn jetzt unterhalten?«

Elias stöhnte tief. »Über Musik … oder deine Kindheit. Deine Zeit als Opernsängerin … oder wie du

Papa kennengelernt hast.« Er hob den Zeigefinger. »Ja, erzähl doch mal, wie du Papa kennengelernt hast.«

Elias' Mutter lachte. Er hatte erfolgreich die Untiefen umschifft. Tatsächlich entwickelte sich daraus eine nette Plauderei.

»Wollt ihr nicht doch hier übernachten? Ich habe extra dein Bett bezogen«, sagte die Mutter irgendwann mit einem Blick auf die antike Wanduhr.

Frauke und Elias sahen sich an. Sie gab ihre Zustimmung durch ein kaum wahrnehmbares Nicken.

»Okay, machen wir Mama. Trink aus, Frauke.«

***

»Jetzt komme ich doch noch zu meinem Kinderzimmersex«, raunte Elias tief, als er die Tür hinter sich schloss.

Die Vibrationen seiner Stimme erzeugten bei Frauke eine Gänsehaut. Mit einem triumphierenden Lächeln schritt er auf sie zu. Langsam wich sie ein paar Schritte zurück und wurde schließlich von der Wand gestoppt.

Er nahm ihre Hände, hielt sie über ihrem Kopf zusammen, drückte sie sanft gegen die Wand, und küsste sie. Hungrig fanden seine Lippen ihre. Sachte versuchte er, ihren leisen Widerstand zu brechen, indem er mit der Zunge ihre Lippen anstupste.

Die leidenschaftliche Attacke ließ in Frauke einen Riesenschwarm Schmetterlinge aufflattern. Mit einem leisen Seufzer ergab sie sich ihren Gefühlen.

Nach dem erwartungsvollen Kuss bedeckte er ihren Hals überall mit Küssen. Frauke kitzelten die zarten Berührungen seiner Lippen und sein warmer Atem an ihrem Hals. Ein Ziehen machte sich in ihrem Unterleib bemerkbar. Selbstvergessen genoss sie jede seiner zärtlichen Gesten. Ihr Verlangen wuchs beständig. Schließlich befreite sie ihre Hände, um Elias auszuziehen.

Keuchend fing Elias an, sie zielstrebig Richtung Bett zu schieben. Ungeduldig bahnten sie sich ihren Weg, während sie einander begierig von der Kleidung befreiten und die entblößte Haut küssten. Endlich konnten sie wieder ihre Sehnsucht nacheinander stillen und sich nah sein. Ausgehungert fielen sie gleich zweimal übereinander her, vierzehn Tage Enthaltsamkeit waren eine lange Zeit.

Es war, als kannten sie sich schon ewig. Es gab nur sie beide. Nicht auf diesem Planeten, sondern auf Wolke Sieben.

Gelöst genossen sie hinterher die Entspannung, tauschten Zärtlichkeiten aus. Den Kopf auf seine Schulter gelehnt, streichelte Frauke Elias über die Brust, setzte kleine Küsse darauf und genoss den salzigen Geschmack, den der Schweißfilm auf seiner Haut hinterlassen hatte.

»Du riechst so gut«, murmelte sie.

Elias zog sie dichter an sich heran und küsste ihr aufs Haar. »Und du erst ... Ich liebe dich«, murmelte er.

Mit einem »Ich dich auch«, kuschelte sie sich dichter an ihn.

Nach einer Weile richtete er sich etwas auf, stützte den Kopf auf den angewinkelten Arm. »Weißt du, irgendwie werde ich aus dir nicht so recht schlau. Manchmal bist du so anständig, geerdet, ja, fast spießig ... und dann wieder kannst du so leidenschaftlich, sinnlich und locker sein. Als ich dich zu Karneval traf und dein Kostüm sah ... dachte ich, dafür braucht man schon Mut, die ist frech und lustig.«

»Was willst du mir damit sagen?«, Frauke zog die Augenbrauen zusammen und richtete sich etwas auf. Sie drehte sich zu ihm und stützte ebenfalls den Kopf auf ihren Arm.

»Ich frage mich gerade, welche Frau du wirklich bist.«

»Warum? Kann man nicht alles sein?«

»Hm, im Prinzip schon. Du kommst mir oft so ernst vor ... zu ernst.«

Elias fuhr mit den Fingerspitzen über ihre nackte Haut, bevor er, nach einer längeren Schweigepause, tief Luft holte. »Sag mal, es geht mich ja nichts an, und du musst mir auch nicht antworten, aber ich würde wirklich gerne wissen, wie viele Männer du eigentlich vor mir hattest?«

Frauke schnaufte unwillig. »In der Tat, das geht dich nichts an. Haben wir heute Fragestunde? Du drückst dich doch auch, wenn du etwas über dein Leben erzählen sollst. Meinst du, ich merke nicht, wenn du ausweichst? Wie genau lebst du denn jetzt? Was soll diese Geheimniskrämerei? Ich mach dir einen Vorschlag: Du erzählst etwas von dir, du wolltest mir doch sowieso alles erzählen. Dann erzähle ich, wie viele Männer ich vor dir hatte.«

»Du fängst an. Dann erzähle ich dir alles, versprochen.«

»Okay ... Einen.«

Elias riss die Augen auf, dann fing er leise an, zu lachen.

»Was gibt es da so blöde zu lachen? Wir haben uns jung kennengelernt und waren gut füreinander ... damals.« Frauke schürzte die Lippen.

Da hatte er sich schon wieder gefangen und drückte ihr ein Küsschen auf die Stirn. »Sorry, Frauke, aber so etwas ist doch sehr selten ... heutzutage.«

»Vielleicht, aber muss man sich wirklich durchvögeln, bevor man sich für einen Mann entscheidet?«

»Hm, na ja, immerhin habt ihr euch getrennt. Warum hast du ihn eigentlich geheiratet?«

»Er strahlte immer so viel Stärke und Sicherheit aus. Wir hatten dieselben Werte«, antwortete sie in einem leicht schnippischen Ton.

»Und jetzt habt ihr das nicht mehr?«

»Er hatte auf einmal das Gefühl, er verpasst etwas im Leben und hat sich eine Freundin gesucht. Oder sie hat ihn gefunden, keine Ahnung. Ist jetzt langsam mal genug mit der Fragestunde? Du bist doch auch mal dran.«

Elias nickte.

»Also ich spiele in der Kneipe, in der ich auch wohne. Ich habe ein Zimmer in der Wohnung des Wirtes.«

»Das weiß ich doch schon, das weiß ja sogar deine Mutter. Als ich dich zu Karneval gesehen habe, in deinem ›originellen‹ Cowboykostüm«, beim Wort ›originellen‹ machte sie mit den Fingern Gänsefüßen in der Luft. »Dachte ich, was für ein tolles Lächeln. Der Typ kann flirten. Du wirst bestimmt von vielen Frauen angeschmachtet?«

Also doch! Aber Elias verkniff sich, sich etwas anmerken zu lassen. Welche Strategie sollte er jetzt einschlagen, um ihre Ängste zu mindern?

»Na ja, dass man ein wenig mit dem Publikum scherzt und schäkert, das gehört doch dazu, oder? Frauke, du kannst mir wirklich glauben, wenn ich dir sage, dass ich nur *eine* Frau will. Und das bist du, keine andere.« Er blickte seine Freundin prüfend an. »Ich will nur mit dir zusammen sein. Hast du das verstanden? Bitte Frauke, das musst du mir glauben.«

Frauke schloss die Augen. Elias hoffte, dass dies ein Zeichen der Zustimmung war.

»Komm doch einmal mit in die Kneipe, wenn ich spiele. Ich würde mich wirklich freuen, dann würde ich dir alles zeigen und du könntest dir selbst ein Bild machen. Wie wäre es mit dem nächsten Wochenende? Die vierzehn Tage, bis wir uns wiedersehen, sind doch sowieso immer viel zu lang. Kannst du das nicht irgendwie hinkriegen?«

Frauke presste die Lippen aufeinander und zog die Stirn kraus.

»Na schön«, sagte sie schließlich. »Ich werde mal meine Freundinnen fragen, ob die Kinder von Samstag auf Sonntag irgendwo übernachten können.«

Elias strahlte. Das lief ja besser, als er gedacht hatte.

»Aber das läuft nicht jedes Wochenende so. Das sage ich dir gleich. Ich schiebe meine Kinder ungern ab.«

»Wer hat denn was von Abschieben gesagt? Ich würde auch gerne mal vorbeikommen, um deine Kinder kennenzulernen.«

Frauke schüttelte energisch den Kopf. »Dafür kennen wir uns noch nicht lange genug. Ich will erst sicher sein, dass das zwischen uns wirklich klappt.«

Elias wollte sich die kalte Dusche nicht anmerken lassen. Schlagartig war ihm klar geworden, dass er noch einen weiten Weg vor sich hatte, bis er Fraukes Vertrauen wirklich erlangen würde. Also setzte er ein Lächeln auf und schluckte den Kloß hinunter.

»Komm jetzt, lass uns schlafen«, gab er vor. Schnell löschte er das Licht. »Gute Nacht, Frauke«, sagte er und küsste flüchtig ihre Wange.

»Gute Nacht, John Boy«, gab sie zurück. Sie zog sein Gesicht heran und drückte ihm ein Küsschen auf den Mund, bevor sie sich umdrehte und zusammenrollte.

Er rutsche dicht an sie heran und kuschelte sich an ihren Rücken. Während er ihren ruhigen Atem wahrnahm, lag er noch länger wach und schwelgte in bittersüßen Gefühlen.

***

Als Frauke erwachte, war es heller Tag. Die Sonne blinzelte durch die Rollläden in das Zimmer und half ihr bei der Orientierung. Suchend tastete sie auf Elias' Seite und griff ins Leere. Sie richtete sich im Bett auf und bemerkte die Stimmen, die durch die Kinderzimmertür drangen. Elias schien schon unten zu sein.

Schnell schlüpfte sie in ihre Kleidung und schlich sich nach unten. Die Tür zur Küche stand einen kleinen Spalt auf. Sie wollte gerade hineingehen, als sie verdutzt stehen blieb. Das Gespräch drehte sich offensichtlich um sie.

»Ja, sie ist älter Mama, aber wen interessiert das? Sei doch froh, dass sie so solide ist. Du hast doch immer Angst, ich könnte im Sumpf von Sex und Drogen stecken bleiben.«

»Als wenn das so weit hergeholt wäre!«

»Ich. Nehme. Keine. Drogen! Wann geht das endlich in dein verbohrtes Gehirn?«

»Gott sei Dank! Ja, das Mädel ist solide. Ich denke nur, zu solide für einen Musiker. Sie hat Kinder und es sind nicht deine. Wenn du wirklich mit ihr zusammen sein willst, wie soll das gehen? Sie wird deine Karriere behindern. Starte durch und dann suchst du dir eine Frau, mit der du eine eigene Familie gründest.«

»Warum kapierst du das eigentlich nicht Mama? Ich liebe sie! Ich will mit ihr zusammen sein! Es wird schon irgendwie gehen. Es geht alles, wenn man will!« Elias' Ton schwoll bedrohlich an.

»Dann fang doch dein Studium wieder an. Das passt wesentlich besser zu einer Familie.«

Frauke hörte ein klatschendes Geräusch und ein frustriertes Schnauben.

»Wie oft muss ich das noch sagen? Das kann ich nicht! Ich bin kein klassischer Musiker, kein musisches Arbeitstier! Das müsstest gerade du verstehen«, schnauzte er.

Frauke kniff die Augen zusammen und rieb sich über die Stirn. Elias' Mutter sprach ihre eigenen Bedenken aus. Man konnte nicht ohne Rücksicht seine Gefühle ausleben, wenn man Familie hatte. Elias und sie, zwei vollkommen entgegengesetzte Lebensentwürfe – ohne Zukunft.

»Ja, das verstehe ich auch. Aber ich verstehe auch etwas davon, wie es ist, wenn man für eine Familie seine Karriere opfert. Das dankt einem keiner«, sprach die Mutter mit erhobener Stimme.

»Na bitte! Endlich ist es raus!«

Frauke hatte genug gehört von diesem Streit. Ihr Magen hatte sich zu einem Betonklumpen verhärtet und auf ihrer Stirn stand kalter Schweiß. Wie mit Bleigewichten an den Beinen wankte sie über den Flur zur Garderobe. Zitternd schnappte sie ihre Jacke und ihre Tasche.

Als die Tür hinter ihr in das Schloss fiel, atmete sie erst einmal tief durch. Dann fing sie Schritt für Schritt an, zu laufen. Immer schneller wurden ihre Beine, bis sie schließlich nicht mehr konnte, weil ihr die Luft knapp wurde.

Kapitel 16 Vorbeben

Elias hörte, wie die Haustür ins Schloss fiel, zuckte zusammen und wurde stocksteif. Seine Mutter schlug erschrocken die Hand vor den Mund. Besorgt machte sie einen Schritt auf ihn zu, um seinen Arm zu berühren. Elias entzog sich mit einer heftigen Bewegung, als er aus seiner Starre erwachte.

Er stürmte aus der Küche zur Haustür, um Frauke hinterherzulaufen. Als er schon auf der Straße war, machte ihm die morgendliche Kühle klar, dass er nur mit einer Unterhose bekleidet war. Verzweifelt verzerrte er das Gesicht und drehte um. Seine Mutter war ihm gefolgt und hatte bereits die Haustür geöffnet. Er stürmte an ihr vorbei, ohne sie zu beachten.

Mit riesigen Schritten nahm er die Treppe nach oben, um sich in seine Kleidung zu werfen. In Rekordzeit war er wieder unten. Dort stand seine Mutter wie ein Häufchen Elend.

»Wie kann ich dir helfen? Soll ich dich fahren?«

»Nein Mutter, du hast genug getan. Danke!«, blaffte er, während er an ihr vorbeiflog.

Natürlich war von Frauke keine Spur mehr zu entdecken. Als er an der Haltestelle der S-Bahn ankam, konnte er ihr nur noch hinterherblicken. Es half nichts, er musste auf die nächste warten.

Nervös knetete Elias während der Fahrt seine Finger. Er bekam kaum Luft vor Beklemmung, während seine Gedanken immer wieder dieselben Kreise zogen. Wie sollte er das entwirren, so nervös, wie er war? Seine Mission, Frauke Sicherheit zu vermitteln, ging einen Schritt vor und dann wieder mindestens einen zurück.

Sie war seine andere, bessere Hälfte geworden. Er wollte sie beschützen, lieben und immer bei ihr sein. Das stand für ihn fest. Aber welchen Preis würde er dafür zahlen müssen? Innerlich setzte er das, was er bereit war zu zahlen, immer höher an. Erschöpft schloss er die Augen und lauschte den ratternden Fahrgeräuschen, bis die Bahn ihr Ziel erreicht hatte.

Als er an ihrem Haus angekommen war, war das flaue Gefühl im Magen unerträglich geworden. Zitternd drückte er die Klingel. Keine Reaktion ... War sie gar nicht da? Zu einer ihrer Freundinnen gegangen? Erfolglos drückte er immer wieder auf den Knopf, bis er resigniert mit dem Rücken an der Haustür in die Hocke rutschte. Die Arme überkreuz auf die Knie gelegt, verbarg er sein Gesicht darin und kämpfte damit, seine Tränen zu unterdrücken. Die Kinder würden sicher bald kommen ... irgendwann musste sie ja wieder auftauchen.

***

Endlich hatte Elias' Dauerklingeln aufgehört. Frauke versuchte, sich zu beruhigen, und atmete mehrmals tief durch. Sie konnte jetzt nicht mit ihm reden. So setzte sie sich auf das Sofa, zog die Beine an, starrte vor sich hin und versank in der Welt ihrer Kindheit.

Als sie wieder in die Gegenwart zurückkehrte, wurde ihr bewusst, dass sie ihr Zeitgefühl verloren hatte. Sie sollte sich mit irgendjemandem besprechen, damit ihre Gedanken aus dem Kreis herausfanden.

Tränen stiegen in ihr auf, als sie zum Telefon griff. Frauke kämpfte sie tapfer herunter.

»Hallo Süße, was gibts?«, kam es vom anderen Ende der Leitung.

»Hallo Kari«, antwortete sie heiser und räusperte sich.

»Ach du je, schon wieder etwas passiert? Liebeskummer?«

»Es hat keinen Sinn«, gab Frauke mit dünner Stimme zurück.

»Was? Das mit dir und Elias?«

»Ja, er lebt in einer anderen Welt. Wir haben völlig unterschiedliche Lebensziele. Ich kenne diese Welt. Es hat keinen Zweck.«

»Aber ihr liebt euch doch! Was ist mit dem Spruch, die Liebe findet immer einen Weg?«, beschwor Karina ihre Freundin.

»Es hat keinen Sinn, es hat keinen Sinn, es hat keinen Sinn ...«, murmelte Frauke nur und schloss die Augen.

»Frauke, Frauke, bleib ruhig, hörst du? Soll ich vorbeikommen?«

»Nein, nein ... gleich kommen die Kinder ...«, stotterte Frauke. »Ich mache mal Schluss. Es bringt ja doch nichts. Vielleicht rufe ich nachher noch einmal an.«

»Jederzeit Süße, Tag und Nacht, hörst du? Ich lege das Handy auf den Nachtschrank, ja?«

»Ja, ja danke«, murmelte Frauke. Dann schloss sie die Augen, legte auf und wischte sich die Tränen beiseite, die sich im Augenwinkel gesammelt hatten.

Im selben Moment hörte sie schon den Schlüssel in der Haustür.

Sie atmete tief durch und lief schnell hin, um Stephan direkt abzufangen. Dass er hereinkam, konnte sie heute wirklich nicht gebrauchen.

»Hallo Mama!«, stürmten die Kinder an ihr vorbei, die Treppe hinauf. Frauke fragte sich, ob sie wieder einmal Anweisungen bekommen hatten.

An der Haustür angekommen stellte sie sich zwischen Tür und Rahmen, um ihrem Ex-Mann den Eintritt zu verweigern.

Der grinste sie nur an. »Dicke Luft im Liebesnest?«, fragte er und machte eine Kopfbewegung Richtung Straße.

Dort stand Elias und sah mit traurigem Blick zu ihr rüber.

Frauke versuchte, ihre Gefühle herunterzuschlucken. Zwecklos, sie blieben am Betonmagen hängen und machten ihn noch schwerer. Für einen Moment vereinigten sich ihre Blicke und sie fühlte diese magische Verbundenheit. Dann übernahm wieder die Vernunft und sie richtete den Blick auf Stephan.

»Das geht dich nichts an«, grummelte sie ihm entgegen.

»Vielleicht ... Ich wollte nur fragen, ob du dich endlich wegen des Urlaubs entschieden hast?«

»Nein, nein, noch nicht«, stammelte Frauke. Fast war sie versucht ›ja‹ zu sagen. Aber eine Kurzschlusshandlung war jetzt auch nicht sinnvoll.

»Wann denkst du denn, hast du eine Entscheidung getroffen?«

Frauke seufzte. Seine offensichtliche Ungeduld machte sie nervös.

»Gib mir noch vierzehn Tage, ja? Dann habe ich mich entschieden.«

»Manchmal bist du wirklich ziemlich ostfriesisch, meine Liebe. In vierzehn Tagen ist schon Ostern. Wenn wir am Gründonnerstag losfahren wollen, dann musst du dich bis spätestens nächsten Sonntag entschieden haben«, belehrte Stephan sie in süffisantem Ton.

Eine plötzliche heftige Erschöpfung erfasste Frauke. Sie rieb sich mit Daumen und Zeigefinger über die geschlossenen Augen. »Okay«, flüsterte sie kraftlos.

»Kann ich nicht hereinkommen? Dann können wir noch mal über alles sprechen.«

»Nein. Bitte nicht. Sei mir nicht böse, aber ich bin ziemlich kaputt. Tschüss ... bis dann.«

Ihr Ex-Mann nickte und setzte an, noch etwas zu sagen, aber Frauke schlug ihm einfach die Tür vor der Nase zu.

Als sie ins Wohnzimmer kam, ging gerade eine Nachricht auf ihrem Handy ein.

– Bitte, Frauke, komm nächste Woche zu mir, wie wir das besprochen haben. Lass uns über alles reden. Wir finden eine Lösung! Bestimmt! Ich will mit dir zusammen sein, nur mit dir! ICH LIEBE DICH! –

Frauke brauchte zwei Stunden, bis sie ein *Okay* eintippen konnte, nichts weiter. Danach schrieb sie Karina. Mechanisch machte sie den Kindern etwas zu essen und brachte sie zu Bett.

Das schale Gefühl wollte auch nicht weichen, als sie selbst im Bett lag. Nächtliches Grübeln war zur Gewohnheit geworden. Jetzt kamen noch Tränen dazu, die fortwährend über ihr Gesicht ins Kissen rollten.

***

Als Frauke ins Angelique's eintrat, schlug ihr fröhliches Geplapper entgegen. Sie mochte diese verbrauchte Luft nicht, die oft in Kneipen herrschte. Wenigstens schnürte kein Zigarettenrauch mehr ihre Atmung ab.

Zusammen mit ihrer Mutter war sie früher oft bei den Auftritten ihres Vaters in Kneipen gewesen. Als niedliche Tochter von Hauke Jansen war sie damals ein kleiner Star. Doch alles, was mit ihrer Kindheit und ihrem Vater zu tun hatte, war mit negativen Gefühlen besetzt, die sie besser nicht an die Oberfläche holte.

»Wie ich sehe, ist gerade meine Freundin eingetroffen«, posaunte Elias ins Mikro, als sie in den Kneipenraum trat.

Er saß auf einem Hocker, der auf einem Holzpodest stand. Die Wand hinter ihm war mit vielen Fotos und Postern von Gruppen gepflastert, teilweise mit Autogrammen. Die meisten der abgebildeten Künstler waren wohl schon einmal hier aufgetreten. Geschickt platzierte bunte Scheinwerfer produzierten ein glamouröses Licht. Frauke trat ein paar Schritte näher, bis die Zuschauer ihr den Weg versperrten.

»Liebe Freunde, darf ich euch meine Muse vorstellen. Die schönste aller Frauen und Liebe meines Lebens«,

Elias' Augen strahlten und er lächelte Frauke an, als er das sagte.

Lässig fuhr er mit den Fingern über die Saiten seiner Gitarre. Viele der Gäste drehten sich um, schienen aber niemanden ausmachen zu können.

»Frauke, komm doch zu mir nach vorne auf die Bühne oder mach wenigstens ein winziges Handzeichen«, bat er.

Er sah fantastisch aus, mit seinen Grübchen und seinem sorgfältig zurechtgewuscheltem Haar. Das schlichte schwarze T-Shirt, zu den alten Jeans und Cowboystiefeln, betonte seine breiten Schultern.

Suchend bewegten sich die Augen der interessierten Konzertbesucher durch den Raum.

Frauke schüttelte krampfhaft den Kopf und war damit natürlich sofort zu identifizieren.

»Na gut, ein Kopfzeichen reicht auch«, scherzte Elias.

Frauke war die Ansage ihres Freundes peinlich. Sie errötete und schnappte nach Luft. So konnte sie seinen prachtvollen Anblick gar nicht mehr genießen, dabei müsste sie doch eigentlich platzen vor Stolz. Ein kurzes Stoßgebet zum Himmel sollte verhindern, dass er sie nicht auch noch als Tochter ihres Vaters outete. Hatte sie es als kleines Kind genossen, im Mittelpunkt zu stehen, gab es mittlerweile nichts Unerträglicheres mehr, als alle Augen auf sich gerichtet zu wissen.

»Hab ich euch das schon erzählt?«, plauderte Elias weiter. »Das nächste Stück ist auch von ihr inspiriert, wie eigentlich alle neuen Stücke.«

Wieder fuhr er lässig über die Saiten. Die lackglänzende Oberfläche des Instrumentes spiegelte das Scheinwerferlicht. Dann legte ihr Freund los und

Frauke blieb der Mund offen stehen. Sie hatte ihn ja nur einmal, ganz kurz, im Haus spielen hören. Da er das Lied ihres Vaters gespielt hatte, war es ihr damals nicht möglich gewesen, auf seine musikalischen Fähigkeiten zu achten.

Das Gitarrenspiel und seine sexy Ausstrahlung betonten das Lied, eine herzzerreißende Ballade. Das außergewöhnliche Timbre seiner leicht rauen Stimme verursachte bei Frauke eine Gänsehaut. Man musste wirklich kein Kenner oder Prophet sein, um zu sehen, dass er einmal Karriere machen würde. Ja, Frauke war sich sicher, da sitzt ein angehender Star.

»Hallo Frauke«, tönte es plötzlich von der Seite. Eine schlanke Frau mit hochgestecktem, üppigem roten Haar sprach sie an. »Ich bin Ava. Möchtest du was trinken?«

Frauke nickte abwesend, ganz hypnotisiert von Elias.

»Ja, der Junge kann was. Sieh dir nur an, wie den Frauen hier der Sabber aus dem Mund läuft. Er ist beliebt und weiß das zu nutzen. Aber so einer gehört keiner allein. Eine feste Freundin wäre auch das Aus seiner Karriere, die doch noch gar nicht richtig begonnen hat.«

Frauke drehte sich um und musterte die Kellnerin, die sie zuckersüß anlächelte.

»Was hat er dir denn so erzählt, unser Womanizer? Erzählen kann er ja gut ... Und dann kommt die kalte Dusche. Ich bin nicht die Einzige, die ein Lied davon singen kann. Er hat vielen dieses Lied beigebracht.« Ava musterte Frauke neugierig.

Frauke schluckte. Sie war solche Bemerkungen nicht gewohnt, aber es war sicher ratsam, sich die Nervosität nicht anmerken zu lassen.

»Allerdings wundert es mich schon, dass er sich von so einer grauen Maus inspirieren lässt ... Na ja, lassen wir das. Vielleicht war ihm mal nach Hausmannskost.« Ava schenkte ihr wieder dieses zuckersüße Lächeln. »Also, meine Liebe, was willst du trinken.«

»Einen Wodka«, antwortete Frauke spontan und schnappte nach Luft. Bei so viel Unverschämtheit fehlten ihr die Worte. Wenn sie doch wenigstens ein kleines Bisschen schlagfertiger wäre, so wie ihre Freundinnen. Sie trank nicht viel, aber jetzt brauchte sie etwas Stärkeres – definitiv. »Doppelt, mit O-Saft«, grummelte sie dazu.

Das Blut rauschte in ihren Ohren, so laut, dass sie sich nicht mehr auf Elias' Konzert konzentrieren konnte. Gierig stürzte sie den Wodka, den Ava ihr brachte, hinunter und bestellte gleich noch einen.

Einige Lieder später machte sich die entspannende Wirkung des Alkohols bemerkbar, der Wärme in ihre Gliedmaßen spülte. Sie wollte das Konzert ihres Geliebten so gut genießen, wie es ging. Elias spielte abwechselnd bekannte Coversongs und seine eigenen Lieder, bei denen er immer erzählte, wie sie zustande gekommen waren. Das Wort ›Rampensau‹ schoss Frauke durch den Kopf.

Öfter erwähnte er ihren Namen. Frauke zuckte jedes Mal zusammen.

Die Stimmung des Publikums stieg, trotz der vielen, eher ruhigen Lieder. Ihr Freund bewies echte Entertainer-Qualitäten. Nach zwei Zugaben durfte er dann endlich die Bühne verlassen. Noch lange kam Applaus.

Elias schnallte sich die Gitarre ab und stellte sie an die Bühnenrückwand. Die Augen auf Frauke gerichtet, steuerte er auf sie zu. Viele Gäste hatten sich interessiert dem Geschehen zugewandt. Er strahlte sie an, zögernd lächelte sie zurück. Als er bei ihr angekommen war, küsste er sie leidenschaftlich und besitzergreifend, begleitet von johlenden Lauten und Pfiffen.

»Na wie hat es dir gefallen?«, raunte er ihr ins Ohr, als sich der Lärm etwas gelegt hatte.

»Gut. Sehr gut. Du bist toll!«, gab sie ehrlich zurück.

»Nur, weil du meine Muse bist. Du treibst mich zur Höchstleistung an.« Er lächelte sie ehrlich an. »Nein im Ernst, seit ich dich kenne, habe ich so viele Lieder geschrieben, meine besten.«

Fraukes Herz ging auf.

»Komm, dahinten ist ein sehr guter alter Freund von mir. Ich möchte ihn dir gerne vorstellen«, sagte Elias. Er nahm sie bei der Hand und zog sie durch das Gewühl.

»Hallo Tom! Laura«, grüßte er ein Pärchen mit einem Nicken.

»Wir hatten früher eine gemeinsame Band. Tom, Chris, der hier eben noch rumlief, aber jetzt verschwunden ist, und ich«, erklärte Elias, und reckte suchend den Hals.

»Ja, lang, lang ist's her«, sagte Tom und schlug seinem Freund auf die Schulter. »Die Band hat sich aufgelöst, wie die Beatles, natürlich wegen einer Frau.«

»Hab ich was verpasst? Soll ich hier gerade die Yoko Ono spielen?«, zickte die Blondine an Toms Seite.

»Und dieses reizende Geschöpf ist seine Freundin Laura«, raunte Elias Frauke ins Ohr.

Doch Laura schien mitbekommen zu haben, was Elias sagte. »Herzliches Beileid, zu dem Frauenflüsterer, den du dir da geangelt hast«, giftete sie und lächelte künstlich.

»Oh, Erbarmen, ich schwenke ja schon die weiße Fahne.« Elias wedelte mit der Hand.

»Du ergibst dich nicht, nicht bei einer Frau. Du schmachtest sie an und dann brichst du ihr das Herz«, konterte Laura. »Niemand hält dich davon ab, dein Ding durchzuziehen.«

Und wieder einmal wurden Fraukes Gefühle durch Zweifel zertrampelt.

»Was soll das, Laura?« Elias blickte Hilfe suchend zu Tom, doch der zuckte nur mit den Schultern.

»Was weißt du schon, von meinen Gefühlen?«, schnauzte er Laura an.

»Ja klar, diesmal ist wohl alles anders«, bohrte sie weiter.

»Genau! Ist es!«

»Und die weiblichen Fans, die dich so anschmachten? Ist es dir egal, dass du sie enttäuschst?«

»Weißt du was? Das ist mir hier zu blöd«, nörgelte Elias und zog Frauke weg.

»Sie hat aber recht«, warf Frauke ein. »Das finden deine Fans auch ... besonders die weiblichen. Einige wirkten ziemlich eifersüchtig.«

Elias schloss die Augen. »Frauke, bitte, ich liebe nur dich!«, presste er hervor.

»Ich bin aber dein Karrierebremsklotz. Du kannst die Sache drehen und wenden, wie du willst. Diese rothaarige Kellnerin sieht das auch so ... Hattest du eigentlich mal was mit ihr?«

Unwillig schüttelte Elias den Kopf. »Ja, nein ... nichts Ernstes.«

»Nichts Ernstes scheint es bei allen gewesen zu sein.«

Frauke konnte seine Kiefermuskeln malen sehen, bevor er antwortete. »Mann! Wir drehen uns im Kreis!« Er zog sie beruhigend fest an sich und sagte: »Komm, ich zeig dir mal mein Zimmer, dort können wir in Ruhe reden.«

Er nahm ihre Hand und zog seine Freundin in die Richtung der Inhaberwohnung. Die Wohnungstür war offen und sie traten in den kleinen Flur. Durch eine der Türen drangen Musik und Geräusche.

»Armin scheint eine Party am Laufen zu haben, ich sag mal schnell ›Hallo‹«, bemerkte Elias, der seine Aufmerksamkeit vollkommen auf die Frau an seiner Seite gerichtet hatte. Abwesend öffnete er die Tür und konnte so hautnah miterleben, was mit Frauke geschah.

***

Frauke warf einen Blick in den Raum. Ihr Atem stockte. Bilder aus ihrer Kindheit stiegen blitzartig auf, griffen wie Pranken um ihren Brustkorb und schnürten ihr die Kehle zu. Der Boden unter ihren Füßen wankte. Sie bekam Angst, gleich umzukippen. Es war genauso wie damals. Und dann war sie da, diese entsetzliche Übelkeit. Verzweifelt steckte sie ihre Faust in den Mund und biss zu. Der Schmerz zog durch ihren Körper und lenkte sie für einen Moment ab, bevor sie ihn mit einem Keuchen entließ. Sie bekam keine Luft.

Nein, nur keine Ohnmacht! Wenn du in Ohnmacht fällst, kannst du nicht weglaufen.

Elias stellte sich geistesgegenwärtig vor sie, als er bemerkte, wie ihr der kalte Schweiß ausbrach und ihr schwindelig wurde. Sie krallte sich an ihm fest.

Frauke hatte nur noch einen Gedanken: *Flucht!*

Kapitel 17 Höllenfick

Fraukes entsetzter Blick ließ Elias kalt schaudern. Schwäche erfasste seine Glieder und ihm stockte der Atem, als er in Armins Wohnzimmer schaute. Nach Sex stinkende, verbrauchte Luft schlug ihm entgegen, geschwängert von Zigaretten- und Gras- sowie allen möglichen anderen Gerüchen.

Die orangefarbenen Vorhänge waren zugezogen. Auf dem 3-D Großbildschirm lief ein Porno, dessen eindeutige Klänge im allgemeinen Stöhnen im Raum untergingen.

Ein bunter Haufen Männer, und zwei Frauen, machten auf dem Sofa oder dem Boden miteinander rum. Elias konnte Armin ausmachen, der gerade leidenschaftlich einen Mann küsste. Durch die weit aufgerissenen Münder konnte man einen Teil des Zungentanzes beobachten.

»Ja, wen haben wir denn da? Elias, richtig? Was für eine Zuckerschnecke hast du uns denn da mitgebracht?«

Elias kannte diesen ungepflegten Mann nicht, der mit den dunklen Ringen unter den Augen ziemlich erschöpft aussah und schräg grinste, sodass die dunklen Flecken auf den Zähnen sichtbar wurden. Die paar grauen Haare, die nicht von dem dünnen Zopf zusammengehalten wurden, fielen ihm wirr ins schweißbedeckte Gesicht.

Kurz blickte Elias zu Frauke, dann wieder zu dem Kerl. Mit weit aufgerissenen Augen musterte der Typ seine Freundin, das Gesicht pendelte dabei auf und ab. »Will sie mitmachen oder zusehen?« Er blickte in die

Runde. »Bist du eine von diesen Mädels, die darauf stehen, wenn Männer ficken? Komm, du kannst mitmachen! Ich hab den besten Stoff da, dann macht es noch mehr Spaß.« Er grinste und aus seiner Kehle drang ein hysterisches Glucksen. »Viktor steht darauf, wenn ihm einer geblasen wird, egal von wem.«

Dann schlug er einem der Gäste auf die Schulter, der sich vorgebeugt auf der Sofalehne abstützte. Ein anderer Gast stieß seinen Unterleib mit euphorischem Blick immer wieder gegen den Hintern seines Partners. Der stöhnte laut und schloss mit verzerrtem Gesicht die Augen, als der Aktive zu fest hinlangte und die Finger helle Flecken auf der Haut hinterließen.

Es dauerte nur Bruchteile von Sekunden, bis Elias die Situation erfasste, doch es fühlte sich an wie eine Ewigkeit. Besorgt schwenkte sein Blick wieder zu Frauke. Die stand immer noch wie angewurzelt da, mit erschreckt aufgerissenen Augen. Beschützend stellte er sich vor sie, seine Hände wanderten nach hinten, packten ihre Hüften. Sie krallte sich in seine Arme, ihre Nägel stachen in sein Fleisch.

Dann sah er wieder flüchtig in den Raum und erblickte seinen Freund Christian, der am Boden lag. *Was ist mit ihm?*, wollte er gerade fragen, da regte sich Frauke.

Sie würgte, griff sich an den Hals. Das nächste Würgen erschütterte ihren ganzen Körper. Ihre Hand wanderte vom Hals zum Mund. Sie schloss die Augen. Tränen traten vor ihre Lider. Panisch drehte sie das Gesicht weg.

Elias' Herz fing an zu rasen. Sein Atem wurde mit jedem Zug schneller und das Blut wich aus seinem Kopf.

Hektisch wechselte sein Blick zwischen Christian und Frauke hin und her. Brauchte er Hilfe? »Christian, was ist mit ihm?«, brach es aus ihm hervor.

»Ach, der Knackarsch hat es übertrieben, ruht sich nur ein bisschen aus!«, antwortete Armin seelenruhig, als er seinen Kuss beendet hatte.

Da spürte Elias, wie sich Frauke seinem Griff entzog, umdrehte, und aus dem Raum stürmte. Ihre Schritte schallten über das Parkett.

Die Tür fiel lautstark ins Schloss und riss Elias aus seiner Lähmung. Er fasste sich an die Stirn und rannte ebenfalls zur Tür. Sein Atem ging so schwer, als wäre der Brustkorb mit einem Eisenband gefesselt. Er dachte jeden Moment, er müsste wegen Sauerstoffmangel aufgeben. Hitze stieg in seinen Kopf und im Gegenzug trat kalter Schweiß auf den Körper.

Obwohl es sich anfühlte, als hätte er Blei an seinen Füßen, setzte er dennoch einen Schritt vor den anderen. Nachdrücklich öffnete er die Tür und blickte hektisch durch den kurzen Flur in den fast leeren Gastraum.

Da erblickte er Frauke, die mit einer Hand vorm Gesicht immer wieder würgen musste. Mit der anderen Hand rüttelte sie verzweifelt an der Ausgangstür. Der Zufall kam ihr zur Hilfe, denn ein eintretender Gast öffnete sie von der andern Seite.

»Wer keinen Alkohol verträgt, sollte ihn auch nicht trinken!«, rief dieser ihr nach.

Elias nahm die Verfolgung auf und wurde von einem Grüppchen Gäste, das sich offensichtlich gerade auf den Heimweg machte, gebremst.

»Frauke!«, rief er, während er sich an dem Gast, der ihr die Tür aufgehalten hatte, vorbei ins Freie schob.

»Nur wer wirklich liebt, unterstützt seine Freundin beim Kotzen«, bemerkte er spöttisch.

»Halts Maul!«, knurrte Elias.

»Ja, Undank ist der Welten Lohn!«

Am liebsten hätte Elias ihm eine gescheuert. Aber dann wäre er Gefahr gelaufen, Frauke aus den Augen zu verlieren. Schnell nahm er die Verfolgung wieder auf. Ein Streit wäre jetzt reine Zeitverschwendung.

Als ihm draußen die kühle Nachtluft entgegenschlug, atmete er tief durch und der Eisenring um seine Brust löste sich etwas. Es dauerte eine Weile, bis sich seine Augen an das Laternenlicht gewöhnt hatten und er seine Umgebung absuchen konnte. War sie jetzt nach links oder rechts verschwunden?

»Entschuldigung, ist Ihnen eine Frau mit dunklen langen Haaren entgegengekommen?«, fragte er aufgeregt eine kleine Gruppe Passanten.

»Da hinten hockt eine Frau und hält sich an einer Laterne fest. Ihr geht es nicht gut. Wir haben gefragt, ob wir helfen können, aber sie hat uns weggeschickt«, antwortete ein junger Mann und wies mit dem Finger die Straße hinunter.

Der junge Mann hatte noch nicht zu Ende gesprochen, da stürmte Elias schon in die Richtung. Am Ende der Straße erblickte er eine schemenhafte Gestalt. Als er näherkam, erkannte er Frauke. Gekrümmt und mit gesenktem Kopf hielt sie den Laternenpfahl umschlungen.

Im fahlen Licht der Laterne erkannte Elias die Tränenspuren an ihren Wangen und verlaufene Wimperntusche. Ihr Gesicht war aschfahl, ihre Haare wirr und strähnig. Hemmungslos schluchzte sie vor sich hin. Ein Bild des Jammers. Elias wurde flau im Magen. Schnell kramte er nach einem Taschentuch und hielt es ihr hin. Er wollte sie in den Arm nehmen.

»Nein«, wehrte sie sich. »Lass mich bitte!«

Aber Elias ließ sich davon nicht beirren und löste den Arm vom Laternenpfahl. Entschlossen nahm er sie fest in die Arme und strich beruhigend über ihr Haar.

Lange Zeit sagte er nichts, bis er den Vorstoß wagte.

»Erzählst du mir, was da los ist?«

Frauke atmete stockend ein und nickte schwach.

»Also?« Er schob einen Finger unter ihr Kinn und hob ihr Gesicht, sodass sie ihn ansehen musste. Doch sie entzog sich ihm wieder.

»Es hat keinen Sinn«, schluchzte sie.

»Was hat keinen Sinn?« Das flaue Gefühl in seinem Magen wurde zu einem Stein. Kälte breitete sich über seinen ganzen Körper aus.

»Das mit uns. Das mit uns ... es hat keinen Sinn.«

Elias überkamen heiße Schauer. Er fürchtete, als Stütze für seine Freundin zu versagen. »Das ist doch Blödsinn, sag so was nicht! Wieso?«

»Ich kann das nicht ... ich bin zu kaputt.«

»Aber wir lieben uns doch! Frauke!« Er hob noch einmal ihr Gesicht an, sodass er ihr in die Augen sehen konnte.

»Ja, wir lieben uns, aber das reicht nicht«, antwortete sie und wischte sich eine Träne weg.

»Sag endlich warum ... warum reicht es nicht?«

»Ich bin zu kaputt.« Sie sackte noch ein Stück mehr zusammen.

»Bitte, Frauke, bitte erzähl mir doch, was los ist. Warum bist du zu kaputt? Du musst mit mir darüber reden, sonst geh ich auch kaputt.«

Frauke nickte mechanisch. »Die Drogenparty ...«

»Ja, das war abscheulich. Aber ich wusste nicht, dass Armin so etwas veranstaltet, das musst du mir glauben.«

»Ich will dir ja glauben, das ist es nicht.«

Elias schloss die Augen und atmete tief durch. »Du weißt, ich nehme selbst keine Drogen ... und ich liebe dich ... will nur dich. Was ist es dann?«

»Okay. Ich erzähle es dir. Ich weiß nicht, ob du das verstehen kannst ...«

Elias strich mit dem Daumen zärtlich über ihre Wange.

Frauke holte tief Luft. »Du hast ja schon gemerkt, dass ich sehr skeptisch bin, was andere Frauen angeht.«

Elias öffnete den Mund.

»Nein, lass mich ausreden. Ich will dir erst die ganze Geschichte erzählen. Dann kannst du fragen oder etwas sagen.«

Er nickte.

Sie atmete noch einmal tief ein. »Du weißt sicher, mein Vater hatte einen bestimmten Ruf ... was Frauen angeht.«

Elias atmete wieder tief ein, um etwas zu erwidern.

»Nein, lass mich jetzt ausreden ... Das war nicht alles. Er war auch andauernd auf solchen Partys, so ähnlich wie diese heute. Na ja, nicht so viele Männer, mehr Frauen ...« Frauke sah ihn prüfend an.

Elias konnte nicht anders und verzerrte vor Schmerz sein Gesicht.

»Es gab dort auch Drogen, meistens wohl Kokain ...« Sie drückte die Hände auf ihre geschlossenen Lider. Noch einmal atmete sie tief durch und stöhnte. »Du kannst dir denken, dass das meiner Mutter nicht gefallen hat. Sie wollte natürlich, dass er Schluss damit macht. Als sie keine Chance mehr sah, wollte sie sich trennen. Sie fuhr mit mir zu meiner Oma.«

Frauke sah hoch. Elias folgte ihr gefesselt.

»Mein Vater muss sich besonnen haben, denn er wollte eine Therapie machen. Denn meine Mutter kehrte zurück ... mit mir.«

Eine längere Pause ließ Elias nervös werden. »Und was dann?«

»Ich lief voraus, als wir wieder nach Hause kamen. Was ich sah, war eine ähnliche Szene wie heute.«

Frauke schien auch noch den Rest ihrer Kraft zu verlieren. Elias war völlig verunsichert und zog sie instinktiv fester an sich.

»Als meine Mutter sah, was da los war und was ich da gesehen hatte, nahm sie mich sofort an die Hand und ist mit mir wieder raus aus unserem Haus.«

»Wie alt warst du damals?«

»Zwölf.«

»Und du hattest einen Schock?«

»Ja, schon ... irgendwie ... Meine Mutter flüchtete mit mir in ein Hotel. Der Weg zurück zu meiner Oma, wäre zu lang gewesen. Dann brachte sie mich ins Bett, es war schon spät. Ich bin wohl auch relativ schnell eingeschlafen.« Fraukes Tonlage wurde mit jedem Wort tiefer. »Ich bin dann mitten in der Nacht aufgewacht und wollte zu meiner Mutter. Sie war nicht in ihrem Bett. Ich fand sie im Bad ... Sie lag in der Badewanne ... Sie war ertrunken.« Fraukes Stimme brach.

Elias schluckte.

»Sie hatte Schlaftabletten genommen, ist in der Wanne eingeschlafen. Ob sie sich wirklich umbringen wollte, weiß keiner ... Sie hat keinen Abschiedsbrief hinterlassen.«

Ernst sah Elias seine Freundin an. Ihre Mine war wie versteinert. Sie starrte vor sich hin und ihre Tränen, die sich im Laternenlicht spiegelten, liefen ungehemmt die Wangen hinunter.

Tröstend drückte Elias ihren Kopf an seine Brust und fühlte ihren stockenden Atem. Lange schaukelte er sie mit beruhigenden Bewegungen hin und her, bis er merkte, dass sie wieder ruhiger wurde.

»Das ist wirklich schrecklich, was du erlebt hast ... ich wusste ja nicht ... es tut mir wirklich leid ...«

Frauke nickte zögernd.

»Ich liebe dich. Ich will nur dich und ich nehme keine Drogen. Es betrifft UNS nicht wirklich«, sagte er nach einer Weile.

»Doch«, sagte sie.

»Warum?«, sein Ton klang verzweifelt.

»Es ist diese ganze Umgebung ... Ich bekomme die Bilder von damals einfach nicht aus dem Kopf. Bei jeder Gelegenheit blitzen sie durch mein Hirn.«

»Was muss ich tun, damit du mir glaubst und dich sicher fühlst?«

»Du kannst nichts tun.«

»Doch! Ich will dich nicht verlieren ... niemals! Was soll ich tun? Wieder studieren? Ich mach das ... für dich«, flehte Elias.

»Genau das wäre doch das Falsche. Du musst deinen Weg gehen, sonst wirst du unglücklich. Ich habe dich heute gesehen, du machst bestimmt Karriere. Es ist doch nur eine Frage der Zeit, dann bin ich ein Bremsklotz. Sind wir mal ehrlich, das bin ich doch jetzt schon. Du kannst mich nicht gebrauchen«, erklärte Frauke mit gesenktem Kopf.

»Doch!«, flehte Elias eindringlich, rückte von ihr ab und hielt ihr Gesicht zwischen seinen Händen, damit er sie ansehen konnte. »Ich. Brauche. Dich!«

»Nein, keine Frau mit Kindern, die noch nicht einmal deine eigenen sind«, erwiderte sie entschieden und schüttelte den Kopf. »Stephan hat mich gefragt, ob wir zusammen in den Urlaub fahren. Ich werde ... ich muss, unserer Familie diese Chance geben. Das mit uns hat keine Zukunft. Bitte sei vernünftig, du musst das einsehen.«

Jetzt war es Elias, der den Kopf hängen ließ. Er hatte so gekämpft und alles gegeben. Doch instinktiv spürte er, dass es jetzt vorbei war. Er hatte verloren. Frauke konnte ihre Dämonen nicht besiegen und flüchtete zurück in eine zweifelhafte Sicherheit. Er würde sie nicht mehr überzeugen können, egal, was er sagte oder tat. Die Verzweiflung lähmte ihn.

***

Frauke löste sich aus seiner Umarmung, wischte sich die Tränenreste von den Wangen und richtete sich auf. »Ich werde jetzt gehen«, sagte sie mit festerer Stimme.

Elias reichte ihr ein Taschentuch. »Ich bring dich zur Bahn«, antwortete er niedergeschlagen.

Frauke nickte und lächelte dankbar, doch einen weiteren Versuch von Elias, sie zu berühren, wehrte sie ab. Sie hatte das Gefühl innerlich zu verbrennen und konzentrierte sich darauf, einen Schritt vor den anderen zu setzen. Jeder Schritt ließ ihre Kraft dramatisch schwinden. Schweigend gingen sie ihren Weg. Die Endzeitstimmung war erdrückend, aber es gab keine Alternative dazu. Jedes weitere Zusammensein würde alles nur noch schwerer machen.

Hilflos sah Elias sie an, als sie auf den Zug warteten. Es war so viel Gefühl in seinen Augen. Sein flehender Blick ging ihr durch und durch. Sie bekam fast keine Luft. Sie glaubte ihm, dass er sie liebte. Aber sie glaubte nicht an das Märchen von der Macht der Liebe, die alles überwand. Auch wenn Elias es bis jetzt immer wieder geschafft hatte, sie abzulenken. Irgendwann würde sie merken, dass man aus der Hölle nicht entkommen kann. Und dann wäre es dort grausamer, als jemals zuvor.

Die Bahn fuhr ein und wirbelte ihre Haare auf. Elias steckte sie zärtlich wieder nach hinten. Frauke küsste ihre Fingerspitzen und drückte sie auf Elias' Mund.

»Es war wunderschön. Mit dir war ich für kurze Zeit im Himmel. Ich liebe dich. Vergiss mich nicht ... und mach mich stolz«, flüsterte sie, während Tränen über ihre Wangen liefen.

Elias Daumen wischte ihre Tränen fort. »Ich werde dich immer lieben. Ewig«, versicherte er.

Frauke lächelte ungläubig, nickte und eilte zur Bahn. Sie saß kaum drin, da holte sie ihr Handy hervor und schrieb Stephan.

Kapitel 18 Neustart

Der Fahrtwind der Bahn blies hart in Elias' brennendes Gesicht. Angestrengt schluckte er seine Tränen herunter. Er fühlte sich unendlich schwach und ausgelaugt. Selbst wenn er gewusst hätte, was zu tun ist, er hätte keine Kraft dafür gehabt. So stand er einfach da und versuchte, seine Gedanken zu ordnen. Frauke würde zu ihrem Ehemann zurückkehren. Er hatte den Kampf verloren – einen Kampf gegen Windmühlen.

Elias fuhr sich mit Daumen und Zeigefinger über die Augen und sah auf sein Handy. Mitternacht. Am liebsten würde er in ein Bett fallen und nie wieder aufstehen. Nur, wo sollte er jetzt hin? Bestimmt nicht zu Armin zurück.

Ihn überkam Sehnsucht nach dem Trost seiner Mutter. Er wählte ihre Nummer. Es dauerte länger, bis sie abnahm.

»Elias?«, kam es verschlafen.

»Hab ich dich geweckt? Kann ich noch vorbeikommen Mama?«

Sie antwortete erst nach einer kurzen Pause. »Ja, ist aber nicht schlimm, ich muss nur wach werden. Was ist los? Ist etwas passiert?«

»Erzähle ich dir zu Hause, ja?«

»Ja, okay. Wo bist du? Wann bist du hier?«

»Halbe Stunde ... bis gleich!«

»Bis gleich, mein Junge.«

Verschlafen öffnete seine Mutter im Bademantel die Tür.

»Du siehst ja fürchterlich aus. Hast du geweint?«

Elias schüttelte energisch den Kopf. Das musste seine Mutter nicht wissen.

»Hm, wie du meinst. Komm erst mal rein.«

Das war das Schlimme an Müttern, ihnen konnte man meistens nichts vormachen.

»Ich öffne uns eine Flasche Wein, setz dich.«

Elias ging ins Wohnzimmer und ließ sich kraftlos aufs Sofa plumpsen. Die grandiose Aussicht konnte er gerade nicht genießen. Also starrte er nur vor sich hin, als seine Mutter das Zimmer mit zwei Gläsern und einer Flasche betrat.

»So, nun mal raus mit der Sprache. Was ist los?« Sie setzte sich neben ihn und wandte sich ihm zu.

»Ich hab's verkackt, mit Frauke«, klagte Elias.

»So schlimm wird es schon nicht sein. Ihr liebt euch doch«, antwortete seine Mutter und blickte ihn liebevoll an.

»Doch, das ist es.«

Und dann erzählte Elias seiner Mutter die ganze Geschichte. Ihr Gesichtsausdruck wechselte von erschrocken über entsetzt zu traurig. Sie unterbrach ihn nicht. Als er seine Schilderung beendet hatte, schwiegen sie erst einmal eine Weile.

»Diese ganze Sache macht mich jetzt mehr als traurig, mein Schatz. Ich weiß nicht so recht, was ich dazu sagen soll«, meinte sie und strich ihm übers Haar. »Das mit den Drogenproblemen von Hauke, das war bekannt. Aber von der ganzen Dramatik ist nichts an die

Öffentlichkeit gedrungen. Offiziell war der Tod der Mutter ein Unfall.«

»Ich weiß mir einfach keinen Rat mehr. Hast du einen?«, stöhnte Elias und verbarg sein Gesicht in seinen Händen.

Seine Mutter seufzte. »Nein, Liebling. Ich denke, Frauke muss ihre Probleme selbst in Angriff nehmen. Nur dann wird sie sich befreien können. Du kannst da nicht viel tun. Sie muss es selbst erkennen.«

»Du müsstest diesen Blödmann von Ex mal sehen. Ein Witz, dass sie sich bei ihm sicherer fühlt. Schließlich hat er sie schon mal verlassen.«

»Ich glaube, sie tut es für ihre Kinder. Man tut viel für seine Kinder«, sagte sie und lächelte Elias zärtlich an. »Du kannst nur abwarten und hoffen, dass eure Liebe stärker ist. Sieh nach vorn, mein Junge.«

Elias seufzte. »Wenn das nur so einfach wäre. Wie soll ich das nur machen?«

»Wenn du *Plan B* nicht durchsetzen kannst, dann kehre zu *Plan A* zurück, oder entwirf Plan C«, sagte sie leise und nahm ihn in den Arm.

Elias ließ sich gegen die Lehne des Sofas fallen und bedeckte sein Gesicht mit den Händen. »Ich hab nur leider überhaupt keinen Plan mehr«, klagte er.

»Verständlich, du bist ja auch ziemlich durcheinander. Ich glaube, es ist besser, wenn du noch einmal eine Nacht darüber schläfst. Morgen beraten wir dann zusammen, was zu tun ist, ja?«

Elias nickte und musste an Fraukes Ermahnungen denken. Gerade war er froh, dass er eine Mutter hatte.

***

Frauke zitterte, als sie den Klingelknopf an Karinas Haustür betätigte. Genauso stark hatte sie schon gezittert, als sie bei ihr angefragt hatte, ob sie noch vorbeikommen könnte. Den ganzen Weg über war sie so wackelig auf den Beinen gewesen, dass sie Angst gehabt hatte zusammenzubrechen.

Karina öffnete und schlug sich die Hand vor den Mund. »Frauke! Wie siehst du denn aus?«, entfuhr es ihr.

Frauke schloss die Augen und senkte den Kopf.

»Komm erst mal rein und erzähl mir alles. Jonas und die Kinder schlafen schon. Wir können in Ruhe über alles reden.«

Frauke nickte, während ihr Karina die Hand auf den Rücken legte und sie durch die Tür leitete.

»Hier, erst mal ein Abschminktuch und ein Spiegel«, sagte sie und hielt Frauke die Sachen hin. »Soll ich uns eine Flasche Wein aufmachen?« Sie stellte Gläser auf den Tisch, ohne Fraukes Antwort abzuwarten. Genauso schnell hatte sie eine Flasche geöffnet und eingeschenkt.

Sofort nahm Frauke einen großen Schluck. Die Wärme, die sich in ihr breitmachte, entspannte und tat gut.

»Na, dann Prost! Möchtest du etwas dazu essen? Ich glaube, das wäre jetzt besser für dich.«

»Nein, nein danke, ich habe keinen Hunger«, wehrte Frauke ab.

»Du solltest aber etwas im Magen haben ... vielleicht Eiscreme und Schlagsahne ... oder nur Schlagsahne? Das machen die in den Filmen doch immer so ... Gummibärchen ... Chips ... Erdnüsse ... mehr hab ich nicht im Haus ... oder soll ich dir ein Brot machen?«

Frauke hob die Hände. »Oh Gott, nein! Mach dir keine Umstände ... vielleicht die Chips ...«

»Na bitte, geht doch«, murmelte Karina, während sie eine Tüte Chips aus dem Wohnzimmerschrank fischte, aufriss und eine Schüssel damit füllte. Mit einem Lächeln stellte sie sie auf den Tisch.

»Also, jetzt lass uns zur Sache kommen. Was ist passiert?«, fragte sie, während sie sich ihrer Freundin gegenüber setzte.

Frauke erzählte die Geschichte und Karina nickte hin und wieder. Als sie fertig war, nahm sie einen Chip und kaute lustlos drauf herum. Er schmeckte wie Pappe. Ihre Freundin sah ihr nachdenklich dabei zu.

»Ach Mensch, das musste wohl so kommen. Das ist wirklich schade. Mensch ... ihr liebt euch doch! Du weißt ja, von deinem Ex halte ich nicht viel«, bemerkte Karina schließlich.

»Stephan bietet einfach die Sicherheit eines soliden Lebens. Keine Drogen, keine Eskapaden.«

»Ja, ja, und keine anderen Frauen ... Er ist ein wahrer Engel, das haben wir ja gesehen«, lästerte Karina mit einer abfälligen Handbewegung.

»Trotzdem, er gibt mir ein Gefühl der Sicherheit und Solidität. Im Moment kann ich etwas anderes nicht gebrauchen. Er hat einen Fehler gemacht. Jeder Mensch macht Fehler. Deshalb muss man auch verzeihen können. Und ER ist der Vater meiner Kinder. Die Kinder lieben ihn.«

»Ja, weil er sie mit Geld, Süßigkeiten und maßlosem Fernsehkonsum verwöhnt. Die böse Mama verbietet ja alles ... Deine Kinder haben heute etwas aus dem Nähkästchen geplaudert.«

Fraukes Lippen wurden schmal. »Ja, er ist vielleicht nicht perfekt, aber er hat diese Chance verdient. Jeder hat eine zweite Chance verdient.«

»Na, ich seh schon, ich kann dich nicht mehr umstimmen. Aber Frauke, bitte, nimm endlich das mit der Therapie in Angriff. Dir hängt sonst dein Kindheitstrauma für den Rest deines Lebens nach«, flehte sie mit einem ernsten Gesicht. »Weißt du, wenn man glücklich werden will, muss man ehrlich zu sich selbst sein.«

Frauke nickte. »Ja, ich glaube auch, ich sollte das jetzt wirklich mal in Angriff nehmen. Diese Angst macht mich sonst noch fertig.«

»Ja, tu es für dich. Vielleicht solltest du auch mit deinem Vater Kontakt aufnehmen und mit ihm mal über alles reden.«

Frauke hob abwehrend die Hände und schüttelte den Kopf. »Nein, nein, auf keinen Fall. Mit dem will ich nichts mehr zu tun haben. Er hat meine Mutter maßlos enttäuscht und mich wird er auch nur enttäuschen. Da bin ich mir sicher.«

»Ach je, wenn ich für dich doch nur ein wenig Vertrauen herbeizaubern könnte! Komm, lass dich mal in den Arm nehmen«, sagte Karina und rückte zu Frauke hinüber. Die lehnte sich an die Schulter ihrer Freundin. Wie gut, dass sie wenigstens noch eine beste Freundin hatte.

»Wenn du willst, kannst du hier auf dem Sofa übernachten. Das Gästezimmer haben ja deine Kinder besetzt. Sie werden sich freuen, wenn du morgen früh schon da bist. Dann können wir alle zusammen gemütlich Frühstücken.«

Frauke nickte und lächelte schwach. Die Aussicht auf ein Frühstück in fröhlicher Runde ließ die Welt gleich ein wenig heller erscheinen.

***

Der schwarze Porsche Cayenne fuhr vor und hupte. Der Lack sah frisch poliert aus und glänzte in der Sonne mit dem Chrom um die Wette. Die Kinder stürmten aufgeregt hinaus.

»Papa«, schrie Finn und breitete die Arme aus.

Stephan stieg aus und hielt abwehrend die Hände vor sich. »Halt mein Freund, nicht so wild ... und komm mir nicht an das frisch gewaschene Auto. Kindertatzen sehen darauf nicht so schön aus.«

Brav stoppte Finn und nahm sich zurück. Frauke, die die Szene von der Haustür aus beobachtet hatte, versetzte es einen Stich. Warum konnte Stephan nicht einfach mal herzlich zu den Kindern sein? Bei ihm wirkten sie immer so dressiert.

»Finn ist eben noch ein Baby«, meinte Emma süffisant und warf ihr Haar nach hinten.

Finn zeigte seiner Schwester die Zunge. »Besser als eine Pussy. Zickenalarm, Zickenalarm ... Zickenalarm!«, rief er und tanzte dabei um seine Schwester herum. Sie zog eine Schnute und sah Hilfe suchend, erst zu ihrem Vater und dann zu Frauke hinüber.

»Finn! Benimm dich!«, rügte ihn Stephan. »Frauke, sieh zu, dass sich der Wildfang beruhigt! Ich habe keine Lust auf Gezanke während der Fahrt!«

Frauke verdrehte innerlich die Augen. *Na, das fängt ja gut an.* Hoffentlich war die Idee mit dem Urlaub nicht schon gleich am Anfang zum Scheitern verurteilt.

Sie musste sich zusammenreißen und Stephan eine Chance geben, sonst wären die Kinder sicher sehr enttäuscht von ihr. Und wenn ihr Ex nach den ersten Tagen zur Ruhe kam, würden seine Nerven sicherlich auch besser werden.

Frauke rackerte sich mit den drei Koffern ab. Als sie am Auto angekommen war, öffnete er den Kofferraum. »Sind die auch sauber? Ich habe gerade das Auto gesaugt.«

»Ja, ja natürlich«, seufzte sie. »Ich habe aufgepasst, keine Angst.«

Als die Familie endlich ihre Sitzplätze eingenommen hatte und sie losfuhren, war sie erst einmal froh. Das hielt jedoch nicht lange an, denn Finn war derart zappelig und aufgeregt, dass Stephan zunehmend nervöser wurde.

Als Finn den Sicherheitsgurt seiner Schwester öffnete, schimpfte Stephan: »Finn! Gib jetzt endlich Ruhe!« Dabei drehte er sich abrupt nach hinten und verriss das Steuer.

Frauke versuchte, in Gedanken gegenzusteuern. Sie streckte den rechten Fuß, bediente eine imaginäre Bremse. Stephan fuhr ihr immer viel zu schnell. Oft hatte sie versucht, ihn zum langsameren Fahren anzuhalten, natürlich ohne den Hauch einer Chance. Also schloss sie die Augen und sandte ein Stoßgebet in den Himmel.

»Mama, mir ist schlecht! Kann ich jetzt mein Brötchen haben«, forderte Finn nach kurzer Zeit.

»Ja, ja klar, ich muss nur suchen«, antwortete sie, während sie die Tasche nahm, und anfing, darin zu kramen.

»Das kommt überhaupt nicht in Frage. In diesem Auto wird nichts gegessen! Das habe ich doch schon oft genug gesagt! ... Frauke!«

»Finn war so aufgeregt, er mochte kein Frühstück«, verteidigte sich Frauke.

»Mama! Ich muss jetzt was essen, sonst muss ich kotzen!«, tönte es von hinten.

Frauke konnte Stephans Kiefermuskeln zucken sehen.

»Meinetwegen!«, zischte er. »Aber er saugt nachher das Auto wieder und du bist für die Aufsicht zuständig.«

Sein vorwurfsvoller Blick gab Frauke das Gefühl, dass ihr Kopf gleich platzte. Doch sie nickte nur. Sie hatte keine Lust auf Streit. Diesen Urlaub hatte sie so nötig, und Stephan offensichtlich auch.

»Welchen Film wollt ihr sehen?«, fragte sie die Kinder.

»Tarzan«, rief Finn kauend.

»Jetzt spuck hier doch nicht auch noch das Brötchen durch die Gegend, man spricht nicht mit vollem Mund. Bei eurer Mutter scheint ihr kein Benehmen mehr zu lernen«, grummelte Stephan.

Frauke stieg die Hitze in den Kopf.

»*Tarzan* ist ein Babyfilm für Babys, die ihr Brötchen durch die Gegend spucken. Ich will *High School Musical* sehen. Oder *Hanna Montana*«, schmollte jetzt Emma.

»Boah, du bist echt eine Pussy! So was Langweiliges will ich nicht sehen!« Finn streckte ihr die Zunge mit Brötchenresten raus und schubste sie gegen den Arm.

Sie schlug ihm auf den Kopf. »Still, du Spacko!«

Da explodierte Stephan. »Gebt jetzt endlich Ruhe dahinten!«, schnauzte er mit rotem Gesicht.

Sofort war es mucksmäuschenstill.

»Frauke! Du wirst ja wohl einen Film eingepackt haben, den beide sehen wollen!«, blaffte er.

Frauke hatte schon eine DVD in der Hand. »Jetzt wird *Sailor Moon* gesehen, oder gar nichts, klar?«

Die Kinder nickten ergeben, eingeschüchtert von Stephans Ausbruch.

Der Film lief und Frauke schloss die Augen. Irgendwann würden sie ja ankommen, am Ferienhäuschen ihrer Schwiegereltern. Ein Reetdach-Haus, mitten in der Norddeutschen Tiefebene. Da wo sich Fuchs und Hase Gute Nacht sagten. Die Kinder konnten dort ungefährdet herumlaufen und sie würde die Ruhe genießen.

Kapitel 19 Gefangen

Als das Auto in die lange Allee des Ferienhäuschens einbog, keimte bei Frauke endlich Freude auf die Ferien. Aber dieser Keim wurde sofort erstickt, als sie Ida und Udo in der Tür des kleinen Fachwerkhauses sah. »Ich dachte, deine Eltern wollen erst nächste Woche kommen?«

»Ach ja, das habe ich dir noch nicht erzählt. Na ja, sie haben ihre Enkel so lange nicht mehr gesehen. Da haben sie gefragt, ob sie nicht schon früher kommen dürfen. Ich habe natürlich ›ja‹ gesagt. Meine Mutter kann dir helfen. Und ... sie können uns die Kinder abnehmen. Das bedeutet doch auch mehr Urlaub für uns.«

»Du weißt genau, dass dem nicht so ist. Jetzt nach der Scheidung ist deine Mutter bestimmt noch ekeliger zu mir. Hast du ihnen wenigstens endlich gebeichtet, dass du eine neue Freundin hattest?«

Stephan schluckte. »Ehrlich gesagt, nein.«

»Nicht? Das ist nicht dein Ernst, oder?«, stöhnte Frauke.

»Du kennst doch meine Mutter. Sie hätte kein Verständnis dafür.«

»Klar, den Schwarzen Peter will der brave Sohn natürlich nicht haben. Deine Mutter hat für nichts Verständnis. Dass ich dabei automatisch schlecht wegkomme, ist dir anscheinend egal.«

»Aber das ist doch jetzt unerheblich. Wir sind wieder zusammen. Das ist alles, was zählt, oder?«

»Wir sind wieder zusammen? Wir sind noch lange nicht zusammen. Und ehrlich gesagt, so wird das auch nichts mehr mit uns.« Frauke kam so richtig in Rage.

»Müssen wir das jetzt hier vor den Kindern besprechen?« Stephan fuhr sich nervös durchs Haar.

»Ja, warum nicht. Das hat dich doch auch sonst nicht gestört«, brummte sie. Sie wollte nicht mehr der Buhmann sein.

Inzwischen war das Auto vor dem alten Bauernhäuschen angekommen. Die Kinder rissen die Türen auf und begrüßten ihre Großeltern.

»Vorsicht Finn, nicht so wild, du ruinierst mir ja die Frisur.« Ida war immer sehr auf ein perfektes Äußeres bedacht. Dabei war die altmodische blonde Föhnfrisur mit Haarspray wie in Beton gegossen. Dieses Gebilde war mit Sicherheit nicht so leicht zu zerstören.

»Dass du auch immer so wild sein musst! Nimm dir ein Beispiel an deiner Schwester. Sieh nur, sie ist eine richtige kleine Dame geworden.«

Die kleine Dame tippte abwesend auf ihrem Handy herum.

»Emma! Willst du deine Großeltern nicht begrüßen?«, tadelte Stephan.

Genervt sah Emma von ihrem Handy auf. »Hallo Oma, hallo Opa«, murmelte sie teilnahmslos.

Ida schüttelte den Kopf. »Seit du nicht mehr bei den Kindern wohnst, haben sie völlig vergessen, was Manieren sind. Frauke hat deine Kinder überhaupt nicht im Griff. Da kannst du doch nicht so tatenlos zusehen, Liebling.«

»Darf ich euch daran erinnern, dass ihr der kleinen Dame, gegen meinen Willen, das Smartphone gekauft habt?«, entrüstete sich Frauke.

»Man wird seinen Enkeln ja wohl noch Geschenke machen dürfen. Du machst sie doch zu Außenseitern, wenn du sie aus dem Medienzeitalter ausschließt«, giftete Ida zurück.

Udo sah hilflos zu Frauke, eine unausgesprochene Entschuldigung im Blick. Er tat ihr leid, denn er hatte keinen Einfluss auf seine Frau – nie gehabt.

Frauke schüttelte beiden kühl die Hand und wandte sich ab. Auf den Anblick der herzlichen Begrüßung zwischen Ida und ihrem Sohn konnte sie verzichten. Küsschen rechts, Küsschen links ...

»Na, dann lasst uns mal reingehen. Ich habe meinem Sohn sein Lieblingsessen gemacht, Schweinebraten.«

»Schweinebraten war nie mein Lieblingsessen, Mama. Es ist das von Papa.«

»Blödsinn mein Junge, alle Männer mögen Schweinebraten. Nicht wahr Finn?«

»Weiß nicht«, flötete Finn.

Frauke ließ die Familie allein und verkrümelte sich in den Garten. Der war sehr groß und herrlich verwildert, man konnte wunderbar darin herumstreifen. Die Sonne schien und sie wollte sich nicht die Laune vermiesen lassen. Sie setzte sich auf die alte Teakholzbank und lauschte dem Vogelgezwitscher.

Mit einer Brise wehte der Duft aus dem Staudenbeet herüber. Sofort blitzte die Sehnsucht nach Elias wieder auf. Die Erinnerung an den Abend auf der Bank am Rheinufer kochte hoch. Um keine Tränen aufkommen zu lassen, erhob sie sich und ging ins Haus.

Dort empfing sie der altbekannte Trubel. »So, nun setzt euch alle hin. Jetzt wird gegessen«, säuselte Ida. »Hast du dir auch die Hände gewaschen, Finn?«

»Klar Oma!«

»Lüg deine Oma nicht an. Da ist ja noch Schokolade an deiner Hand. Schnell, ab ins Bad!«

»Oki.« Finn flitzte ins Bad und setzte sich danach schnell an den Tisch.

»Jetzt sei doch nicht so wild! Du reißt ja die Tischdecke herunter«, maulte Ida weiter.

»Finn! Jetzt benimm dich mal!«, schimpfte Stefan.

Frauke verdrehte die Augen.

»Ja, verdreh du nur die Augen. Das Benehmen kann Stefan auch nicht mehr retten. Solche Unsitten sitzen tief. Was du versäumt hast, ist nur schwer wieder herauszubekommen.«

Ein Blick zu Stefan zeigte Frauke, dass er nichts gegen den Tadel seiner Mutter einzuwenden hatte.

»Könnt ihr bitte still sitzen! Und vergesst nicht, bei uns ist Redeverbot am Tisch«, tadelte sie weiter.

Redeverbot, wenn das doch auch nur für Ida gelten würde ... Frauke grinste bei diesem Gedanken still in sich hinein.

»Ich finde es gar nicht lustig, wenn die Kinder sich nicht benehmen können. Seht euch nur an, wie sie im Essen herumstochern.«

»Mama, die Soße schmeckt ekelig«, meckerte Emma.

Entrüstet schnappte Ida nach Luft.

»In der Soße ist Alkohol, das mögen die Kinder nicht«, erklärte Frauke.

»Als wir Kinder waren, wurde bei uns gegessen, was auf den Tisch kam. Und man durfte erst aufstehen, wenn der Teller leer war. Aber, wie gesagt, gute Erziehung macht natürlich Mühe.«

Die Grundlage für dein Übergewicht. Der Gedanke zauberte ein Lächeln auf Fraukes Gesicht. »Bei mir müssen die Kinder zwar alles probieren, aber nicht alles essen. Außerdem dürfen sie aufhören, wenn sie keinen Hunger mehr haben.«

»Ein bisschen müssen sie aber noch essen.«

»Dann hättest du ihnen vor dem Essen besser keine Schokolade geben sollen, das verdirbt den Appetit.«

»Willst du damit sagen, ich darf den Kindern nicht mal zu Ostern Süßigkeiten mitbringen?«

Frauke seufzte. »Doch natürlich, nur nicht vor dem Essen.«

Ein Stuhl kratzte über den Boden.

»Finn, was ist denn jetzt schon wieder! Bleib sitzen!«, schnauzte Stephan nervös.

»Ich muss nur mal auf die Toilette. Hab ich eben vergessen.«

Wieder musste Frauke lächeln, denn Finn verkrümelte sich zu gern auf der Toilette, wenn es ihm zu viel wurde.

»Dein ständiges Grinsen ist unangemessen. So bekommen die Kinder nie Respekt vor dir«, tadelte Ida.

»Respekt? Den hast du ja auch nicht vor mir«, konterte Frauke. Sie lächelte vor Stolz, dass ihr endlich einmal eine schlagfertige Antwort gelungen war.

»Ida, jetzt gib endlich Frieden. Wir wollen uns doch nicht schon am ersten Tag streiten«, lenkte Udo ein.

Das brachte nur mäßigen Erfolg. Mit säuerlichem Gesicht schaufelte Ida ihr Essen in sich hinein. Wenn sie keine gute Laune hatte, war die Stimmung dahin.

Frauke sehnte sich nach Rückzug. Gott sei Dank schien Stephan denselben Gedanken zu haben.

»Bitte entschuldigt uns, wir sind kaputt von der Fahrt und möchten uns zurückziehen«, sagte er höflich. Doch Frauke sah im Augenwinkel, dass er seiner Mutter zuzwinkerte.

Sie seufzte innerlich, wieder einmal eins von Stephans abgekarteten Spielen.

»Na ja, dann ruht euch mal aus«, erwiderte Ida. »Macht euch keine Sorgen, ich werde hier klar Schiff machen. Heute Abend gibt es die Reste«, ergänzte sie mürrisch.

»Udo, du passt auf die Kinder auf«, herrschte sie ihren Gatten an. »Aber achte darauf, dass sie sich nicht so dreckig machen.«

Frauke holte schon Luft, um etwas zu sagen, aber sie wurde von Stephan weggezogen.

»Komm, lass doch. Hauptsache die Kinder sind zufrieden und wir haben etwas Zeit für uns«, raunte er ihr ins Ohr.

Er zog sie die Treppe hoch, in das zweite Schlafzimmer. Ein kleiner sonnenarmer Raum, mit einem alten Doppelbett aus Massivholz. Frauke kannte dieses Bett und hasste es, da es bei der kleinsten Bewegung knarrte. Dieses Geräusch ließ sie jedes Mal aufwachen, wenn sie oder Stephan im Schlaf die Liegeposition wechselten. Enttäuscht setzte sie sich auf das Bett, das wie zur Bestätigung unter ihrem Gewicht ächzte.

Stephan wusste, was sie dachte, und zuckte mit den Schultern. »Meine Eltern waren zuerst da.«

»Es war ein Fehler, mitzukommen«, stöhnte sie.

»Ach komm schon, sei kein Spielverderber. So können wir meinen Eltern lautstark unsere Versöhnung beweisen.«

»Das ist ja wohl nicht dein Ernst!«

»Bitte gib uns doch noch eine Chance«, raunte er ihr ins Ohr, als er sich neben sie setzte. In einem plumpen Annäherungsversuch fasste er ihr an die Brust.

Frauke schlug sofort seine Hand weg. Jetzt mit Stephan zu schlafen, war so unvorstellbar wie eine Expedition in ein anderes Sonnensystem. Gleichzeitig überfiel sie eine schmerzliche Sehnsucht nach Elias' zärtlicher Art.

»Das ist zum Beispiel auch ein Grund für unsere Trennung. Du bist immer so spröde«, meckerte Stephan. »Mit Becky hatte ich immer richtig geilen Sex. Das war kein Vergleich zu unseren anstrengenden Bemühungen. Ich hab sogar richtig was gelernt. Das kann ich dir zeigen, wenn du willst.«

Frauke stöhnte. »Nein, kein Bedarf.«

»Ja, du hattest nie Lust. Aber es gibt Hoffnung«, murmelte er und kramte in seiner Jackentasche.

»Hier ist es ja«, verkündete er und ließ ein Tütchen mit weißem Pulver vor ihrer Nase baumeln. »Habe ich extra für einen geilen Urlaub besorgt. Koks vom feinsten ... reinster Stoff. Papa kauft nur das Beste für einen so wichtigen Anlass wie diesen.«

Frauke blieb der Mund offen, doch die Luft blieb ihr weg. Minutenlang rang sie um Fassung. »Sag mal, spinnst du?! Bist du jetzt völlig übergeschnappt?!« Ihr wurde abwechselnd heiß und kalt.

»Nein! Überhaupt nicht, aber du bist so verbohrt ... ein Synonym für *prüde*. Man fühlt sich damit fit und stark, man könnte Bäume ausreißen. Becky und ich hatten so viel Spaß!«

»Du kennst doch das Schicksal mit meinem Vater! Und da kommst du daher und bietest mir so was an?« Frauke versagte die Stimme.

»Deine Mutter hätte das doch auch mal probieren können. Du hast ja keine Ahnung, was ihr da entgangen ist. Ich weiß nicht, was du hast. Das Zeug macht schließlich nicht körperlich abhängig.«

Das war zu viel. Frauke verpasste Stefan eine schallende Ohrfeige.

Schweigend rieb er sich die Wange.

»Körperlich vielleicht nicht, aber psychisch. Mein Vater musste jedenfalls eine Therapie machen. Und das machst du auch, sonst verbiete ich dir den Kontakt zu den Kindern.«

Bei Frauke bauten sich blitzschnell rasende Kopfschmerzen auf. Sie fasste sich an die Nasenwurzel und versuchte, sich zu besinnen.

»Das brauche ich nicht, ich habe alles im Griff. Ich bin schließlich nicht so blöd und nehme die ganz harten Drogen. Du kannst mir glauben, Kokain ist nicht so schlimm. Man übersteht den Alltag viel besser, kann mal richtig entspannen und loslassen.«

Als wollte er sich selbst bestätigen, nickte er die ganze Zeit. »Ich bin doch nicht so blöd wie einer unserer jungen Manager. Es war hart, dabei zuzusehen, wie er sich Heroin in die Venen spritzte«, fügte er nach einer Pause an.

Frauke verbarg das Gesicht in den Händen. Sie selbst hatte vom Schicksal ebenfalls gerade eine saftige Ohrfeige bekommen. Wie konnte sie nur so verblendet gewesen sein? Warum hatte sie sich eingebildet, an Stephans Seite wäre das Leben sicherer? Er war nichts weiter, als ein Schwächling, ohne jegliches Rückgrat. Eine willenlose Hülle, die Drogen brauchte, um den Anforderungen seiner Umwelt gerecht zu werden. Ein Glaskiesel. Ein geschliffener, völlig blinder, abgestumpfter Glaskiesel. Einer wie der, den Elias am Rhein gefunden hatte.

Wenn man glücklich werden will, muss man ehrlich zu sich selbst sein. Dieser Satz schoss ihr jetzt durch den Kopf. Sie hatte einen großen Fehler gemacht, der sofort korrigiert werden musste.

»Ein Glaskiesel kann nur übers Wasser laufen, wenn er richtig und heftig geworfen wird. Er braucht die Energie von außen. Sobald die Wellen verebbt sind, glitzern die Ringe nicht mehr in der Sonne«, sagte Frauke.

Stephan krauste die Stirn und blickte sie entgeistert an.

»Wenn der äußere Antrieb weg ist, versinkt er. Je weiter er gekommen ist, umso tiefer«, erklärte sie.

»Du redest in Rätseln.«

»Eine ungeschliffene Glasscherbe kann manchmal schwimmen, weil sie gekrümmt ist. Sie treibt dann noch kilometerlang auf dem Wasser. Und bis sie ein Ufer erreicht, ist sie oft weit gekommen. Ihre Ecken und Kanten reflektieren die Sonne … aber nur, solange die Scherbe nicht vom Strom geschliffen wird.«

»Was faselst du da für einen Quatsch? Hat dir das dieser kindliche Blödmann von Musiker ins Gehirn gepinkelt?« Stephan fuhr sich mit der flachen Hand durchs gegelte Haar.

»Nein, hat er nicht, er hat mir nur die Augen geöffnet. Noch heute Abend werde ich mit den Kindern nach Hause fahren. Und wage es nicht, uns aufzuhalten!«

»Du kannst mich doch nicht einfach verlassen! Ich werde kein Kokain nehmen und du musst das doch sowieso nicht! Ich weiß gar nicht, was du hast! Du bist so schwierig geworden.«

»Nein, ich bin nicht schwierig geworden, ich bin nur ehrlich zu mir selbst. Wenn man glücklich werden will, muss man ehrlich zu sich selbst sein. Das hat mir kürzlich Kari gesagt, sie hatte ja so recht. Mach eine Therapie!«

»Frauke, das kannst du doch jetzt nicht machen!«

Doch bei Frauke gewann endgültig die Wut Oberhand und sie begann, ihre Stimme zu erheben. »Und ob ich das kann, ich kann noch viel mehr! Die Schlüssel! ICH nehme den Wagen, um damit nach Hause zu fahren«, befahl sie und winkte auffordernd mit den Fingern.

»Das kommt überhaupt nicht in Frage! Das ist *mein* Auto!«

»Das werden wir ja sehen! Soll ich deinen Eltern mal erzählen, was ihr braver Sohn so alles treibt? Überleg's dir!« Ihre Stimme wurde immer lauter.

»Das machst du nicht! Das werden sie dir nicht glauben.«

Sie konnte Stephans Zähne knirschen hören. »Vielleicht nicht sofort, aber ich würde es nicht darauf ankommen lassen! Irgendwann kommt raus, was für ein Prachtstück sie sich da herangezogen haben.«

Auf einmal sackte Stephan in sich zusammen. »Ist ja schon gut! Aber hör jetzt auf zu schreien, sonst brauchst du meinen Eltern gar nichts mehr zu erzählen.«

»Du kannst ja mit ihnen zurückfahren und dir auf der Rückfahrt ein schönes Märchen für sie ausdenken.« Frauke begann, ungeduldig mit dem Fuß zu tippen.

Unwillig kramte Stephan die Schlüssel aus der Hosentasche und übergab sie Frauke, die einen triumphierenden Blick aufsetzte. Zum Glück hatten sie das Gepäck noch gar nicht ausgepackt. Dadurch war es leichter, die verdutzten Kinder einzusammeln und wieder im Wagen zu verstauen.

***

Fassungslos blickten Stephan, Udo und Ida dem Wagen hinterher, der eine dicke Staubwolke durch Fraukes energische Fahrweise hinterließ.

Ida wedelte dramatisch vor ihrem Gesicht herum und hustete. »Künstlerkind! Da liegt die Unzuverlässigkeit schon in den Genen. Wir müssen uns unbedingt etwas für die Kinder einfallen lassen. Die soll sie nicht auch noch verderben. Aber du sei froh, dass du diese unmögliche Frau endgültig los bist«, keifte Ida, bevor sie sich umdrehte und wieder ins Haus ging.

Udo zuckte mit den Schultern und folgte ihr.

Stephan sah den beiden nach. Es gefiel ihm gar nicht, dass er seine Überlegenheit nicht mehr bei Frauke ausspielen konnte. Jetzt war sie nicht nur langweilig, sondern auch noch störrisch. Er und süchtig? Dass er nicht lachte! Frauke hatte ja keine Ahnung, wie hart es war, im Berufsleben zu bestehen. Da war ein bisschen Entspannung ja wohl vergönnt. Die Drohung mit den Kindern würde Frauke sich sicher noch einmal überlegen. Was würden sonst seine Eltern denken?

Kapitel 20 Befreit

Erschöpft kam Frauke spätabends wieder zu Hause an. Dennoch fühlte sie sich befreit. Sie musste lernen, unabhängig zu denken und sich selbst nicht mehr zu belügen. Eine Garantie auf Sicherheit gab es nicht. Das war ihr spätestens jetzt schmerzlich bewusst geworden. Sicher konnte sie nur in sich selbst sein. Warum war ihr das nicht früher klar geworden?

Sie würde die Grübelei über ihre gescheiterte Ehe an den Nagel hängen. Da war nichts mehr zu retten. Punkt. Sie würde eine Therapie machen. Und gleich morgen würde sie anfangen, nach einer neuen, qualifizierteren Arbeitsstelle zu suchen. Wozu hatte man eigene Beine? Doch, um darauf zu stehen und damit Laufen zu lernen.

»So Kinder, es ist schon spät. Ab jetzt, ins Bett. Habt ihr noch Hunger oder Durst?«

»Och Mensch, es sind doch Ferien!«, maulte Finn.

»Jetzt hast du uns schon den Urlaub verdorben und dann sollen wir auch noch früh ins Bett«, bestätigte Emma.

Frauke seufzte. »Es ist nicht früh. Ja, ja, es tut mir leid, dass ich den Urlaub abgebrochen habe. Aber das mit Papa und mir, das hat keinen Zweck mehr.«

»Und warum mussten wir dann unbedingt mit nach Hause kommen? Das verstehe ich nicht!«, schmollte Emma.

Frauke nahm ihre Tochter in den Arm und streichelte sie, was Finn sofort dazu veranlasste, sich eifersüchtig an Frauke zu klammern. »Das muss ich euch in Ruhe erklären, nicht heute. Wir haben ja die ganzen Ferien noch Zeit dazu.«

»Tolle Ferien, Lina fährt mit ihren Eltern in die Karibik«, quengelte Emma weiter. »Die hat wenigstens Eltern.«

Diese Äußerung versetzte Frauke einen Stich. Sie holte tief Luft.

»Mir tut es leid, Emma, wirklich. Aber manchmal macht es mit einer Ehe einfach keinen Sinn mehr und man tut sich nur noch gegenseitig weh. Dein Papa und ich, wir würden uns nur unglücklich machen. Du weißt ja noch, wie es war, als wir uns immer gestritten haben, damit wart ihr auch nicht glücklich. Und wir können doch auch so etwas Schönes machen. Indoor-Spielplatz, Zoo, Kino, das wird auch klasse.«

»Au ja!«, jubelte Finn, »das wird mega!«

Emma seufzte nur.

Frauke sah ihre Tochter wehmütig an. »Na schön, es sind ja Ferien und ihr müsst noch von der Fahrt herunterkommen. Kommt etwas im Fernsehen? Sonst sucht euch einen Film aus. Aber nicht mehr streiten. Ihr könnt euch etwas zu knabbern holen und ich hole eine Flasche Limo, keine Cola, ja? Dann feiern wir erst einmal die Ferien, Okay?«

Jetzt hellte sich auch Emmas Blick auf. Die Kinder stürmten zum Schrank mit den Snacks. Bei der Wahl des Films zeigten sie, dass sie sich auch einig sein konnten. So klang der bewegte Tag doch noch friedlich aus.

Morgen würde ihr neues Leben beginnen. Ohne Männer – und Frauke freute sich darauf.

Die Euphorie über ihr neues Leben war jedoch dahin, als sie im Bett lag. Zwangsläufig wanderten ihre Gedanken wieder zu Elias und die Einsamkeit brach in voller Wucht über sie hinweg. Da kullerten die Tränen zu beiden Seiten ihres Gesichts in das Kopfkissen. Warum musste Sehnsucht nur so schmerzen? Wann würde es aufhören? Irgendwann ... das sagte man doch. Irgendwann hatte man alles vergessen.

Ihre Gedanken bewegten sich immer in denselben Kreisen. Sie sah Elias' enttäuschtes Gesicht vor sich. Er wäre zu so viel bereit gewesen. Aber irgendwann hätte sie es zu hören bekommen, dass er ohne sie Karriere gemacht hätte. Dieser Freigeist ein Musiklehrer? Unvorstellbar.

Sie konnte die Sache drehen und wenden, wie sie wollte. Sie war ein Klotz an Elias' Bein. Eine Beziehung mit ihm würde beide genauso unglücklich machen, wie die Ehe mit Stephan.

Eins hatte sie sich vorgenommen. Sie wollte sich als eine schwimmende Glasscherbe sehen. Eine mit vielen Ecken und Kanten, die in der Sonne glitzern. Und irgendwann würde der Strom sie dann zum sicheren Ufer tragen.

***

Ein paar Wochen später hatte sich ihr neues Bewusstsein gefestigt. Die Therapie tat ihr gut. Eines Abends, als die Kinder im Bett waren, war sie soweit, sich ihren Dämonen zu stellen. Sie ging zum Schlafzimmerschrank und holte den Schuhkarton mit Briefen.

Heftig atmend setzte sie sich aufs Bett und öffnete ihn. Die Briefe stammten von ihrem Vater, der ihr eine Zeit lang regelmäßig geschrieben hatte.

Ihre Oma hatte sie ihr damals geben wollen. Aber von ihrem Vater hatte Frauke nichts mehr hören und sehen wollen – schon gar keine Briefe. Deshalb hatte Omi sie sicher verwahrt und ihr erst kurz vor ihrem Tod gegeben.

Erst hatte Frauke gedacht, die kommen umgehend ins Altpapier. Aber dann erinnerte sie sich an die mahnenden Worte ihrer Oma, sie nicht wegzuwerfen. Insgeheim dankte sie ihr jetzt dafür.

Der erste der Briefe befand sich ganz unten. Ihr Herz schlug höher, als sie ihn öffnete.

Hallo mein Schatz,

ich bin tief betrübt und kann dir gar nicht sagen, wie leid mir alles tut. Ich habe nun ein paar Wochen Therapie hinter mir. Erst jetzt bin ich in der Lage, meine Schuldgefühle in Zaum zu halten und dir alles zu erklären.

Ich kann nichts mehr rückgängig machen. Das kann man ja im Leben meistens nicht, leider. Ich kann nur hoffen, dass du dies liest und verstehst. Ich wage es gar nicht, zu hoffen, dass du mir irgendwann verzeihen kannst.

Ich war ja so verblendet und gleichzeitig naiv, als ich mit dieser Drogengeschichte anfing. Da die Plattenverkäufe stark zurückgegangen waren, fühlte ich mich mächtig unter Druck. Wie alle, die mit Drogen anfangen, habe ich mir vorgemacht, ich hätte alles unter Kontrolle. Aber, wenn ich alles unter Kontrolle gehabt hätte, hätte ich wohl gar nicht erst damit angefangen.

Es war damals sehr modern, als Künstler Kokain zu nehmen. Ich hoffe, du wirst es nie ausprobieren. Denn das gehört zu den Erfahrungen, die man nicht selbst machen muss.

Kokain macht euphorisch. Man ist unglaublich leistungsfähig. Keinen Hunger, keine Müdigkeit. Am Anfang lief es sogar besser mit der Karriere und meiner Kreativität. Wenn du denkst, du bist der King, nimm Kokain, dann bist du Gott. Es hat mich so verblendet.

Die Partys haben mich nicht mehr losgelassen. Es war alles so cool, alle waren ja so gut drauf. Aber mit der Zeit ging es nur noch darum, wer das Kokain bezahlt.

Ich war pleite, konnte gar nichts mehr bezahlen.

Deine Mutter konnte nicht mehr zusehen, wie alles, inklusive mir, den Bach runterging. Sie tat damals das einzig Richtige und wollte mich verlassen.

Das war der Weckruf, ich wollte aussteigen. Ich schrieb deiner Mutter und schwor, dass es mir ernst war. Ich bat sie, doch zurückzukommen und mich zu unterstützen.

Das tat sie auch – leider einen Tag zu früh. Meine Partyclique hatte an diesem Tag die Idee, eine Abschiedsparty für mich zu geben und ich ließ mich darauf ein. Den Rest hast du selbst miterlebt.

Was du wahrscheinlich nicht mehr mitbekommen hast, ist, dass ich deiner Mutter am Telefon noch alles erklärt habe und sie mir tatsächlich verziehen hat. Sie wäre wohl am nächsten Tag zurückgekommen. Es muss also ein Unfall gewesen sein. Sie wollte sich nicht umbringen.

Sie wollte dich nicht allein lassen und ich wollte es auch nicht.

Aber ich musste erst mein Leben wieder in den Griff bekommen. Dazu gehörte auch, dass ich gezwungen war,

unsere Immobilien zu verkaufen. Ich musste völlig neu
anfangen. Wir hätten nicht einmal ein Zuhause gehabt.

Ich kann verstehen, dass du danach nichts mehr von
mir wissen wolltest. Ich schreibe dir daher diesen Brief in
der Hoffnung, dass du ihn irgendwann einmal liest.

Aus der Ferne der Zeit werden aus Enttäuschungen
Erfahrungen, die uns an einen bestimmten Punkt
gebracht haben. Man muss sich nur erlauben, aus ihnen
zu lernen.

In Liebe,
dein Papa, der dich immer lieben wird.

Frauke ließ die Hand mit dem Brief sinken. Tränen
kullerten über ihr Gesicht.

Was wäre gewesen, wenn sie diesen Brief schon
früher gelesen hätte? Hätte sie dann wieder Kontakt zu
ihrem Vater gesucht? Warum hatte ihre Oma sie nie
gezwungen, mit ihr darüber zu reden?

Ihre Gedanken wühlten im Kopf, wühlten im Bauch
und bescherten ihr kalten Schweiß auf der Stirn.
Innerlich musste sie ihrem Vater recht geben. Man kann
im Leben nur selten etwas rückgängig machen. Ja, sie
sollte einfach aus ihren Enttäuschungen und
Erfahrungen lernen. Dieser Brief ließ sie etwas milder
über ihren Vater denken, verzeihen aber, das konnte sie
- noch nicht.

Kapitel 21 Elias' Song

Endlich Sommerferien! Auch Frauke hatte Urlaub, den sie zusammen mit ihren Kindern genießen wollte. Zumindest die ersten drei Wochen, die nächsten drei würden sie in einem Ferienlager verbringen.

An diesem ersten Morgen gönnte sie sich einen Luxus, der im normalen Alltag keinen Platz fand. Mit Jogginghose bekleidet und einer Tasse Kaffee in der Hand saß sie vor dem Fernseher und sah sich das Frühstücksfernsehen an. Emma hatte sich neben sie gesetzt und angekuschelt.

Da startete ein Beitrag, der Frauke fast den Kaffee aus der Hand fallen ließ. Elias war als Künstler eingeladen. Er sollte sein neues Lied vorstellen.

»Dieses Lied ist in die Charts geschossen, wie schon lange keins mehr. Sie haben gesagt, dass es Ihr persönlichstes Lied ist. Verraten Sie uns da mehr?«, fragte der Moderator nach der förmlichen Begrüßung.

Emma richtete sich auf und tippte ihrer Mutter auf die Schulter. »Mama? Siehst du das da? Den kenn ich doch!«

Frauke nickte und blickte gebannt auf die Mattscheibe.

Elias sah irgendwie älter aus, reifer. Dabei war es gerade mal ein halbes Jahr her, als sie sich zuletzt gesehen hatten.

Elias antwortete: »Dieses Lied ist zusammen mit einer Person entstanden, die mir einfach alles bedeutet. Sie hat mich sehr beeinflusst.«

In Frauke stieg Traurigkeit auf. Enttäuscht schnappte sie nach Luft. Er schien sie ja schnell vergessen zu haben! Aber eigentlich war es doch nicht anders zu erwarten gewesen. Warum sollte er auch wie ein Mönch leben, wo er sicher täglich verführt wurde? Erfolg machte sexy und Elias war selbst ohne Erfolg sexy. Das wäre niemals gutgegangen! Sie musste sich eingestehen, dass Beziehungen fruchtbarer waren, wenn sie im eigenen Umfeld entstanden. So wie damals, die Beziehung zwischen Stephan und ihr. Doch sofort schüttelte sie den Kopf über ihr eigenes Beispiel.

»Klar Mama, das ist doch dieser Elias, dein Ex-Freund. Wow, Mama, der ist ja im Fernsehen und er sieht so gut aus … coool!«

»Wie stehen oder standen Sie zu der Person?«, fragte der Moderator.

»Sie müssen verstehen, dass es sich um mein Privatleben handelt, das ich schützen will und muss. Wie gesagt, diese Person ist mir sehr wichtig, mehr möchte ich dazu nicht sagen.«

»Wow, Mama, meint er dich?« Emma konnte ihre Bewunderung nicht verhehlen, sie sah interessiert zu ihrer Mutter rüber.

Frauke schüttelte den Kopf, ihr stiegen die Tränen in die Augen. Er konnte sie doch gar nicht meinen. Doch nach dem dramatischen Abschied hätte sie nicht damit gerechnet, dass er sich so schnell tröstete. Aber sie schluckte die Trauer tapfer wieder herunter. Schließlich war die Trennung ihre Entscheidung gewesen. Was konnte sie da von ihm verlangen?

Inzwischen hatte Elias auf einem Hocker Platz genommen. Drei weitere Musiker starteten den Beitrag mit einem grandiosen Intro.

Frauke traute ihren Ohren nicht, als Elias mit seiner markanten Stimme zu singen begann:

»Gedanken, sie formen, in Worte gebaut,
geistige Nähe, ewig vertraut.
Geflüsterte Worte, Vertrautheit erwacht,
Nähe verbindet. Liebe gemacht.
Wo Gefühl sich mit Ausdruck sachte verbindet,
ist Gleichklang des Geistes, ist es Glück, das sich findet.
Bei Dir fühl ich mich angenommen,
in meiner Liebe angekommen.
Wir waren uns so nah,
haben uns gespürt.
In meinem Herz ist es noch wahr,
dort bleibt die Liebe unberührt.«

Emma wippte aufgeregt auf dem Sofa. »Der kann ja so toll singen, Mama! Krass! Hast du das gewusst?« Sie blickte flüchtig zu ihrer Mutter, dann wieder gebannt zum Fernseher.

Frauke nickte, was sollte sie sonst machen? Die Tränen sammelten sich jetzt in ihren Augen, da half auch kein Blinzeln und Schlucken mehr. Elias hatte ihre Verse in eine wunderschöne Ballade verwandelt, die sicher nicht nur Frauke direkt ins Herz traf.

»Lippen, die kosen, streifen die Haut,
sinnliche Nähe, ewig vertraut.

Aus Wärme wird Hitze, Feuer entfacht,
Nähe verbindet. Liebe gemacht.
Wo Hartes und Weiches in Lust sich verbindet,
ist Gleichklang der Körper, ist es Glück, das sich
findet.
Bei Dir fühl ich mich angenommen,
in meiner Liebe angekommen.
Wir waren uns so nah,
haben uns gespürt.
In meinem Herz bist du noch da,
dort bleibt die Liebe unberührt.«

Die instrumentale Überleitung zwischen den Strophen nutzte Emma, um sich ihre Mutter genau anzusehen. »Mama? Was ist? Was hast du?«

»Nichts mein Schatz, alles gut. Das Lied ist nur so schön.« Der sehnsuchtsvolle Schmerz in ihrer Magengrube war unerträglich. Auf einmal kamen alle unterdrückten Gefühle wieder hoch. Sein Anblick war kaum auszuhalten und trotzdem konnte sie den Blick nicht abwenden.

»In Blicken verbunden, so tief geschaut,
seelische Nähe, ewig vertraut.
Wo Ahnung beharrlich Gewissheit entfacht,
sind Seelen vereinigt, wird Liebe gemacht.
Was uns im Inneren machtvoll verbindet,
ist Gleichklang der Seelen, ist es Glück, das sich
findet.
Wir waren uns so nah,
haben uns gespürt.
In meinem Herz bist du noch da,

dort tobt die Liebe ungerührt.
Doch Angst ist es, die dich verblendet.
Sehnsucht, in mir, die niemals endet.
Meine Gefühle für dich – ein bittersüßer Trank,
wühlen mich auf, ohne dich werd ich krank.
Wir waren vereint, im Geiste verbunden,
die Dämonen aber, haben wir nicht überwunden.
Schmerzvolle Sehnsucht nach echter Nähe,
erfüllt mich, wenn ich dich vor mir sehe.
Mit Dir fühl ich mich angenommen,
in meinem Leben angekommen.«

Diese, ihr unbekannten Verse, gaben ihr jetzt den
Rest. Sie schluchzte hemmungslos, die Tränen liefen ihr
übers Gesicht.

Er hatte sie nicht vergessen, im Gegenteil, er hatte
seine Sehnsucht in einem Lied verarbeitet. Dieses Lied
sprach ihr mindestens genauso aus dem Herzen. Von
ihren Gefühlen überwältigt rannte sie ins Schlafzimmer.
Emma sah ihr verständnislos hinterher.

Sie warf sich aufs Bett. Vom Schluchzen erschüttert
wollte die Tränenflut kein Ende nehmen.

Seit ihrer Trennung hatte sie jede Nacht an ihn
gedacht. Die Erinnerung an seine Blicke, Worte und
Berührungen folterte sie mit schmerzvoller Sehnsucht.
Sehnsucht nach echter Nähe – genau wie in Elias'
Versen. Er hatte dasselbe durchgemacht, wie sie.
Obwohl die Zeit angeblich alle Wunden heilte, ihre
wollten einfach nicht heilen.

Und jetzt stellte sie fest, dass es ihm ganz genauso
ging ...

Vorsichtig betrat Emma das Schlafzimmer. »Was ist, Mama?«

»Nichts«, schluchzte Frauke.

»Mama, ich bin kein Kind mehr!«, erwiderte sie entrüstet. »Er hat das Lied über dich geschrieben, oder?«

Frauke wusste nicht, was sie sagen sollte.

»Ihr liebt euch noch, oder? Fuck! Das ist ja so romantisch! Willst du ihn nicht wiedersehen? Es wäre so cool, wenn ich ihn kennenlernen würde. Finn fände das bestimmt auch toll.«

»Lässt du mich allein, Emma?«

Emma sagte nichts mehr und verließ den Raum.

»Was soll ich eurer Meinung nach machen?«, fragte Frauke in die Runde ihrer Freundinnen, die sich wieder in ihrer Kneipe getroffen hatten. »Zu ihm hingehen, einfach so? Das Lied ist durch die Decke gegangen, falls ihr das nicht bemerkt habt. Es wird auf allen Radiokanälen rauf und runter gespielt. Inzwischen hat er bestimmt Sicherheitspersonal hinter der Bühne. Was soll ich sagen? *Ich bin die Frau aus seinem Hit, lasst mich durch!* Das glauben die mir doch sofort.«

»Du gibst bestimmt ein tolles Groupie ab«, spottete Lea und grinste. »Tatsache ist, der Typ ist toll. Er sieht gut aus, ist berühmt, er liebt dich immer noch und … jetzt hat er sogar Geld.« Sie zwinkerte. »Aber das Wichtigste daran ist doch, er hat dich nicht vergessen.«

»Ich hab das gründlich im Internet recherchiert. Sein Manager hat sich öffentlich darüber geärgert, dass er nach den Konzerten immer sofort verschwunden ist. Er hat bestimmt keine Freundin oder Groupies.«

»Wie romantisch! Jeden Abend liegt ihr allein im Bett und sehnt euch nach dem anderen. Rede doch noch mal mit ihm. Streng genommen steht ja sowieso noch ein Gespräch aus. Du hast doch seine Handynummer«, gab Manuela zu bedenken.

Frauke schüttelte den Kopf. »Nein, die hat er nicht mehr. Die kannten wohl zu viele falsche Leute.«

»Was ist mit seiner Mutter? Du weißt doch, wo sie wohnt. Fragen kann man doch mal« schlug Karina vor.

»Nur über meine Leiche! Der Frau war ich doch nur ein Dorn im Auge. Nein, diese Sache kann ich abschreiben. Es ist alles blöd gelaufen, und wenn ich ehrlich bin, dann bin ich doch immer noch der Bremsklotz seiner Karriere. Große Liebe hin oder her, die hält auch nicht alles aus, das habe ich ja bei meinen Eltern gesehen.«

»Warum gibst du so schnell auf? Was ist mit den Autogrammstunden?«

»Lea!«, tadelte Frauke. »Ich kann doch nicht für etwas kämpfen, das sowieso zum Scheitern verurteilt ist. Nenne mir doch mal eine stabile Künstlerbeziehung.«

»Sicher gibt es da welche. So viel anders sieht es bei den Nicht-Künstlern doch auch nicht aus«, gab Lea zurück. »Darf ich dich an deine eigene Ehe erinnern?«

»Du kennst doch den Spruch, dass man am Ende seines Lebens nur die Dinge bereut, die man nicht gemacht hat.« Karina rieb ihrer Freundin über die Schulter. »Ich finde es auch schade, dass du dich so schnell geschlagen gibst, Frauke. So etwas Intensives findet man doch nur sehr selten. Es ist etwas

Besonderes. Wer weiß, ob du so etwas noch mal erlebst. Jeder wünscht sich das doch.«

»Ach Leute«, seufzte Frauke und atmete tief durch. »Das eine sind die Wünsche, das andere die Realität. Die Vernunft spricht gegen uns. Ich meine, sind wir doch mal ehrlich, was bleibt, wenn der Hormonrausch vorbei ist? Zwei Lebensstile, die nicht zueinanderpassen.«

»Ich bin ja nicht gerade eine große Kitschnudel«, meldete Manuela sich zu Wort. »Aber es heißt doch, die Liebe findet immer einen Weg. Mal abgesehen davon gibt es ja wohl auch genug, was euch über den Hormonschub hinaus verbindet.«

Frauke verbarg das Gesicht in ihren Händen. All diese Argumente hatte sie sich längst selbst immer wieder vor Augen gehalten. Aber das Gefühl, dass es zu spät war, für Elias und sie, ließ sie einfach nicht los. »Was ist, wenn er mit dem Lied alles überwunden hat? Er gar nichts mehr für mich fühlt?«

»Glaubst du das wirklich? Also fühlst du doch noch etwas für ihn. Willst du nicht herausfinden, was er noch für dich fühlt?«, bohrte Lea nach.

»Denk an meine Worte! Wenn man glücklich werden will, muss man ehrlich zu sich selbst sein«, ermahnte Karina.

»Triff ihn, das ist auch mein Rat. Was ist mit der Kneipe, in der er mal gespielt hat?«, redete Manuela weiter auf sie ein.

»Ja, versuch es doch gleich morgen! Ich werde die Kinder nehmen, es sind doch Ferien.«

»Mein Gott! Danke Kari. Ihr legt euch wirklich ins Zeug. Aber, er spielt doch gar nicht mehr in der Kneipe.«

»Dort war er aber früher viel. Vielleicht hat irgendjemand seine neue Handynummer.«

»Viele werden dich wiedererkennen, er hat dich doch vorgestellt.«

»Es kann doch sogar sein, dass jemand weiß, wo er ist. Hast du nicht gesagt, sein Freund war damals auch da?«

Frauke blickte in die Runde ihrer Freundinnen und musste ihnen recht geben. Sie musste herausfinden, was da noch zwischen ihr und Elias war.

»Okay, überredet. Es könnte einen Versuch wert sein. Können wir jetzt endlich das Thema wechseln?«, erwiderte sie matt.

Am nächsten Abend holte Frauke tief Luft, bevor sie das Angelique's betrat. Hoffentlich erkannte sie keinen dieser Partybesucher, oder umgekehrt.

Bedächtig arbeitete sie sich vor und blickte sich um. Die Kneipe war nicht so voll, wie an dem Abend, als Elias hier gespielt hatte. Ein DJ machte Musik, was aber niemanden zu interessieren schien.

Dort war die schreckliche rothaarige Bedienung. Die würde ihr bestimmt nichts verraten, selbst wenn sie etwas wusste. Sonst erkannte Frauke aber kein Gesicht.

Ihr war ein Rätsel, wie sie auf den Gedanken kommen konnte, dass ein Besuch hier etwas bringen könnte. Also drehte sie sich um und wollte gehen, da kamen ihr doch noch bekannte Gesichter entgegen.

»Ach, hallo! Bist du nicht die Frauke von Elias?« Tom streckte ihr freudig die Hand entgegen, während sie von Laura nur ein teilnahmsloses Nicken erntete.

»Hallo, du bist Tom und du Laura, stimmt's?« Sie schüttelte Toms Hand. Laura vermied das Hände-schütteln, indem sie sich ausführlich damit durchs Haar fuhr.

»Was machst du hier? Du suchst doch nicht Elias, oder?«

Frauke presste die Lippen zusammen. »Doch, wenn ich ehrlich bin, schon. Ich habe mir gedacht, vielleicht kennt hier jemand seine neue Handynummer. Weißt du vielleicht, wo er ist?«

»Ich hab ihn heute im Krankenhaus getroffen. Unser Freund Chris ist im dort gelandet. Nierenversagen, wegen exzessiven Drogenkonsums.«

»Ach, ist das nicht der Freund, den er mir vorstellen wollte?«

»Ja. Elias geht es nicht gut, er macht sich Vorwürfe, dass er sich nicht mehr um ihn gekümmert hat.« Während er das sagte, trat Laura teilnahmslos von einem Bein auf das andere.

»Sorry Frauke, wir müssen weiter. Ich kann dir die neue Handy-Nummer geben, aber er hat es im Moment ausgeschaltet. Elias hat echt die Krise. Er sagt ständig, er wäre kein guter Freund und das Leben wäre nichts wert ohne Freunde. Gib mir dein Handy.« Tom nahm Fraukes Handy und tippte Elias' Nummer ein.

»So weit ich weiß, ist er zu Hause bei seiner Mutter.«

Frauke nickte. Auf einen Besuch in Oberkassel legte sie keinen Wert. Elias' Mutter hatte ihre Bedenken mehr als klargemacht.

Sie machte sich auf den Weg und fuhr zurück zum Hauptbahnhof. Eigentlich wollte sie nach Hause umsteigen, doch wie an unsichtbaren Fäden geführt, stieg sie in die Bahn nach Oberkassel.

Eine Weile stand Frauke unschlüssig vor Elias' Haus. Sollte sie sich jetzt wirklich in die Höhle des Löwen wagen? Da wurde ihr die Entscheidung abgenommen. Die Tür öffnete sich und Elias' Mutter trat heraus.

»Guten Abend Frau Ritter. Ich hoffe, ich störe nicht. Ich wollte zu Elias. Tom hat gesagt, dass er hier ist«, sagte sie und wich einen Schritt zurück.

»Nein, Sie stören nicht. Wollen Sie reinkommen?«, fragte sie höflich.

Frauke nickte und trat ein.

»Aber vorher möchte ich mich noch entschuldigen. Es gab so viele Missverständnisse bei unserer ersten Begegnung. Ich habe mich noch nicht einmal mit Namen vorgestellt. Also, ich bin Irina, Sie können *Rina* und *Du* sagen«, bemerkte sie und streckte Frauke ihre Hand hin.

»Danke, Rina.« Frauke lächelte befreit.

»Ich will ja nicht neugierig sein, aber darf ich fragen, was Sie von Elias wollen? Sie sind doch zum Vater Ihrer Kinder zurückgekehrt, oder?«

»Stephan? Der ist Geschichte. Schon lange. Es hatte keinen Sinn, die Ehe war nicht mehr zu retten. Er hat sich inzwischen ins Ausland versetzen lassen.«

»Gut, äh, ich meine, tut mir leid. Ich wollte Sie ... dich etwas fragen.«

Irina machte eine Pause.

»Worum geht's?«, fragte Frauke.

Irina holte tief Luft. »Ich weiß mir nicht mehr zu helfen. Elias ist seit drei Tagen hier und liegt nur im Bett. Er hat seine Promo-Tour unterbrochen, weil ein Freund von ihm ins Krankenhaus kam. Nach den Krankenbesuchen ist er immer so niedergeschlagen.«

»Und was soll ich dagegen machen?«

»Mit ihm reden. Ich weiß, er liebt Sie ... dich immer noch. Er sagt, er hat keine Freunde mehr, er hätte alles falsch gemacht.« Sie spielte mit ihrer Perlenkette. »Ich hab mir gedacht, vielleicht bedeutet er Ihnen noch genug, dass Sie noch einmal mit ihm reden. So habe ich ihn noch nie in meinem Leben gesehen. Er ist wirklich am Boden zerstört.«

Frauke strahlte Irina an. Elias liebte sie immer noch! Ihr Herz hüpfte vor Freude. Das Schicksal schien alles regeln zu wollen. »Ja, ja sicher. Ist er in seinem Zimmer?«

Da fing auch Irina an, zu lächeln. »Ich werde dann mal etwas zu Essen holen. Elias wollte nichts essen. Da habe ich ihm versprochen, ich mache alles, was er sich wünscht. Daraufhin hat er sich *Pommes Spezial* gewünscht.«

»Er wünscht sich *Pommes Spezial*?« Frauke grinste.

Irinas Lächeln schlug in ein wissendes Grinsen um. »Das habe ich mir doch gedacht, dass es etwas mit dir zu tun hat. Möchtest du vielleicht auch eine Portion?«

»Ja, warum nicht. Und ja, wir haben das zusammen gegessen, als wir das letzte Mal hier waren. Es war sehr lustig ... damals.«

»Auch *Spezial, mit Zwiebeln,* wie Elias?«

»Ja gern, mit Zwiebeln.«

Auf einmal hatte Frauke das Gefühl, dass sie Elias sofort sehen musste. Sie eilte nach oben, ohne sich noch einmal umzudrehen. Leise klopfte sie an die

Kinderzimmertür. »Elias kann ich reinkommen?«, fragte sie ebenso leise.

»Frauke?«, kam es heiser zurück. Dann hörte sie ein Poltern, Glasklirren und ein »Fuck!« Die Tür öffnete sich.

»Frauke!«, rief Elias ungläubig und fiel ihr um den Hals. »Frauke!«

Frauke erschrak über seinen Zustand. Dunkle Ringe unter den Augen, die Erschöpfung stand ihm ins Gesicht geschrieben. Er klammerte sich an sie wie an einen Rettungsring.

Froh, ihn endlich wieder zu spüren, schlang auch sie die Arme um seinen Körper. Minuten voller Dankbarkeit harrten sie so regungslos aus. Frauke schloss die Augen und genoss seinen vertrauten Geruch.

»Komm, lass uns reingehen«, brauchte Elias nur zu sagen und sie gingen mit zielstrebigen Schritten auf das Bett zu. Sie legten sich einfach nur darauf, schmusten und küssten sich, genossen die Nähe des anderen. Keiner sagte ein Wort, sie verstanden sich auch ohne Worte.

»Ich liebe dich. Ich hab dich so vermisst, es war kaum auszuhalten«, flüsterte er irgendwann.

»Ich dich auch. Ich habe jede Nacht an dich gedacht«, antwortete Frauke. Sanft streichelte sie ihm übers Gesicht. »Die ganze Zeit habe ich versucht, dich zu vergessen. Ich wollte alles verdrängen, was zwischen uns war. Ich war so dumm. Es ging einfach nicht. Tausend Kleinigkeiten haben mich an dich erinnert. Blumenduft, Pommes, Dosenbier, die Lieder, die wir gehört haben, als wir auf dem Bärenfell gelegen haben ... einfach alles.«

»Mir ging es ähnlich. Man sagt, Arbeit lenkt ab. Aber bei mir stimmt das nicht, die Gedanken an dich haben mich abgelenkt.« Er blickte sie nachdenklich an. »Gehst du wieder … zu ihm?«

Frauke schüttelte den Kopf. »Meine Ehe ist vorbei. Sag mal, was ist eigentlich los? Warum willst du alles hinschmeißen?«

Elias schloss die Augen und holte tief Luft. »Es geht um Chris. Nein nicht nur um ihn. Der Erfolg macht einsam, das kann man immer wieder hören. Und ich durfte es erfahren. Keiner meiner alten Freunde konnte sich noch bei mir melden, weil ich meine Nummer wegen der pausenlosen Anrufe wechseln musste.«

Er rieb sich über die Augen. »Irgendeiner von meinen sogenannten Freunden hat sich wohl wichtigmachen wollen, und die alte Nummer ins Internet gestellt. Da hast du endlich Erfolg … und um dich herum nur Schleimer, die Kohle mit dir machen wollen. Ich habe nur noch Kontakt zu meiner Mutter und zu Tom. Er war es auch, der mir von Chris erzählt hat.«

Elias zögerte, bevor er weitersprach.

»Chris war damals auch auf der Drogenparty, lag am Boden, aber ich musste mich um dich kümmern. Armin hatte gesagt, er wäre nur erschöpft …«

Elias senkte den Kopf und spielte mit seinen Fingern.

»Na ja, ich habe mich nicht weiter um die Sache gekümmert, obwohl er einer meiner ältesten Freunde ist. Jetzt ist er im Krankenhaus gelandet, Nierenversagen, weil er es mit dem Crystal übertrieben hat. Ich Arsch hab nur mich selbst gesehen, verdrängt, dass er im Drogensumpf versinkt.«

»Aber was hättest du machen können?«

»Einfach nur da sein ... zuhören?«

»Ich glaube, das wäre nicht genug gewesen. Man kann immer nur selbst zum Entschluss kommen, mit den Drogen aufzuhören. Glaub mir, ich kenne mich da aus.«

»Ich fühle mich trotzdem scheiße ... scheiße und verdammt einsam. Du fehlst mir so, ich kann es kaum aushalten. Wie war es eigentlich mit Stephan?«

Frauke presste die Lippen aufeinander. »Der Versöhnungsversuch ist im Keim erstickt.« Sie schüttelte den Kopf. »Stell dir vor, er hat mir Drogen angeboten, damit wir besseren Sex haben und lockerer werden.« Sie schnaufte verächtlich.

Elias schüttelte den Kopf. »Das darf doch alles nicht wahr sein! Die Welt ist ein Irrenhaus!«

»Ja, das ist sie wohl. Und wir sind die perfekten Insassen.«

»Bitte sag mir, dass jetzt alles gut wird, ja? Vergiss nicht, ich liebe dich! Ohne dich bin ich nur ein unglückliches Häufchen Elend.« Elias verstärkte die Umarmung und zog sie fest an sich. »Du bist doch gekommen, weil du mich noch liebst, oder?«

Sie blickte ihm liebevoll ins unsichere Gesicht. »Ja, bin ich. Und ja, ich bleibe bei dir. Alles andere hat sowieso keinen Zweck. Du bist wie ein Teil von mir. Ohne dich fühle ich mich nicht vollständig.«

»Jetzt, wo du da bist, habe ich das Gefühl, es wird alles gut. Wir schaffen das, weil wir uns lieben«, sagte Elias und küsste sie auf die Stirn.

»Ja, wir werden es schaffen, weil wir uns lieben«, sagte Frauke und wischte sich eine Träne aus dem Augenwinkel.

Sie näherte sich seinem Mund, schloss die Augen und spürte seine weichen Lippen. Er öffnete sie und sie verschmolzen zu einem innigen Kuss. Ihre Gefühle explodierten regelrecht, als sie so ihre Wiedervereinigung besiegelten. Wie elektrisiert, fingen sie an, sich gegenseitig auszuziehen.

»Die Pommes sind da!«, tönte es von unten. »Kommt zum Essen runter, Kinder.«

Elias verdrehte die Augen. »Kinder«, äffte er nach und schüttelte mit dem Kopf. »Sie begreift es einfach nicht, dass ich erwachsen bin.«

»Aber du bleibst doch trotzdem ihr Kind. Viele Dinge weiß man erst zu schätzen, wenn man sie nicht mehr hat. Sei lieber froh, dass du noch eine Mutter hast.«

Elias seufzte. »Ich hoffe, meine Mutter hat auch Pommes für dich.«

»Ja hat sie. Sie hat mich gefragt.«

»*Spezial,* mit Zwiebeln?«

»Natürlich *Spezial,* mit Zwiebeln. Man muss das Leben genießen, es ist kurz genug«, sagte sie und zwinkerte. »YOLO!«

Weitere Bücher der Reihe

"**Liebe passiert**" ist die überarbeitete Düsseldorf-Reihe YOLO. Jeder Roman ist in sich abgeschlossen, in jedem gibt es ein Wiedersehen mit den Freundinnen.

Band 1: Liebe wagt sich (Bittersüßer Kaffee)
Band 2: Liebe will nicht (Liebe lieber ungefährlich)
Band 3: Liebe kämpft nicht (Neue Geschichte)
Band 4: Liebe stirbt nicht (Verfahren)
Es sind noch weitere Bände in Planung.

Liebe will nicht

Mein Körper ist ein Verräter, bemerkt Lea erschrocken, als sie Tim begegnet. Der atemberaubende Coach flirtet ungeniert mit ihr, während sie mit ihren Freundinnen ein Fitnessstudio besucht. Doch Lea ist bereits verlobt. Den Traum von der eigenen kleinen Familie möchte sie um alles in der Welt bewahren. Leider scheint auch das Schicksal ein Verräter zu sein, da sich der geheimnisvolle Tim kurz darauf als ihr Chef entpuppt. Auf einer Dienstreise lässt er Lea hinter seine Fassade blicken. Leas Gefühle sind kaum noch zu beherrschen, genauso wie ihre Angst, denn Tim ist ein Frauenjäger und behauptet von sich, er kann nicht lieben ...

Herzerwärmend und bewegend, mit einem Schuss Humor.

Liebe kämpft nicht

Das kann keine Liebe sein, erkennt Ela schmerzlich und fällt hart aus Wolke Sieben. Gerade erst hat sie in Mario ihren Traumprinz gefunden, da verlangt er etwas Ungeheuerliches von ihr. All ihre Wünsche und Hoffnungen fallen wie ein Kartenhaus in sich zusammen. Sie hat sich vor lauter Sehnsucht nach Liebe schon wieder nur etwas vorgemacht. Damit muss jetzt Schluss sein. Ela nimmt allen Mut zusammen, entschließt sich zur Trennung, und will endlich ihr Leben selbst in die Hand nehmen. Doch da hat sie die Rechnung ohne Mario gemacht. Der »Traumprinz« denkt nicht daran, sie gehen zu lassen. Er weiß genau, wie er sie unter Druck setzen kann.

Ela ist in der Zwickmühle und sucht verzweifelt nach einem Ausweg. Da ist es nicht besonders hilfreich, dass Luca, der neue Nachbar, ihre Gefühle restlos durcheinanderbringt. Oder ist er das Licht am Horizont? Zögernd lässt sie sich auf ihn ein, denn sie ahnt nichts von Lucas wahrer Motivation...

Elas neue Mafia-Geschichte hat Tiefgang
Spannend, ergreifend, aufregend sinnlich